飛鳥海魚／著
月光下的藍調

原來我們不是顧念所見的，乃是顧念所不見的。
因爲所見的是暫時的，所不見的是永遠的。

我不怕受傷和失去，因爲我知道你與我同在。

目錄

內容簡介......6
火雲歌......6
夜晚的星空......6

火雲歌......7
陌生的慰藉......9
寒毒症......26
哈利博士......40
遊戲世界......49
意念控制......61
幻想屋......74
突然消失......85
魔狼和白狐......105
火岩村......116
食人魚河......126
冰龍......136
最後的博弈......146
冰麒獸......159
返回現實世界......165

夜晚的星空 169
平行宇宙 170
春遊風波 179
爭奪寵物貓 197
宇宙簡史 202
籃球風波 214
天臺 226
韓梅 235
高三 245
見面 254
盛夏的果實 260
離別 269
不信任 275
留學 282
傲嬌 286
Brownie 和 Zain 290
他總是幫我 307
水族館 322
確認關係 334
求婚 341
懷念 347

内容簡介

火雲歌

神祕少女佐伊因爲病發，被一個好心的陌生人索尼救了，兩人互相交流互換了心事以後，佐伊決定前往遊戲世界去治病，佐伊組織了團隊，索尼也加入了其中。進入遊戲世界以後，佐伊發現了更多的祕密和眞相，佐伊能否順利拿到解藥？

夜晚的星空

地球以外的銀河系裡存在著另一個星球，R 星球。居住在 R 星球裡的葉晨無意間翻到了一本書，裡面記錄著自己在地球上所發生的事情，但是他本人並不知道有地球的存在。書裡描寫著一段浪漫的校園愛情故事。然而，生活在地球上的葉晨與星瞳分分合合，終究沒能夠走到一起。

讀完整本書後，R 星球的葉晨遇上 R 星球的星瞳。兩人再次相遇究竟是重演悲劇，還是再續前緣？

火雲歌

在 2030 年期間，科學家已經實現巧妙地把虛擬世界引入進現代社會中。換而言之，人們可以穿梭在遊戲世界和現實生活中。人類可以身歷其境地進入遊戲世界打怪升級賺錢拿進現實世界裡揮霍。然而因爲這項高科技的引入，導致了世界政府系統的癱瘓，人民發生暴動，利用遊戲世界裡的武器去肆意殺害無辜百姓，並且因爲監管不利，遊戲世界裡的怪獸闖入現實世界裡，造成了多起暴動事件，人口大幅減少。

所以，世界版圖被重新規劃和重整，分爲了雪之國、雲之國、火之國，還有土之國。雪之國是擁有其進入虛擬世界的力量，但是因爲暴動事件過後，虛擬世界已經被監控機器人完完全全封鎖了起來。人類普遍生活在雲之國、火之國還有土之國，維持著一個正常的社會秩序。科學家所發明的虛擬世界高科技也並非全無用途，至少孩子們的寓教於樂，成年人喜歡的 CS 射擊遊戲都是可以作爲一個安全的實驗娛樂場所。

雪之國，這個充滿神祕高科技又危險的國家，氣候寒冷，自然條件較差，經濟也不發達。因爲常年下雪，基本上極少的居民居住。居住在這裡的居民部分是犯了重罪被流放的罪犯、行爲怪異的精神病人，還有對危險虛擬世界嚮往的極端主義愛好者，想要冒險犯難去試一試的一批人。

陌生的慰藉

佐伊醒來的時候，發現自己躺在一張柔軟的床上，房間布置得十分溫暖和溫馨。唯獨可笑的是佐伊身上全是傷痕，跟這個房間裡的暖色調十分不搭。一個陌生的男人端了一碗濃郁的意式番茄湯向佐伊走來，他有些溫文爾雅地說道：「醒了呀？」

佐伊：「你是誰？」

佐伊看向陌生男子，他穿著黑色的大衣，有些神祕。

陌生男子：「你倒在我家院子裡，外面剛好下著雪，是我把你帶進來的，而且你身上都是傷，這裡有一碗濃湯。你要不要喝一下，讓自己的身子好過一些？」

佐伊：「好的，謝謝。」

佐伊從男子手上接過濃湯，毫不客氣地喝了起來。

陌生男子：「怎麼樣？有沒有好過一些？」

佐伊：「嗯。」

佐伊：「這裡是哪裡？」

陌生男子：「這裡是雪之國與雲之國的交界處。」

陌生男子：「我叫索尼，說說看你爲什麼會滿是傷痕地倒在雪地裡，是發生了什麼事嗎？」

佐伊看向陌生男子，他看上去有 30-40 歲，家裡面滿是書籍，還有電影海報，一張乾淨的寫字桌和電腦。櫥櫃上擺滿了獎盃，房間裡收拾得一絲不苟，櫥櫃裡的衣服擺放得整整齊齊。角落邊是一架鋼琴。自己的床上有一隻可愛的玩具熊，說到玩具熊，佐伊想到了自己的小時候。

佐伊：「這要說起來，會很長。」

索尼：「沒事，就聊聊吧。如果你不願意聊也沒有關係。」

佐伊指了指那隻玩具熊，「可以把這個借我抱一會兒嗎？」

索尼：「這個不行，這是我前女友給我留下的。」

佐伊：「不好意思。」

索尼：「沒事，她離開我有 2 年了，我以爲我會和她結婚的。但是沒有想到她去了另一座城市，和另一個陌生男人好上了，我只是覺得很意外。」

佐伊：「哦哦，你別太傷心了。」

索尼：「當時確實很傷心，可是我現在好很多了。自從她離開以後，我也有遇見各種各樣不同的人。我早就從那段不開心的過去裡走了出來。而且我知道要如何去提升自己的價值和魅力，去吸引到更優秀的對象，或者說成爲一個優秀的人。」

佐伊：「很棒啊，恭喜你。生命中總是有人進進出出，我也已經習以爲常了呢。」

佐伊眼神瞥向索尼客廳裡擺放的一架鋼琴，佐伊：「你會彈鋼琴？」

索尼：「會一點兒吧，但不是很精通。我喜歡宮崎駿的樂曲。」

佐伊：「確實宮崎駿的音樂讓人覺得很唯美，聽起來就能夠想到那些動漫電影。」

索尼：「是的，我也很喜歡看電影還有動漫小說。」

佐伊：「我小時候也經常看，我父母給我買過很多的影碟和故事書。」

佐伊突然站起身來，有些踉蹌地走向那架鋼琴。

佐伊：「我可不可以彈一下鋼琴呀？」

索尼：「你別太逞強了，你身上還有傷，趕緊躺下來。」

佐伊：「不，我想彈。我好久沒有碰了。」

索尼：「可以過幾天，等傷口癒合了再彈。」

佐伊：「好吧。」

佐伊：「你爲什麼喜歡電影和小說呀？」

索尼：「就是下班了無聊的時候會去看吧，打發一下時間。」

佐伊：「電影和小說都是人構思的，看多了只會被同化，沒有自己的一個準確思考。」

索尼：「不知道你爲什麼會這樣說？」

佐伊：「如果有一天你看了一部電影，這部電影和小說描述的情景和劇本正好是你所嚮往的，你被打動了，感同身受了。你一定會下意識地認爲這就是心目中的愛情，如果將來遇到一個對象或者有這樣的經歷符合這個劇本，你就會潛意識地認爲愛情來了，然後大腦裡的多巴胺就會起作用，讓人產生幻覺，覺得對方是自己的眞命天子和眞命天女。然而，故事情節就是人創造的，我也可以把我的經歷寫成小說，這沒有什麼了不起的。我們從一出生就被各式各樣的思想教育，還有他人的言論同化著。」

索尼：「是這樣的，你說的沒錯。」

佐伊：「突然有點兒想起自己以前的一個故人。」

索尼：「哦，他是一個什麼樣的人？」

佐伊：「不知道該怎麼去講我的故事，我結婚了，但是有過精神出軌。說不清楚愛還是不愛，對方曾是我的高中同學，他曾傷害過我，令我失去過好朋友，我曾因爲脆弱不知道要不要站出來爲自己發聲，我很記仇。但因爲結婚後，信了主，我選擇了寬恕，寬恕這個人對我曾經造成的傷害以及青春期的痛苦。我摒棄了過往的成見選擇了和他做朋友，我不知道這個人是怎麼想我的？但是我覺得這是一次特殊的經歷。」

索尼：「確實滿特殊，後來呢？」

佐伊：「後來我倆有過爭執，他曾問過我能不能回去，回去我的故鄉。他在那裡工作，我拒絕了。因爲我當時就是不想回去，而且我結婚了。我覺得沒有什麼好留戀的，我在故鄉沒有朋友，父母離異。於是，他就問我是否留戀過去，留戀父母？我和他的個性不一樣，他是一個懷舊感很重的人，我是一個喜歡往前走的人。我倆莫名其妙地發生了爭執，我把他刪除了。對於我來說，他只是一個朋友的角色，刪除之後沒有什麼可留戀的。但奇怪地是我會做夢夢見他，每當我獨處的時候，我能夠感受到心痛的感覺。」

索尼：「你愛上他了。」

佐伊：「對，我當時覺得我愛上他了，所以我在回想他和我起爭執對我說的最後兩句話。」

佐伊：「不想你的父母嗎？回到過去？我開始了漫長的回憶。並且我把我的感受和回憶一字一句地記錄下來。」

索尼：「有意思。」

佐伊：「我發現了一些很有意思的事情，就是原來我錯過了很多人生中最精彩的部分。比如說我沒有和我親生父親相認，我是有機會可以跟我親生父親相認的。還有我結婚以後就沒有繼續深造我的專業了。那樣放棄眞的很可惜，包括鋼琴。我想要把我失去的都拿回來，彌補回來。當時就是這樣一個想法。有很長的一段時間我是很感激那個人的，如果不是他的那一兩句話，我想我不會更認識我自己，或者說發揮出我的潛能來。所以我把刪除後的他添加回來。我覺得他成為了我的貴人。我把我寫好的小說給他看。他說挺好的，可是他沒有和我有更多的交流。」

索尼：「沒有交流，你們是怎麼維持和繼續的？」

佐伊：「憑記憶和關係的轉化。我們彼此共同的連結就是小時候的那段記憶。只要我對他說出高中時期他的一些小習慣和細節，他百分之八十會被我打動。我很瞭解他，因爲我是觀察者，他是表達者。他曾對我傾吐過他的想法，我有近距離地觀察過他。所以我記得他的生日、習慣、愛好。我的記憶力很強，雖然他長大後有所改變，但是過去所發生的事情是無法改變的，一個人可以改變將來，可是始終無法改變掉過去已成的歷史。所以我總是在他面前表演出懷舊氣息很重的樣子。」

索尼：「哈哈哈，這眞好笑。」

佐伊：「直到後來他再也不和我說他的眞實想法了，他不敢。因爲他知道我都有寫進小說和日記裡。他不信任我了，可他以前是信任的。他有希望我對他傾訴煩惱過，可我不願意。」

佐伊：「我曾對我和他之間的關係覺得特殊過，因爲我覺得那是摒棄掉『性』的一次純友誼的閨蜜情。我覺得男女之間很難達到，爲此我有欺詐他，把自己包裹成性冷淡。我想他有對其他女生有意思過，可我想要他都告訴我，對我誠實。」

索尼：「這很難做到，尤其你們還沒有肉體交流。」

佐伊：「即使有了肉體交流，男人都不會願意對自己的對象說出自己的想法和感受。」

索尼：「你很清楚，爲什麼那個時候要去嘗試呢？」

佐伊：「可能覺得那樣的經歷太有劇情感了吧，比如以前是同學，然後突然吵架，到後來摒棄前嫌成爲朋友，又成爲貴人。就差出軌了，但是我們倆都沒有那樣做過。」

索尼：「你不覺得你在婚姻裡不忠嗎？你怎麼對得起你的丈夫呢？你告訴過他了嗎，關於這件事情還有你的感受？」

佐伊：「嗯，說了。但是我覺得在我精神出軌的時候，我和我丈夫的關係逐漸冷淡了。」

索尼：「那是自然地，人在一心二用地同時，情緒會反反復復，對方也能夠察覺到。」

佐伊：「但令人有些意想不到的是，到最後我完成了我的小說，我的作品。但同時我的高中同學把我刪除了。我沒有再添加回他，他不會再對我說任何的眞心話，不再像小時候一樣了。」

索尼：「你知道爲什麼嗎？因爲你們已經很久都沒有見面了，也沒有性關係。所以再怎麼聊天，沒有實際相處，都只不過是紙上談兵。」

佐伊：「嗯，我知道。」

索尼：「你知道爲什麼要去嘗試呢？」

佐伊：「因爲當時覺得好玩，也有實驗性。我們彼此都不認眞，也不眞誠。」

索尼：「你們有發生關係嗎？」

佐伊：「有一次吧，在高中時期，之後就不再見面了。」

索尼：「忘記他吧，他對你不是真心的。」

佐伊：「哈哈哈。」

佐伊的眼眶有些濕潤了。

佐伊：「不好意思，洗手間在哪裡？」

索尼：「出去左手邊第二個房間。」

佐伊：「嗯，好，我去上個洗手間。」

索尼看著佐伊緩慢地起身，然後離去。身材瘦弱的她給人一種堅毅的背影。等她回來後，佐伊從錢包裡找出來一遝錢塞進索尼的手中。

索尼：「幹嘛？」

佐伊：「我可能要等到傷口癒合以後才能離開，少說也會有一個星期左右的時間。如果可以，能不能先借住一下這個臥室？」

索尼：「不用了，救你之前沒有想過要相應的回報。」

佐伊：「好吧，謝謝你。」

索尼：「時間不早了，晚安。」

佐伊：「晚安。」

索尼從佐伊的房間離開後，從冰箱裡拿出來一瓶紅酒，放了一首安靜的鋼琴曲。

佐伊醒來的時候，索尼還在睡覺。她看見桌子上有些淩亂，想起昨天在廁所間的清潔工具，就順便幫索尼打掃了一下。在清理桌子的時候，看到了桌子上的電腦，電腦螢幕沒有關，剛好是一份遊戲企劃報告，裡面包含了遊戲製作的內容以及圖稿創作。佐伊忍不住用滑鼠移動了下去，索尼的工作內容或者說接觸到的設計圖紙和想法正好與佐伊在學校裡學習的專業有所相關，佐伊眞的是越來越有興趣想要去瞭解更多關於這份報告書。手無法控制住滑鼠不自覺地往下瀏覽，根本沒有發現索尼已經悄然無聲地站在了自己的身後。

索尼咳嗽了一下：「你在幹什麼？」

身後傳來的聲音令佐伊有些顫慄。

佐伊趕緊轉過頭去，看向索尼。

佐伊：「不好意思，我早上醒來看見你家比較亂，所以幫忙收拾了一下。然後不小心看到你電腦裡的工作內容，我想說那些跟我之前學的專業相關。所以就多看了兩眼，沒有想到你剛好進來。」

索尼：「哦，好吧，沒事。你之前學什麼專業的？」

佐伊：「電腦繪圖。」

索尼：「會畫畫的人很多，但是要做到專業和精準不是一件容易的事。」

佐伊：「你還有電腦嗎？」

索尼：「怎麼了？」

佐伊：「想畫畫啊！」

索尼：「客廳那裡還有多餘的一臺，你可以隨便使用。」

佐伊：「謝謝。」

佐伊：「剛剛在打掃客廳的時候發現有一把獵槍，想問你是否有打獵的習慣？」

索尼：「沒有，是一位老朋友送的，我本身並不喜歡太過血腥的東西。」

佐伊：「我以前有玩過槍械，當時還是在上學的時候，一位親戚帶我去他的家，他家是開農場的，他開槍射殺了一隻兔子還有一隻鴿子。我也學習著他第一次開槍射殺，一開始會有愧疚感，但漸漸地就麻木了，逐漸地產生了對殺戮的快感。」

索尼：「這可能不是一件好事，你應該避免和這樣的人來往了。」

佐伊：「後來沒有聯繫，我去往了一個陌生的城市，逐漸跟這個親戚沒有了聯繫。其實有很多對我好的人、付出過真心的人都這樣稍縱即逝。以至於我不想再對他人敞開內心了，有一陣子很躲避。只想說反正你們都會離開我的。反正我已經習以為常，變得冷漠，沒有做任何挽留。」

索尼：「因為你的內心對關係有很多不信任和懷疑，你受到過傷害，所以產生不信任。」

佐伊抿了抿嘴唇，不想繼續這個話題。

索尼：「我在以前曾愛上過一個女孩，對方有男朋友，但是她後來選擇了我。再後來她去往了一個陌生的城市。這是我最認真的一次，後來我變得很不相信感情，於是去挑戰或者說縱慾。」

佐伊有些淡漠地笑了笑，索尼突然伸出了手，試探性地摸了摸佐伊有些冰涼白皙的手指，佐伊有些戒備地縮了回去。

索尼有些玩世不恭地笑著：「你會有感覺嗎？」

佐伊皺了皺眉：「我很保守的，你最好不要去試探。」

索尼：「怎麼樣算保守？」

佐伊咬了咬下唇皮，沒說話。

索尼：「可不可以給個擁抱，你在這裡住下後，白吃白喝，我也沒有收你一分錢。給個擁抱應該不算過分把？」

佐伊有一些猶豫，但隨即一想，一個擁抱也不算什麼。佐伊：「好的。」

佐伊張開雙臂，給了這個陌生男子一個擁抱，與這個冬天格格不入的是，男人的胸膛十分溫暖。像極了佐伊心中的冰雪世界正在被一團熊熊烈火融化。如果一個習慣冰冷冰封的人，最害怕的不是別人對自己冷漠，而是別人對自己的熱情與溫暖，因為害怕哪一天失去的時候是加倍地痛。

佐伊很快地就收起了這個擁抱，有些矜持地拉開了和對方的距離。

索尼：「怎麼了？」

佐伊：「我不習慣抱那麼久，我害怕上癮。」

索尼有些俏皮地摸了摸佐伊的頭髮。

索尼：「時間不早了，我該去上班了。冰箱裡有食物，你可以隨便吃。」

佐伊：「嗯，好的。」

索尼走後，佐伊看了一會兒電視，然後去到客廳，打開電腦，開始繪畫著各種各樣的風景。一個人安安靜靜的放了一首搖滾音樂，試圖麻痹掉自己的神經。

夜晚的時候，索尼回來，索尼走到佐伊面前，索尼：「肚子餓了把？有沒有什麼想吃的？我們可以點外賣，或者出去吃。」

佐伊：「點外賣吧。」

索尼：「你想吃什麼？」

佐伊：「想吃披薩。」

索尼：「好。」

索尼：「你今天一整天在做什麼呀？」

佐伊：「畫我的冰雪世界。」

索尼走到了佐伊的電腦旁，看見一幅幅精美的冬日冰雪世界。

索尼：「這是你畫的？」

佐伊：「嗯對。」

索尼：「挺漂亮的，還有沒有其他的作品？」

佐伊給索尼看了一個自己設計的網站，並且訴說著每一個作品的介紹。

索尼：「這些看起來挺有意思的，很有創意。」

索尼隨口說了一句，但是在佐伊聽來更像是一種鼓勵和讚美。

索尼：「爲什麼想要畫冰雪世界？」

佐伊：「我想去世界上最冷的地方，或者說一直去旅遊和流浪，認識不同國家的人，交談，相聚相散，不走心。」

索尼：「爲什麼要不走心？爲什麼要去想，又或者說要去害怕動心呢？」

佐伊：「因爲有牽絆，就不會有自由。首先是達到財富自由，然後是想去哪裡就去哪裡，沒有人情困擾，沒有感情捆綁。」

索尼：「那你有沒有想過換一種人生，換一種思考方式，換一種人生的活法呢？」

佐伊：「什麼意思？」

索尼：「去挑戰自我，去挑戰自己以前做不到的事情，沒有嘗試過的事情。」

佐伊：「比如說？比如說什麼呢？」

索尼順勢從客廳裡拿走那把獵槍，交給佐伊。

索尼：「你說你會打獵，我突然有些想看看。」

佐伊：「可是這裡沒有動物。」

索尼：「好吧，就當我開玩笑，下次帶你去獵場。」

索尼走到佐伊面前，小心翼翼地餵佐伊吃了一塊披薩，氣氛開始曖昧。佐伊並沒有拒絕也沒有接受。

索尼：「好吃嗎？」索尼笑咪咪地看著她。

佐伊沒有回答。

索尼有些輕佻地摟住了佐伊的腰，並且吻住了佐伊，佐伊感受到對方滿嘴的披薩味。低垂著眼簾，有想過一剎那的迴避，但是心裡面太多傷心了，只想取得一時的慰藉。佐伊在情感中遭受了意外和打擊，因爲高中同學的刪除，還有丈夫對自己的冷淡，令佐伊想要從索尼那裡獲取溫暖與安慰。

索尼把佐伊抱上了床，溫柔地撫摸著佐伊，佐伊沒有多言什麼，只是小心翼翼地感受著索尼帶給自己的愛撫與溫柔。

索尼：「可以再抱我緊一點兒嗎？」

佐伊：「我突然很不想要離開你，可不可以不只是片刻的火花，讓人覺得很不眞實。」

索尼：「放心，我一直在呢。」

佐伊：「嗯，謝謝你！」

佐伊情不自禁地流下眼淚。

索尼：「怎麼了？」

佐伊：「沒什麼，我想到了我喜歡的人可能不再喜歡我了。我不知道我還能不能夠回到過去，改變掉那些事實，或者彌補一些什麼。」

索尼：「別去多想，好好珍惜現在吧，忘記掉那些不快樂的回憶吧。」

佐伊：「哈哈哈。」

佐伊的眼淚又一次情不自禁地落下來。佐伊想起自己的丈夫，雲爵。在一次外出以後，開始對自己冷言冷語，佐伊並不清楚緣由。在那個時候，佐伊一片混亂，根本分不清楚自己心裡面愛著的是誰。所以佐伊選擇了離開，再加上佐伊身上有寒毒症，必須去治療，不然會有生命危險。

索尼用手指刮走佐伊的淚痕，並伸進佐伊的衣服裡，讓佐伊開始嬌喘，欲罷不能。

佐伊：「請，請別再繼續了？」

索尼：「爲什麼？你對我沒有任何感覺嗎？」

佐伊：「不是，因爲我的心和性分開了，所以不想要。」

索尼停下了動作，只是溫柔地抱了抱佐伊。摸了摸她的頭髮。

索尼：「別難過了，我很喜歡你，我覺得你滿可愛的。」

索尼：「我有點兒累了，我們要不就這樣擁抱著睡覺吧。」

佐伊：「我想問這樣擁抱著睡覺會持續多久，會很久嗎？」

索尼：「可能吧。別想那麼多，趕緊睡吧。」

佐伊醒來的時候，看見索尼給自己留了一張紙條：「親愛的，我這幾天會加班到很晚，你要自己照顧好你自己哦。桌上有一串鑰匙，如果可以請幫忙打掃一下，但是記住不要打開第五個房間裡的門，謝謝。」

前四個房間都被佐伊整齊打掃過了，佐伊相信了索尼的話，沒有打掃第五個房間。佐伊從包裡拿出手機，看到了短信，裡面是爸爸寄給自己的留言：「身體狀況怎麼樣了？你的病最好去找你叔叔，他可能可以幫上你的忙，趕緊去雪之國吧。」

等到索尼下班回來以後，佐伊煮了一些溫暖可口的義大利麵。然後問索尼要了一個聯繫方式。

索尼：「我這幾天會一直呆在第五個房間做我的事情，希望這段時間你不要打擾到我。」

佐伊：「嗯，好的。」

佐伊看見索尼吃完晚飯進去後，就乖乖地做著自己的事情。但是這幾天索尼都沒有從第五個房間出來過，佐伊問索尼肚子餓不餓，需不需要食物？索尼只是說把食物放在窗臺邊，自己會拿的。

佐伊還是很想念和索尼的這種聊天方式，至少這樣的談心和彼此瞭解令人覺得溫暖和愉快。佐伊也謝謝索尼能夠安慰上自己，畢竟在佐伊心裡有一道深深地傷痕，心底裡刻著的名字無法被擦除，他是雲爵，佐伊的丈夫。直到現在，佐伊才能夠分清楚自己是深愛著自己的丈夫，一開始因爲失去了初戀，所以多少有些懷念曾經吧。可是當佐伊離開雲爵以後，她發現這麼多年共處的時光和陪伴，比起不見面還有短暫的交流來說，佐伊更想念的是丈夫與自己的朝夕相處。

佐伊感受到自己的身體逐漸變冷，她必須要離開這裡，或許聽爸爸的話去往雪之國，還會有機會治療好自己的病。

佐伊看著客廳上唯一的那一把獵槍，毫不猶豫地拿起了它，背起了自己過來時的行囊以及這把獵槍，離開了索尼的家，佐伊給索尼留下了一張字條：「索尼，謝謝你救了我，這段時間溫暖關心我。但是我必須要走了，很高興認識你，對不起，拿走了你的獵槍。因爲外面太危險了！」

外面的世界依舊冰天雪地，瘦小的佐伊背著沉重的行囊試圖回到自己的故鄉。踏在冰冷雪地上的那一刻，讓人忍不住地去想索尼給的擁抱還有溫暖以及最後一絲溫存。

佐伊走在雪地裡的那一刻時，突然痛苦地在雪地裡抽搐，胸口距離心臟的位置十分疼痛，佐伊拿出了包裡的藥吃了一顆靜心丸，讓自己勉強恢復了平靜。佐伊解開衣裳，發現自己的胸口已結出大片的冰來，她不禁冷笑。這顆藥丸令自己身上的寒冰也沒能快速地褪去。如果不趕緊去治療的話，可能眞的有生命危險。

寒毒症

索尼從第五個房間裡出來以後，發現佐伊已經不見了，桌上有剛剛煮好的意式番茄湯，有些涼了。索尼衝出門外，想要尋找佐伊，但是已經不見了蹤影。只有屋外漫天的飛雪，索尼回到客廳後，發現地上的紙條，回想起佐伊可愛的臉蛋，有時候幼稚，有時候冷漠。

索尼一個人有些無聊地坐在沙發上，打開電視，看見新聞裡正在播報發生在雲之國的多起寒毒症病患事件，專家質疑這可能會人傳人，但是沒有任何的根據性。因爲許許多多的雪之國居民來到雲之國都是隱姓埋名的。該病症狀全身寒冷，精神性疼痛，心臟抽搐，最後被冰晶覆蓋活活凍死，情緒不穩定。

該病爆發後遭到了雲之國人民強大的厭惡以及抵制，現在不允許雪之國的人民進入其他國界。畫面正好切到佐伊的容顏。

索尼略顯震驚，佐伊居然患有寒毒症？

雪之國

佐伊回到了雪之國的叔叔家裡，叔叔家是開農場的，同時也是一名科學家，專門研究如何打敗監管機器人潛入虛擬世界的極端主義者，叔叔從事這項研究已經高達十幾年了，順便說一下，部分虛擬世界的研發也是由叔叔經手的。只是現在雪之國的執政人士極度打壓這批原始的研發人員，大部分已經被剿滅和囚禁，叔叔得以倖免是因爲阿姨是一名精神病人，患有健忘症以及人格分裂。叔叔因爲要照顧阿姨，向雪之國的最高統治者提出申請，最終得以倖免。佐伊時常在想叔叔是不是爲了要保命才去娶阿姨，畢竟這樣叔叔可以繼續進行祕密研究。

叔叔家

一名穿著優雅乾淨，盤著捲髮的女士坐在沙發上，她神情渙散，看起來有些憂鬱。佐伊推開門的時刻，看見阿姨正在盯著桌子發呆。

佐伊：「叔叔呢，哈利博士呢？」

阿姨：「哈利博士，他出去了。」

佐伊：「去哪裡了，你知道嗎？」

阿姨：「我忘了。」

阿姨：「請問你是誰？」

佐伊忍不住歎一口氣，唉，小姨眞的是什麼也不記得了。小時候小姨還帶自己出去玩過呢。

佐伊：「我是佐伊啊，小姨。」

阿姨：「佐伊又是誰？」

佐伊：「好了好了，小姨你繼續發呆吧，我去給你們做晚飯吧。」

阿姨：「不用，晚飯我已經做了。」

佐伊突然有些緊張，佐伊：「你晚飯做了什麼？煮了多久了？」

小姨用手指了指灶臺，佐伊看向那鍋沸騰的水，該死的，水都開了，不知道要熄火。佐伊趕緊把灶臺的開關關掉。

阿姨：「你在做什麼？你把它關了，我老公要吃什麼呀？」

佐伊：「不是啊，小姨。你鍋子裡的水餃都已經煮爛了。」

阿姨：「我不管，我不管。」

阿姨坐在地上開始嚎啕大哭，佐伊想要安慰阿姨，這時阿姨人格分裂症的其中一個人格開始出現了。阿姨開始倒在地上，耍起無賴來。

佐伊：「快起來，不要鬧了。你現在是不是應該去吃些藥克制一下自己？」

阿姨：「不要，我就不要嘛。我要等我的哈利過來餵我吃藥嘛。」

佐伊：「你冷靜點兒。」

佐伊想要去電視機旁的醫櫃裡拿藥，不料被阿姨死死地抱住了後腿。

阿姨：「你是誰？為什麼來在我家？是不是進我家偷東西來著？」

佐伊：「小姨，我是佐伊。」

阿姨：「佐伊？佐伊？佐伊是誰呀？」

阿姨：「啊，佐伊啊。我想起來了。我的親侄女。」

阿姨鬆開了抱住佐伊的手，手舞足蹈地站起來，開始整理起自己的頭髮。

阿姨：「佐伊，你怎麼會在這裡？你不是和你父母一起移民去了風之國嗎？」

佐伊：「阿姨，那都是我三歲時候的事情了。我已經長大了。」

阿姨：「長大了？佐伊長大了？不可能啊，佐伊明明昨天還在和我玩西洋棋呢，怎麼會突然之間長大的呢？」

門被推開，一個身穿白衣的中年男子戴著一副老花眼鏡。

阿姨：「哈尼，你來了啊？」

阿姨一看到這個中年男子就情緒控制不住地抱住他，哈利博士寵溺地摸了摸小姨的頭，要知道在所有人眼裡，阿姨是一名精神病人。可是在哈利博士眼裡，小姨即使再怎麼有病，在這十幾年的相處裡，哈利博士早就視小姨爲自己親密的愛人了。

哈利博士小心翼翼地把小姨抱到了床上，然後打開衣櫃，調試好適量的藥劑，給小姨打了一針鎮定劑。

阿姨：「哈尼，我還不想睡覺覺。」

哈利博士：「寶貝兒，你玩了一天累了，過兩個小時你就會醒來的，我就在這兒。不要害怕好嗎？」

哈利博士溫柔地在小姨額頭上親了一口，小姨躺在床上就像個小孩子一樣沉沉地睡去了。

把小姨哄睡以後，叔叔從廚房裡泡了兩杯茶，給佐伊遞了一杯。

叔叔：「怎麼了？怎麼突然來我家了？」

佐伊：「我身上的寒毒症發作了。」

叔叔：「這也是沒有辦法的事情，出生在雪之國的大部分兒童都會患這個毛病，你還算幸運的，父母移民離開這個國家，去了風之國，再怎麼樣說也算是這四個國家裡面商業金融最發達的國家了。這些年你父母都怎麼樣了？」

佐伊：「他們都挺好的。」

叔叔：「聽說你結婚了？」

佐伊：「嗯，我們之前生活得很開心，在雲之國讀書的時候，我認識了我的先生雲爵，但是他有一次外出，他說他找到了關於他親生父母的消息。回來以後，他就性情大變。對我不理不睬，冷言冷語。正好我的寒毒症發作，需要趕緊治療，我就離開了。」

叔叔：「那你現在打算怎麼樣？」

佐伊：「治療寒毒症，解除婚約。因爲我想他可能已經不再愛我了，我不想要再去強求這種關係。因爲我也感受不到他對我的愛了。他與我之間對話時字裡行間都充滿了批判和指責。」

叔叔：「佐伊啊，你這個狀況我也是束手無策啊，尤其這個寒毒症，它就不是現實世界會得的毛病，你知道嗎？」

佐伊：「什麼意思啊？」

叔叔：「其實我和你爸爸是最早一批進入虛擬世界的玩家，我是搞科研的沒有錯，你爸爸在眾多普通人當中被選中作爲玩家進入到遊戲世界裡，但是那次事件裡有很多玩家不遵守遊戲規則，居然把虛擬世界的怪獸還有武器帶入到現實世界裡，導致世界秩序混亂。包括這個寒毒症，它其實就是遊戲世界裡面做任務需要打敗寒麒獸所發動的攻擊，很多受了傷的遊戲玩家因爲這個項目被中途禁止，無法及時在遊戲世界裡進行醫療，帶著傷回到現實世界卻發現無法醫治。」

佐伊：「那我現在該怎麼辦？」

叔叔：「重新回到遊戲世界裡，拿到遊戲世界裡的藥，並且想辦法多拿一些，回到現實世界裡販賣和研究，如果成功的話這可以獲得一項專利，你這一生就可以因爲這個專利賺錢，吃喝不愁了。並且還可以治療更多跟你一樣身患寒毒症的人群，包括你媽媽，其實她也患寒毒症。」

佐伊：「但是這不是犯法的事情嗎？這麼冒險地進入遊戲世界，我都不知道我的勝算有多大？」

叔叔：「放心，我這裡有很多遊戲世界的武器，你也可以找人陪你一起去，在雪之國還有很多嚮往進入虛擬世界的遊戲玩家呢。」

佐伊：「你說那些極端遊戲主義愛好者啊？」

叔叔：「哎呀，這些都是外界給他們的稱謂，你又不認識他們，爲什麼要這麼說他們呢？他們有趣又好玩。而且遊戲世界裡充滿了精彩又冒險的關卡。」

佐伊：「不好意思，叔叔打斷一下，這個事情我需要時間去考慮，不能夠馬上給你答案。」

叔叔：「沒關係，確實需要好好地考慮一下。況且寒毒症是一種隱性地病症，不足以致命。」

叔叔：「剛剛看你背包裡背了一把獵槍，感覺有些老舊。可以拿過來給我看看嗎？」

佐伊從背包裡拿出那把槍，遞給了哈利博士。哈利博士突然開始大笑，眼角出現了細微的魚尾紋。

哈利博士：「這個怎麼看都應該算老古董了，眞是稀有啊。」

佐伊：「怎麼說？」

哈裡博士：「這把獵槍是發火式雙管運動步槍，誕生於 1890 年的時候，該槍剛出現的時候，受到了廣大獵人們的歡迎。口徑爲 0.45 英寸。現在都 2050 年了，這把槍也都是放在博物館裡收藏，有一定的紀念和歷史價值，挺稀有的。現在價值也十分高昂。」

哈利博士：「佐伊，你過來，我給你看看這個。」

叔叔從壁櫃裡拿出一把手槍，非常精短。

叔叔：「這是現在最高科技的含金量，簡稱機器手槍。你只需要瞄準目標，把槍口對準敵人的臉部或者身體某個部位，AI 人臉識別系統加上機械遠距離測別系統就會自己辨別和定位到，不需要你扣動扳機，子彈自己就會射出，一發命中要害。不要看它只是一把手槍，又十分精短，能夠做出這麼巧妙的設計，是爲了讓它便於攜帶，乍看不怎麼樣，其實射殺力威力十足。但我可以告訴你，這樣的武器除了雪之國，其他的國家是被完全禁止的。也就只有我，這個科研人員博士才能夠研發出來。」

叔叔說這話的時候，一臉地驕傲。

叔叔：「你現在去我的農場，隨便挑一隻雞試試看，晚上可以做雞湯喝。」

佐伊：「好。」

叔叔開的農場是雪之國最大的農場，因爲雪之國常年下雪又是極寒之地，所以他用太陽能加熱板搭出了一個溫室，裡面種植著各種動植物，養活了雪之國的人口並且解決了雪之國居民的就業問題和溫飽問題。

佐伊來到這個溫室，挑選了一隻又肥又壯的公雞。只是將槍口輕輕地瞄準到牠的雞冠，子彈就快而準地射出，雞血噴濺開來，隨著公雞的一聲悲鳴就落地而死。

佐伊興奮地把公雞的屍體帶到哈利博士面前，眼神閃爍著興奮的光彩。

佐伊：「這把槍真的很好使。」

叔叔：「是吧，送給你了。或者我拿這把槍跟你那一把博物館珍藏獵槍交換。」

叔叔：「現在想買也買不到這種樣的獵槍了，多有收藏意義啊。」

叔叔說完，就順手拿走了這把獵槍，放進了自己的壁櫥裡。過了一會兒，又探出頭來問：「佐伊，你晚上想吃些什麼啊？從雲之國趕過來，現在應該很餓了吧。」

佐伊：「隨便幾個菜吧。」

叔叔：「好的呀，那我晚上就做雞湯，然後準備幾個家常菜吧。」

佐伊：「好。」

叔叔：「我靠，是誰把我廚房弄那麼髒的？怎麼還有煮爛的餃子在這裡？」

佐伊：「剛剛小姨想給你煮餃子，忘記關火了。」

叔叔：「哎呀，忘記了今天星期日，護工休息。我這才出去幾分鐘，她就能那麼快給我添麻煩。算了算了，佐伊，你回裡屋呆著吧，再過幾分鐘，你小姨就要醒了，待會兒又要發病了。」

佐伊：「好的，叔叔。」

佐伊推開臥室的房門，看見床鋪被整整齊齊地鋪好，房間裡有一股消毒水味。但卻是一間乾淨整潔的臥室。佐伊躺在這舒服的大床上，閉上眼睛的那一刻想到了索尼。

佐伊打開背包，給索尼發了一條短信：「索尼，你最近怎麼樣？還好嗎？」

索尼：「還好，就是工作有些忙。你是雪之國的人嗎？」

佐伊：「嗯，是。」

索尼：「待在雪之國，千萬不要再回雲之國了。」

佐伊：「爲什麼？」

索尼：「你沒有看新聞嗎？」

佐伊：「怎麼了？在雪之國是看不見其他國家的新聞的。」

索尼：「雲之國嚴禁患有寒毒症的人進入，害怕人傳人。所以你最好不要再進去了，免得別人發現你。你是否找到方法治療寒毒症了呢？」

佐伊：「寒毒症不會人傳人，這根本就是謠言。寒毒症只有雪之國的人民會患上，還有曾經去過遊戲世界的玩家們。我和我的家人找到了方法可以治療寒毒症，並且如果治癒成功的話，我叔叔說我可以申請專利用這個專利賺錢。」

索尼：「什麼方法？」

佐伊：「前往遊戲世界裡，打敗寒毒獸，找到解藥把它帶回現實世界裡。」

索尼：「虛擬世界已經被封鎖了，是雪之國的禁區，任何人都不可以進入的，不然就是違法重罪。你這樣貿然潛入，會有生命危險的，我勸你最好不要去。」

佐伊：「沒有關係，我叔叔是虛擬世界最早一批的研發人員，我爸爸是虛擬世界最早一批的競技玩家。這次進入，就是爲了尋找解藥，治療更多的寒毒症患者。讓整個世界都對我們雪之國的人民改觀。」

索尼：「想法是好的，但你有做什麼充足的準備嗎？」

佐伊：「還沒有。但是我叔叔認識雪之國的極端遊戲主義愛好者，可能會和他們組隊進入。」

佐伊：「不聊了，我肚子餓，我先去吃飯了啊。」

索尼：「好。」

佐伊下線後，索尼開始思考虛擬世界這個話題，畢竟索尼也是一個遊戲迷，這幾年一直在一家遊戲公司裡做事，很想身歷其境地進入遊戲世界裡，不單單是爲了要打怪升級賺取金幣在現實世界裡揮霍，而是純粹對遊戲世界裡所發生的所要經歷的產生了無比的嚮往。如果說辭去現在的工作，去找佐伊，跟她一起去虛擬世界會發生什麼，又會一起經歷什麼呢？這看上去就像是一個天馬行空的想法，畢竟自己只是對遊戲產業有所瞭解，但是從未把人生當做賭注投注在遊戲上面。這看上去就是一場冒險的旅行，但是內心卻有所渴望和憧憬。

佐伊回到了客廳後，叔叔端上了一碗雞湯，準備了一桌子豐盛的美味佳餚，看得佐伊一直狂流口水。

叔叔給佐伊夾了一隻雞腿。

叔叔：「快點兒吃吧，小姑娘那麼瘦，皮包骨頭的，多吃點兒長點兒肉，聽到沒有？」

佐伊：「好的，謝謝叔叔。」

叔叔給小姨碗裡夾好飯菜。

阿姨：「哈尼，我不餓，不想吃飯！」

叔叔：「不行，必須吃飯，不吃飯是不可以的。就給你盛那麼一點兒，你都吃不下去嗎？自己吃，乖乖地。」

阿姨：「我不餓嘛，我下午吃薯片了。我現在不餓！我就是不想吃飯。」

哈利博士皺起了眉頭，露出一個比較凶的表情，小姨開始委屈巴巴地看著佐伊，有些無奈地向佐伊求助。

佐伊：「小姨，你聽話啦，把飯乖乖吃完，才會吃得好睡得好。」

阿姨：「你們都是一夥兒的，我不想聽也不想吃。」

哈利博士有些無可奈何，只好把小姨的飯夾好菜，然後一口一口地餵小姨吃。

佐伊：「叔叔，你剛剛和我說的去虛擬世界這個計畫可以做。我覺得我想去試試。」

哈利博士：「哈哈哈，你想通了啊。那好，我明天就帶你去見我的那幾個老朋友，說不定可以幫上你的忙。」

阿姨：「虛擬世界，我也想去，聽上去好好玩的樣子。」

哈利博士：「你不可以去，你乖乖待在家，做我的老婆就好了，不要去冒險了。」

阿姨：「不要嘛，我就是要去……」

哈利博士搖了一勺豌豆塞進小姨的嘴巴裡，讓小姨說不了話來了。

哈利博士跟佐伊說：「你阿姨現在智商只有 3-4 歲那麼大，這也是她其中的一個人格表現，現在正處於叛逆期。」

佐伊：「可是她這個樣子，你又要照顧她會很辛苦的。」

哈利博士：「沒事，週一到週五，我找了一個護工，還有專門的精神科醫生給她做檢查和治療。我們雪之國雖然不大，但是人力和技術人員方面都還是應有盡有，非常齊全的。你這段時間就好好休息吧，我把進入虛擬世界的設備都準備好，到時候跟你講一下注意事項。明天帶你去見見我的遊戲基地。」

佐伊：「好的，叔叔。」

佐伊吃完飯回到房間以後，看到手機振動了一下，是索尼給自己發過來的三條短信。

索尼：「佐伊，我認眞思考了一下。我對虛擬世界這個項目十分感興趣，其實我也是一個遊戲迷。如果可以，我想跟公司請個假和你一起去一次。畢竟人生中難得有這樣的體驗。」

佐伊：「好啊。」

索尼：「但是我不知道這樣去一次會多長的時間。」

佐伊：「索尼，去虛擬世界這個事情可不是鬧著玩的，搞不好會很長時間回不來。你最好想清楚了再去。」

索尼：「我想得很清楚了，我在這家公司做，日復一日地接過大大小小的案件，但是我從未體驗過眞正地進入遊戲世界裡，我很想身歷其境地去體驗一次。」

佐伊：「好，我跟我叔叔說，這段時間你再好好想一下。如果想清楚了來雪之國找我，直接報我的名字，就會有人帶你來尋我們，因爲我叔叔是雪之國最大的農場主。就這樣吧，先不聊了，我明天還要去尋找新的遊戲隊友組隊，才能夠去虛擬世界。」

索尼：「好。」

哈利博士

遊戲基地

哈利博士：「佐伊，這就是我之前跟你提的極端遊戲愛好分子，他們之中有些人擅長玩格鬥類遊戲，有些人擅長玩角色扮演類遊戲，有些人擅長玩戀愛互動類遊戲，有些人擅長玩射擊類遊戲……反正你想好了，在這批人當中選擇幾個作爲隊員，這裡是雪之國最大的遊戲互動群。」

佐伊：「好的，叔叔。但是我不明白的是進入虛擬遊戲世界，玩的是哪一款遊戲？」

哈利博士：「任意一款遊戲，它沒有一個固定的模式，它是根據人的記憶認知，重新調整設計出來的遊戲場景，換句話說，它是根據玩家的潛意識去演變成遊戲場景的，所以根本不知道是哪一款遊戲。只有殺死了最終的 boss 才能出去這款遊戲。」

佐伊：「好的，明白了。最多能夠帶幾個人？」

哈利博士：「四個人，如果是以前可以無限名額，但是現在有監管機器人了，所以名額只有四個。而且你們進入遊戲的時候，我還得想辦法應對監管機器人，去逃過他們的監控。」

佐伊：「叔叔，你有把握嗎？這個監管機器人是雪之國最強的機器人，你有把握去逃過監控嗎？」

哈利博士：「當然，哈哈。我是誰，我可是最聰明的哈利博士好不好？我這十幾年研究，發明了一款最強的病毒軟體，完全可以破壞掉監管機器人的系統。你們放心好了，不會出任何的差池的。但是據我現在所掌握的情報瞭解，已經有別國的遊戲玩家破解了進入遊戲世界的限制，他們買了遊戲頭盔和墨鏡，可以直接穿越進遊戲世界裡。」

佐伊：「可是你如果破壞掉監管機器人的系統以後，就會有警報，到時候你會不會有生命危險呢？」

哈利博士：「孩子，你現在長大了。你要有勇氣爲你的生命進行拼搏。你放心，哈利博士我是雪之國最大的農場主，即使這個事情出問題了，要我承擔責任，政府也不敢把我怎麼樣，畢竟雪之國大部分的居民都是靠我的食糧養活，包括我還給政府供應糧食呢。你就放心的去吧。」

佐伊：「好吧，叔叔，你要保護好你自己。」

哈利博士：「能夠在遊戲裡找到解藥，解救更多的寒毒症患者，包括我們在雪之國的兒童，這是我目前最想做的事情。他們每一個幼小的生命都需要這個解藥。」

佐伊：「好的，我知道了。」

哈利博士：「那你現在挑選你的隊員吧。」

佐伊看著這二十個人，這要如何挑選呢？完全就不熟悉，而且虛擬世界的遊戲也不是一個特定的遊戲，完全是根據記憶來設計的遊戲場景，也就是說什麼遊戲都有可能。不如自己設計一份問卷，讓他們每一個人都塡一下。再一一去考量究竟哪些人作爲自己的隊員比較合適。

佐伊：「這樣吧，我對你們每一個人現在都不熟悉，但既然都是遊戲愛好者。我現在設計一份問卷調查，你們先塡一下。告訴我你們之前的職業，生活背景，興趣愛好，以及爲什麼喜歡玩遊戲，喜歡哪一款遊戲等等，這樣方便我去選擇。」

佐伊打開電腦，利用自己的繪圖和設計知識把這一款問卷設計了出來，然後發給了這二十個人，等到每一個人交上了問卷以後，佐伊整理了一下回到了自己的臥室休息。

辦公室

索尼正在忙著收拾整理最後的幾個文案，辦公室裡沒有幾個人了，只剩下索尼還有老闆。

老闆：「索尼，上次讓你跟進的客戶怎麼樣？你有詢問過他們的意見嗎？對我們設計的遊戲是否滿意呢？」

索尼：「嗯嗯，詢問過。他們挺滿意的，那個案子已經結束了，他們說期待有機會與我們再一次合作。」

老闆：「好的，我手上還有幾個案子，你幫忙跟一下。可能這個週末需要加班。希望你不要偷懶啊，年輕人好好幹，這樣有希望獲得年終獎金，知道沒有？」

老闆轉過身的那一刻，索尼覺得日復一日地加班，做案子，生命實在有些枯燥。

索尼：「老闆，我有事情想和你商量！」

老闆：「什麼事情啊？」

索尼：「老闆，其實我想辭職！」

老闆：「哈，好端端地爲什麼要辭職啊？再怎麼樣說你也是我們公司的骨幹了，是公司給的福利不夠好嗎？還是有其他獵頭公司雇傭你，你這是打算跳槽了嗎？」

索尼：「不是，是因爲我最近想出去旅遊一趟。」

老闆：「去哪裡旅遊啊？」

索尼：「雪之國。」

老闆：「去那麼偏僻又荒郊野外的國家旅遊幹什麼？」

索尼：「我有朋友在那裡，說要組隊去冒險虛擬世界看看。」

老闆：「哎呀，年輕人科幻片看多了，你好好腳踏實地的幹，這一年公司要分紅給你年終獎金，我還有想過要把你加入董事會，這樣你賺到的錢不是更多嗎？」

索尼：「但是老闆，我已經想得很清楚了，眞的很想要去那裡看看。」

老闆：「索尼，你要是決定辭職的話，我不能夠擔保你這個位置啊，你也知道公司這些年一直都有招收新人培訓，想要你這個位置的人多不勝數。你現在辭職要去冒險，你要是再回來我不一定能夠幫你保留上這個工作崗位。」

索尼：「我知道，老闆。」

老闆：「那你還要去？」

索尼：「還是想去。」

老闆：「好吧，既然你已經決定了，明天給我一份辭職信。我會吩咐會計給你結算這個月的工資。看你這四年以來工作賣力的分上，我可以幫你把你的工作崗位保留半年，找個人先接替你的工作。祝你一路順風，你自己要多考慮周詳了。」

索尼：「好的，謝謝你。老闆！」

老闆走後，索尼心中的石頭落了下來，這四年以來，爲了要做自己夢想中的遊戲拼命地加班，沒錯，這份工作起初是自己所愛的，是自己理想中的工作。自己一開始也是懷抱著希望與理想來到這家公司，想要把自己腦中的設計和對於遊戲更多的想法投注在這份工作上。但是時間一長，有些時候還是要按照客戶還有老闆的要求去設計遊戲，長期日復一日地工作量已經把自己原創的熱情給澆滅了，爲了要賺錢，把自己活活地弄成了一個賺錢生活的機器人。在這種高壓的工作模式上，腦袋裡裝得除了工作還是工作。自己能夠感受到自己缺乏了對於原創的熱情還有對追逐生命的熱愛和年輕的感覺，被這臃腫肥胖的身軀打壓了下去，任由著無聊平淡的生活肆虐著自己每一個細胞。

回到家後的索尼給佐伊發了一條短信。

索尼：「佐伊，我決定要去那個遊戲世界，我想去那裡重新找回年輕的自我。」

佐伊：「好的啊，我正在尋找我的隊員。」

索尼：「什麼隊員啊？」

佐伊：「去往虛擬世界遊戲的隊員，一共四個位置。所以現在要在二十個人裡面尋找兩個人的名額。」

佐伊翻出滿滿的問卷，發現了一個挺有趣的女孩，名叫美蓮。

遊戲愛好：戀愛互動類遊戲，角色扮演遊戲，射擊遊戲。

工作經驗：化妝師。

個人簡介：擅長戀愛互動小遊戲，維持人際關係，比較會製造話題，角色扮演類遊戲，也會飼養小寵物。知名化妝師，也是美妝博主。喜歡各種美食料理，很會撩男孩，但也更愛賺錢。曾經在戀愛養成類遊戲比賽中蟬聯冠軍。

佐伊翻著美蓮的資料，這女孩看上去還不錯，有一定的遊戲比賽經驗，而且還擅長自己不擅長的互動養成類遊戲。把她加入進自己的團體裡，這樣可以使團隊實力達到一個水平。

佐伊看著滿滿一遝的資料，又翻了一翻，翻著翻著，突然有一張掉落在地上，資料上面寫著昵名：安紳。

工作經驗：銷售。

遊戲愛好：僵屍類遊戲，策略類遊戲，格鬥類遊戲，射擊類遊戲。

個人簡介：是一個善於分析布局，組裝炸彈槍械的遊戲愛好玩家，曾在雪之國射擊類遊戲大賽中榮獲冠軍，平常也喜歡玩策略類遊戲和遊戲卡片。在策略類遊戲中，善於精算攻擊點數和防備點數以達到完美的取勝。

這個人好像也還不錯，正好團隊裡面也需要一個這樣的角色分析利弊，提出意見。佐伊把安紳的資料和美蓮的資料放進了資料夾裡。剛好看見電腦上的頭像亮了一下。

佐伊：「索尼，你平常都會玩哪些遊戲啊？」

索尼：「我什麼都會，什麼都玩啊。」

佐伊：「好吧，我跟你說這次去虛擬世界是憑著人腦的記憶力去演變成遊戲場景的，所以根本不知道是哪一款遊戲，只有殺死了最終的 boss 才能出去。你還會想跟我一起嗎？你會害怕嗎？」

索尼：「傻瓜，當然會陪你一起啊。別擔心了，我都辭職了。收拾收拾行李就可以去雪之國了。」

佐伊：「嗯嗯，好啊。」

和索尼交流完以後，佐伊一個人有些疲憊地坐在椅子上。自從和索尼分開以後，佐伊的理智已經恢復過來了。佐伊一想到那些個令自己疲憊受傷的歲月，雲爵（佐伊的丈夫）這個神祕的男人，對佐伊十分地冷漠。以前佐伊和雲爵在一起的時候，兩個人彼此互相分享還有分擔生活上的種種。雲爵十分疼愛佐伊，佐伊和雲爵一樣來自離異家庭，雲爵父母雙亡，但是雲爵把佐伊視爲自己的家人，十分照顧佐伊的情緒和需求，一直默默地陪伴在佐伊身邊好幾年。

索尼來到雪之國後，被兩個當地的農民帶到哈利博士的農場。佐伊正在和哈利博士討論關於虛擬遊戲裝置的事情。

那兩個農民跟哈利博士說道：「莊主，這裡有一個外國人說要來見佐伊。」

索尼穿著格子襯衫，身材高大且戴著眼鏡，提著公事包走過來，他有些略顯疲憊。

佐伊看見索尼以後，很開心。嘴角不自覺地輕輕上揚。

佐伊：「叔叔，這是我的一個朋友，也就是我帶回來的那把獵槍的主人。」

哈利博士：「哦，是你哦。」

索尼：「嗯，是的。請問你是……」

哈利博士伸出手握了握索尼，哈利博士：「我是哈利博士，也是雪之國最大的農場主。同樣也是早期研發虛擬世界的科研人員。」

索尼：「你好，我叫索尼。是雲之國的居民，但是居住在雲之國和雪之國的交界處。在雲之國的一家遊戲公司上班，原本是專門設計遊戲的，但是最近辭職了，決定和佐伊一起去虛擬遊戲世界。」

哈利博士：「爲什麼決定去遊戲世界呢？要知道進去以後出來都很困難，生命危在旦夕。」

索尼：「我自小就是一個遊戲迷，所以選擇去遊戲公司上班。但是我十分想知道自己完全進入遊戲世界又是一種什麼樣的感受？我認爲這是一件十分有意義的事情。所以我想去闖一闖。畢竟人的生命有限，能夠有這樣的一段經歷實在是難得！」

哈利博士：「這可不是鬧著玩的，進這些遊戲世界的玩家有些人家境貧寒，有些人身患寒毒症。你可要想清楚了。」

索尼：「放心吧，我是做了一定的準備才會過來的。我對每一款遊戲都有一定清楚的認識，因爲我本身就是遊戲設計師。」

哈利博士：「好吧，非常開心認識你，現在就來我家坐一會兒吧，我平日裡喜歡喝茶，我去家裡找找看，請你喝一杯。」

索尼：「嗯好的！」

遊戲世界

哈利博士從櫃子裡翻出了四盒茶葉。

哈利博士：「鐵觀音、碧螺春、菊花茶，還有桂花茶。看你們想喝那種茶。」

索尼有些難以置信：「這些茶的名字這麼奇怪？我從來沒有聽過。」

哈利博士：「哦，這些茶葉來自於虛擬世界事件還沒有發酵前，世界還沒有雪、火、雲、土四個國家呢。」

佐伊：「那這個世界是什麼樣子的呢？」

哈利博士：「分爲亞洲、歐洲、非洲、北美洲、南美洲、大洋洲、南極洲。這些茶葉產自於亞洲一個叫中國的國家。雖然現在高科技已經普遍發達了，但是全世界的人口是那時的十二分之一都不到，簡直少的可憐。茶文化也落後了。你在雲之國是喝不到這些的，全世界普遍能夠買到的也就是紅茶、綠茶這兩種茶葉了。」

索尼：「好吧。」

哈利博士把鐵觀音傾倒進一個小杯子裡，然後沖泡熱水。

索尼喝了一口，滋味淡雅，蘭花香馥郁，入口舌尖略帶微甜。

索尼：「這茶很特別啊，淡而不俗啊。」

哈利博士：「這叫鐵觀音，產自於當時的中國，非常有名。」

佐伊喝了一口，確實不錯，清新脫俗。

哈利博士又說道：「要不要試一試這個碧螺春？」

佐伊：「好啊。」

哈利博士：「索尼，你有在雪之國找到住處嗎？」

索尼：「暫時沒有。」

哈利博士：「沒關係，我們家有空房間，你就先暫時住下吧。明天我們可能就要進入遊戲世界了，你要做好準備。」

索尼：「嗯，好的。」

夜晚的時候，索尼起來上廁所，經過佐伊的房間，佐伊沒有緊鎖房間的門，燈光微亮。索尼想起了那幾次和佐伊的擁抱和纏綿，有些克制不住自己地推開了房間的門。他看見佐伊晚上睡覺的時候居然踢被子了，害怕她著涼寒毒症又犯了。於是，便躡手躡腳地走近了她，佐伊安安靜靜地閉著眼睛，漂亮的睫毛一根一根地，高挺的鼻子還有櫻桃小嘴。他先幫佐伊蓋好了被子，然後又用手指溫柔地劃過佐伊的臉頰，佐伊捲曲的頭髮貼在她白皙的臉頰上，睡著的她看上去就像一個脆弱的小女孩。她穿著睡裙，露出香肩，胸部隨著呼吸上下起伏，忽明忽暗的乳溝以及一對玉乳讓索尼看得有些著迷，索尼低下頭，忍不住吻了佐伊。只是輕輕地碰到她酥軟的唇瓣，溫柔的氣息還有櫻花般的香味撲鼻而來。

佐伊夢囈道：「雲爵，是你嗎？」索尼有些不知所措，並沒有回答。再一次溫柔地抱了抱她，被懷抱著的佐伊像嬰兒一般熟睡著。很舒服地靠在了索尼的胸膛上，索尼想要抽身離開，又害怕驚醒佐伊。只能小心翼翼地一點點兒將佐伊移到旁邊的枕頭上，哪知習慣了溫暖的佐伊在睡夢中感受到了這種抽離，有些不捨的抓住了索尼的胳膊，她無助地說道：「可不可以別離開我？」索尼親吻了一下佐伊的髮絲，還是鬆手，幫佐伊蓋好了被子，關上了燈，離開了。

第二天早上，剛好是進入遊戲世界的日子，哈利博士在電腦上做了一系列的測試，然後將遊戲頭盔分別戴在了美蓮，安紳，佐伊還有索尼頭上。

哈利博士：「遊戲測試已經開始了，我已經用病毒軟體暫時性地破壞掉了監控機器人。你們幾個人可以安全進入。遊戲的內容會挑選你們幾個人當中一個人的潛意識，然後編輯組成遊戲場景和故事情節。現在沒有多少時間了，監控機器人隨時會找到這個漏洞去消滅我的病毒軟體。」

佐伊：「叔叔，那你這樣的話豈不是很危險？」

哈利博士：「佐伊，我會顧全我自己的，不要去想那麼多，放鬆下來，跟著我說的去做就好了。」

哈利博士：「現在你們幾個都不要去想那麼多，把握住時間。」

美蓮、安紳、佐伊還有索尼按照哈利博士的指示默默閉上眼，隨著倒計時的十幾秒時間裡，他們一行人還是穿越進入遊戲世界裡了。

就在他們離開的幾秒後，監管機器人剛剛好從哈利博士的身後飛過來。哈利博士自顧自地說了一句：「佐伊多保重啊，希望你勇敢走下去。」監管機器人不由分說地給哈利博士拷上了手銬，其實哈利博士早就料到了會有這一天，但是這是自己想做的，沒有後悔和不後悔。

遊戲世界

一切都如哈利博士所說的那樣，遊戲場景是自動生成的，故事情節選取了佐伊的記憶片段。

也就是雲爵外出回來以後，事情發生的起因。

佐伊興奮地跑到雲爵面前。

佐伊：「老公，你回來了？」

雲爵陰冷著側臉，看上去十分冷峻。佐伊端出了自己做的雞湯，然後溫柔地看向雲爵。

佐伊：「你肚子餓了吧，我煮了一鍋的雞湯呢。」

雲爵：「放著吧，我暫時沒有胃口，不想喝。」

佐伊：「你怎麼了？爲什麼不開心？發生了什麼？你不是說這次外出能夠找到自己親生父母的下落嗎？查的怎麼樣了？」

雲爵：「沒有發現任何線索。」

佐伊：「哦，那找不到線索一時半會兒也不是很著急的，要不慢慢找吧。」

雲爵：「我不想找了。」

佐伊：「爲什麼？究竟發生了什麼？」

雲爵：「沒什麼，不要問了。以後不要提這件事情。」

佐伊：「好吧。」

佐伊在雲爵面前就像個小女孩一般，踮起腳尖，原以爲雲爵會一如往常一般摸摸佐伊的頭髮，然後跟自己親昵。但是雲爵有些厭煩地推開了佐伊。

佐伊的表情有些受傷，佐伊：「怎麼了嘛？」

雲爵：「我有些不大舒服。」

佐伊：「哪裡不大舒服，需不需要吃藥？」

雲爵：「不要，不想要吃藥。你別一直問東問西的。重複的問題反復地問。」

佐伊：「我沒有。」

佐伊：「到底發生了什麼？」

佐伊：「你是不是喜歡上了別人？」

雲爵：「我沒有變心，我不像你會一直去懷念初戀。我眞的很懷疑你和我在一起是不是有什麼目的？」

佐伊：「我沒有。我只是那個時候覺得好玩，但是我和他之間並沒有發生什麼。」

雲爵：「呵呵，你說這話的時候根本沒有顧慮到我的感受，如果有一天我喜歡上別人你會是什麼感覺呢？」

雲爵：「不管你有沒有，這段時間都不要來煩我。家裡有傭人，平常他們做的，你也不吃，都是浪費，整天自己做些吃的，自以爲自己做得很好吃，在我看來，就是浪費食物。你就喜歡浪費！」

佐伊：「可你之前一直誇我做得好吃，說我做的食物給了你溫暖。爲什麼你出去了一趟回來以後就變了呢？」

雲爵：「以後你不要做飯了，外面不安全，不要出門。我每個中午給你送飯。」

佐伊：「不要。」

雲爵：「聽話！」

雲爵有些冷漠地把臉撇開，然後把食物放在了桌子上，離開了。佐伊的臉上掛滿了淚痕。這樣的狀況其實反復地出現在佐伊的記憶裡好幾個星期了。

這時有一個NPC聲音傳進他們四個的耳朵裡：「請在這個封閉的房間裡找到關鍵性的證據幫助佐伊離開。」

這是一個密閉式的房間，單人床，床邊有床頭櫃。牆壁上有一個天窗。桌子上有雲爵留下來的飯菜，角落邊有一個書架，裡面擺滿了書籍。還有一排排鞋子和各色各樣的女士包包整齊地放在衣櫃裡。桌子裡側有一抽屜。

美蓮走到了桌子旁，隨意地打開抽屜，沒有在乎輕重，發出了聲響。

安紳：「喂，你這個動靜也太大了吧，雲爵要是聽到了也會回來的。」

美蓮：「這是遊戲，有什麼關係呢？」

安紳：「可我們都是在遊戲世界裡，這個遊戲世界裡的任何風吹草動你不覺得都是眞實的嗎？」

美蓮：「你錯了，我們這是在佐伊的潛意識裡。」

美蓮伸出了手試探性地摸了摸遊戲中的佐伊，安紳剛想去制止美蓮。然而美蓮的手直接穿透了佐伊的身體，也就是說明這一切都是幻影。

佐伊：「看來我們站在這裡，他們是看不見我們的。」

美蓮：「我說吧，翻箱倒櫃就沒有什麼問題呢！」

她白了安紳一眼。

安紳沒有理會她，徑直走向衣櫃，仔仔細細地翻了翻，沒有發現什麼。

索尼細心地端起雲爵送給佐伊的食物，也檢查了幾次雲爵關上門離開的痕跡。發現食物裡面夾了一張紙條：「趕緊去治病。」

索尼把紙條拿給佐伊看，佐伊有些驚訝，原來雲爵在那個時候就已經發現佐伊隱藏的祕密，佐伊患有寒毒症。可是雲爵也沒有和自己說清楚，所以他對佐伊故意冷淡，一方面是希望自己去治病，還有一方面可能有其他原因存在著。

美蓮發現了桌子上的筆記型電腦，需要輸入密碼。於是她轉過頭，看向佐伊。

美蓮：「姐姐，雲爵的生日是多少呀？」

佐伊：「1994 年 12 月 12 日。」

美蓮按照佐伊所說的輸入進去，發現密碼錯誤。

美蓮：「姐姐，密碼錯誤。」

佐伊：「那你輸入我的試試看，1995 年 10 月 2 日。」

美蓮又試了一次，賓果。美蓮打開電腦上的資料夾，上面有一張聊天記錄特別吸引大家的注意。

雲爵：「你知道怎麼進入遊戲世界嗎？」

雪國人：「放心吧，明天12點，交易完成，你就可以順利進入了。」

雲爵：「好的。」

美蓮：「姐姐，所以你丈夫知道了你生病的事情，然後又約了一個雪國人見面？」

佐伊：「可我並不知道這個事情啊。」

安紳：「你們看，我也發現了一些東西。」

安紳從衣櫃裡翻出了一本日記本，裡面有一些精美的繪圖。

第一頁：一個美麗的女子牽著一個兒童，但是女子神情落寞，眼神飄向遠方。

第二頁：女子與一名男子發生了劇烈的爭執，然後男子拋棄了女子和孩子，帶著一瓶酒離開了。

第三頁：女子傷心不已，扔下了孩子，回到了飄滿了白雪的地方，最後死在了雪地裡。

第四頁：孩子被一對老夫妻收養了。

在第四頁下面寫了一句話，但是是雪國的文字：「親愛的孩子，當你看到我給你的信，我已經去世了。希望你好好地活下去。」

索尼：「雲爵的媽媽很有可能是雪國人。」

佐伊覺得這一切變得越來越撲朔迷離，匪夷所思了。如果真的是這樣，雲爵是一早就知道自己的身世，還是最近才知道的呢？

佐伊望向牆壁上的窗戶，總覺得那裡可能有一些發現。她踩在被褥上，有些好奇地將窗戶的扳手擰開，發現窗戶被打開了。

佐伊探向外面的世界，如果從窗戶這裡跳下去的話，應該不會傷到身體，窗戶也足夠承受一兩個人的體重可以離開。

佐伊：「我們利用窗戶離開這裡吧，我看從這裡跳下去應該沒有什麼危險，也就一米的高度。」

美蓮：「太棒了，我還以爲要找鑰匙呢，翻箱倒櫃找了那麼久都沒有找到。眞的很煩心呢。」

索尼：「等一下，我和安紳先下去，這樣你們跳下來的時候，我們可以接著你。」

佐伊：「嗯，好啊。」

索尼攀上窗戶，勇敢帥氣地往下一躍，淡定地站好。緊接著安紳也跳了下去。

美蓮：「佐伊，我有些害怕呢，要不你先跳吧！」

美蓮拉了拉佐伊的衣角，抿了抿嘴唇，一臉無辜地看向佐伊。

佐伊看向窗外，索尼：「下來吧，別怕，我可以接著你。」

佐伊看著索尼傳來堅定的眼神，雖然也會有害怕這種高度，但還是更多地願意選擇相信。佐伊縱身一躍，感受著自己從高空中飛翔的感覺，雖然是在遊戲世界，可是這一切也太逼真了，就連跳個樓，都有一種忐忑的感覺。幸運地是索尼安安穩穩地接住了佐伊，佐伊感受到貼近索尼胸口的溫暖。輪到美蓮了。美蓮還是很緊張地不敢下來。

安紳：「美蓮，你也趕緊下來吧！」

美蓮：「不要，人家真的很怕怕～」

安紳：「你就不要想那麼多，直接往下跳吧。」

美蓮：「我不要，人家真的好害怕呀～」

安紳：「那你自己下來吧，沒有人接你！」

美蓮：「啊，安紳。你真的好過分啊～我不應該跟你一隊的！」

美蓮很無奈，可是她也只能閉上眼睛，緊閉著雙唇，從窗口那裡一躍而下，安紳剛剛好接到了美蓮，美蓮一個踉蹌，將安紳撲倒在地，兩個人互相貼近，鼻尖觸碰著鼻尖，美蓮放大了瞳孔，差點兒親吻上安紳。兩個人都有些尷尬，美蓮的臉有些微微通紅，她趕緊站了起來，跟安紳拉開了距離。

美蓮：「好痛啊！」

安紳：「怎麼了，有哪裡受傷嗎？」

美蓮看著自己的膝蓋，有些小小的擦傷，還有瘀青。

美蓮：「啊，怎麼會有瘀青了呀？」

美蓮：「這裡又買不到可以擦拭的藥膏，我該怎麼辦呀？」

佐伊：「遊戲世界，應該過一會兒就會恢復了。我們待會兒去客棧那裡吃點兒東西，傷口就可以恢復了，你不用太擔心了。」

美蓮：「嗯嗯，好。」

美蓮挽著佐伊，一行人根據NPC的指示前往一個叫冰城的地方。

意念控制

冰城，在這個安靜又靜謐的城市裡，入口處有NPC正在販賣地圖。

NPC：「歡迎來到冰城，這裡有火山和雪山兩座大山，在河兩岸有一些訓練基地和情報中心供遊戲玩家探險，初來乍到的遊戲玩家免費贈送地圖一張。」

佐伊從NPC手中拿到地圖，上面畫了兩座山，雪山和火山，中間隔了一條河，名叫地獄河。旁邊有一些零星的建築物：意念控制訓練中心、幻想實現訓練基地、女巫情報屋、龍雲客棧、寵物精靈店。

NPC：「遊戲玩家可以在這裡探險、馴服寵物、尋找寒麒獸、獲得寶藏等等。」

安紳：「我們去找寶藏吧，我對錢比較有興趣。」

美蓮：「我覺得我們應該去寵物精靈店、養寵物，寵物多可愛呀！」

佐伊：「我們今天還是先在龍雲客棧住下吧，打聽一下情報，我們現在對於所處的遊戲世界並不瞭解，要如何具體找到寒麒獸也沒有任何頭緒，之後幾天再去看看如何找到寶藏和訓練寵物吧。」

索尼：「我同意。」

安紳：「OK，我沒有意見，只要能夠賺到錢就好了。」

美蓮：「嗯嗯，我也沒有意見呢！

龍雲客棧

佐伊：「有人嗎？」

佐伊環顧了一下四周的環境，店裡冷冷清清，十幾張檀木的桌椅擺放在大廳處，油紙的燈籠掛在房梁上，燈芯處有著蠟燭的微黃，店裡就佐伊他們一行人。

吝嗇的店小二：「在呢，看你們應該是新手玩家，是否要入住本店？」

美蓮：「當然啦！」

吝嗇的店小二：「一週 200 金單人間。」

美蓮：「什麼？這在遊戲世界裡還要收費的？」

佐伊：「這麼貴？我們都是新手玩家，現在哪有錢呀？」

安紳：「請問金幣在哪裡賺取？」

吝嗇的店小二：「各位遊戲玩家們好，你們可以通過打怪升級來獲取遊戲金幣，在遊戲中不管去任意一個場所，都需要花費遊戲金幣的。」

佐伊：「那我們是要去哪裡打怪？」

吝嗇的店小二：「火山、雪山，或者是地獄河。」

美蓮：「喂，你這是在欺負我們現在還沒有打怪賺到錢嗎？」

吝嗇的店小二：「你們可以先住下，之後再補交租金。」

佐伊：「好的，店小二，給我四間房呢。」

吝嗇的店小二：「總共 800 金，另外本店特色菜，滷味豬肘、海鮮湯、東坡肉要不要嘗一下呀？」

美蓮：「好的呀，小二給我來一盤。」

吝嗇的店小二：「這樣的話，一共是 850 金，你們可以先欠下，等你們去新手訓練場升級了以後，獲得了一定的獎勵，再把欠款補上。」

佐伊：「好的。」

店小二領佐伊一行人安頓好以後，夜晚的時候，佐伊還不是很睡得著，想起那個時候雲爵留下的線索，會和一個雪國人在龍雲客棧見面。於是，就一個人在客棧的院子散步了一會兒，佐伊走著走著遇見了索尼。

佐伊：「你也沒有睡著嗎？」

索尼：「嗯，我也是很好奇雲爵的事情，想看看能不能在這裡找到一些什麼吧。」

佐伊：「哈哈哈，那我們一起找唄。」

兩個人摸索著來到了龍雲客棧的院子中心，搜索了各種客房，沒有任何發現，基本上都無人居住。另有一條神祕的巷子，佐伊和索尼走了進去，巷子出口有一間客房，剛好有聲音從這個客房傳出，佐伊和索尼小心翼翼地用手指在紙窗上捅了一個洞。

雲爵：「烏鴉，讓你調查的事情怎麼樣了？」

雲爵身穿深藍色的袍子，留著遊戲世界裡的長髮，長長的指甲，有些邪魅的眼神，淡漠地冷笑著。他的左耳帶著月亮型的銀環，佐伊有些詫異他這樣的裝扮眞的不像在現實世界裡那個認識的他。

烏鴉：「暫時沒有新的線索。」

雲爵：「廢物！」

他的眼神淩厲地掃過烏鴉，烏鴉瞬間灰飛煙滅。他若無其事地坐上了他的寶座上。

另有一隻冰雕藏獒靠近雲爵，牠說著雪國的語言。

藏獒：「主人，現在我們應該怎麼辦？」

雲爵：「繼續等，等我找到冰麒獸，然後殺死牠。」

藏獒：「之前其他遊戲玩家來到冰城，接觸過冰麒獸的玩家非死即傷。」

雲爵：「這些情報我一早就掌握了。」

藏獒：「主人，想要殺死冰麒獸不容易。」

雲爵：「放心吧，我自有辦法，只要能夠找到牠，我就自有辦法讓牠爲我所用。而且我必須要拿到解藥。」

藏獒：「是的，主人。」

雲爵：「這幾天，你們要加快去尋找，因爲時日無多了，如果你不希望你的下場跟烏鴉一樣，你最好比牠聰明一些，我不喜歡蠢貨。」

藏獒：「是的，主人。」

雲爵：「沒有什麼事情的話，你們都下去吧。我想現在一個人呆一會兒。」

藏獒以及其他精靈們隨著雲爵打的一記響指瞬間消失了。雲爵端起茶抿了一口，他有些孤傲地凝視著遠方，一粒灰塵落盡了茶裡，他皺了皺眉，隨即把茶杯放下，厭惡地連碰都不想碰一下。

佐伊看見雲爵的時候有些激動，她有太多的問題想要問雲爵了，但是被索尼拉住。

索尼：「你現在不可以衝動地去找他！」

佐伊：「爲什麼呀？」

索尼：「我感覺他遊戲等級比我們高，而且我們不清楚他來到這個遊戲的目的是什麼？」

佐伊：「那我們現在怎麼做比較好？」

索尼：「打怪升級，然後看一下雲爵那邊的情況，他有沒有找到寒麒獸。」

佐伊：「嗯，好。」

索尼：「這幾天我們要多注意他這邊的情況。」

佐伊：「好的。」

佐伊用手揉了揉眼睛，這個小動作被索尼細心地觀察在眼裡。

索尼：「你是不是有些睏了呀？感覺你沒有什麼精神呢！」

佐伊：「嗯，我是有些累了，想先回房間裡面休息。」

索尼：「要不我送你？」

佐伊：「不用了。」

索尼：「嗯，早點兒休息吧。明天我們還要去訓練場地訓練，這樣才可以升級，也能夠更快速地瞭解這一整個遊戲世界的生存和戰鬥模式。」

佐伊：「好的。」

佐伊回到房間以後，感受到全身發冷，寒毒症的發作，令自己又一次感受到皮膚還有身體的僵硬，全身被凍住了。伴隨著的情緒心理上的負作用，無法信任別人，沒有安全感又過分猜疑。小時候，因爲佐伊患有寒毒症，害怕被其他同學發現和歧視，只能小心翼翼地僞裝自己。每當寒毒症發作，也都要裝的面無改色地繼續上學和大家相處。久而久之，佐伊心裡面壓抑得越來越累了，寒毒症發作的嚴重時，也只能一個人躺在床上獨自舔舐傷口。因爲媽媽也有這個毛病，所以當佐伊跟媽媽訴說煩惱和難處時，媽媽也都是用極其冷酷和不耐煩地語氣回應佐伊：「那也是沒有辦法的事情，你得自己學會適應。」佐伊就在這樣的環境下成長著，也沒有很敢去敞開心扉的交上知心朋友，因爲害怕別人的歧視和排擠。因此眞的很希望能夠早日找到解藥，幫助更多寒毒症患者擺脫這個疾病。

一滴淚從佐伊的臉頰上劃過，今天見到雲爵，感受到了雲爵的變化，雖然佐伊很想知道雲爵到底發生了什麼？一想起之前雲爵對自己的寵溺，還有親自帶佐伊去很多地方遊玩，到後來雲爵對自己的不滿、冷淡，佐伊就感到撕心裂肺。佐伊一直猜想：是不是因爲雲爵發現了自己患有寒毒症，於是就嫌棄了自己？但是，那他爲什麼還要想辦法來遊戲世界呢？還有，這些跟雲爵的身世有什麼關係呢？如果自己親自質問雲爵，他會告訴自己嗎？寒毒症的疼痛和冰冷又一次向佐伊襲來，佐伊只能調整呼吸，慢慢地閉上眼睛。

意念控制訓練中心

第二天醒來，佐伊從龍雲客棧店小二那裡打聽到新手玩家必去的意念控制訓練中心。所謂的意念控制訓練中心，就是憑著自己的意念來控制武器，意志力越堅定的人越好控制上武器的方向，最終達到一招斃命敵人。在這四人其中，索尼的意志力最爲堅定，他很快地根據NPC的提示，果斷地獲得了刀光劍影的技能。然而，佐伊還有美蓮、安紳僅僅只是用意念拿起武器，便掉落了。

索尼運用自己的意志力將十把寶劍擺出了一個劍陣浮在高空中，又對準了同一個方向快狠準地砍下去。

美蓮有些羨慕又崇拜地看著索尼。

美蓮：「索尼，你是怎麼做到的？好厲害呦～可不可以教教人家呀？」

索尼：「這並不是很困難，你過來，我告訴你怎麼做比較好。」

美蓮有些興奮的跑到了索尼旁邊，緊貼著索尼，表情有些曖昧又有些撒嬌。

索尼：「首先呢，你需要把注意力集中在你所要拿的武器上，像這樣，眼神注意集中在一個點上……。」

美蓮一臉崇拜地看著索尼，眼神滿帶愛慕之情。

美蓮：「你可不可以手把手地教教我呀？我不是很懂呀！」

索尼：「你最好自己來，我演示一遍給你看。」

索尼示範了一遍給美蓮看，美蓮似懂非懂地學習著，像隻小兔子般的點點頭。

安紳：「美女隊長，你男朋友快要被美蓮勾引跑了，你不在意嗎？」

佐伊：「安紳，你別誤會了。我們本來就不是男女朋友關係，我本身就處於一段婚姻當中。」

佐伊：「而且我身上背負著重大使命，無法戀愛。也有必須要探尋的真相。現在我居然連最基礎的意志力訓練都做不好，更沒有心思去管其他的。」

安紳又試了一遍，安紳：「姐姐，姐姐，我成功了！」

佐伊：「怎麼做到的？」

安紳：「其實很簡單的，這個原理就是你要凝神去注視那個武器，這是第一步。然後大腦傳輸意念，讓它過來攻擊敵人。但是在大腦傳達這個意識的同時，還要持續專注。不然很容易注意力跟堅持度跟不上不同步，就很容易把武器舉到高空，又突然掉了下來。」

佐伊：「這好像很困難呀。」

安紳：「不難，就是眼睛一直盯著，大腦的太陽穴會疼吧，還要用腦控制。」

佐伊：「是的。」

安紳：「反正我做到了，但是擺劍陣這種高難度的動作我還做不了，待會兒我去問問看索尼。看美蓮這個樣子，突然覺得她好噁心。」

佐伊：「別這樣說啦，只要美蓮在團體中能夠幫上忙，發揮起作用，我們能夠達到最終目的拿到解藥，就不要管別人的私事了，畢竟也沒有妨礙到我們，不是嗎？」

安紳：「看著她那樣，我就不爽。我看她是喜歡上索尼了吧？」

佐伊：「隨她去吧。」

安紳：「不行，我要去找索尼問問高難度的技巧。」

就在安紳還有美蓮簇擁在索尼周圍去討教劍陣時，佐伊卻在思考劍陣既然是索尼發現的特殊技能，那麼自己是不是在掌握基本原理以後，可以創造出屬於自己特殊的技能呢？在這裡的武器只有劍、斧頭、弓箭、矛、飛鏢等等。但這些武器都沒能夠讓佐伊有任何的感覺。

就在佐伊一籌莫展的時刻，安紳發現了大刀闊斧的新招數，利用劍和斧頭憑著大腦的控制向敵人砍去，可以造成敵人 500 點致命傷害數，美蓮也掌握了一些技巧，例如控制飛鏢，還有劍。

美蓮有些雀躍地跳起了：「耶，我掌握了哎！哈哈哈！」

她突然有些開心地摟住安紳的脖子，在安紳毫無預兆地時候，親了安紳的左臉頰。她開心單純地就像個小孩子。

索尼走到了佐伊面前，友好地詢問：「需不需要幫忙？」

佐伊：「謝謝，不用了。我只是在思考有沒有辦法用意念創造出武器，然後再利用這個武器去進行物理攻擊。我覺得對於這個場上的武器基礎操作我也明白，可是我就是覺得這種技能不是我需要的。我在想有沒有更好的。」

索尼：「別去思考那麼多了，我們應該先把握好基礎的原理，然後做一些小小的進階，慢慢地才能夠去打怪。」

佐伊：「好吧。」

夜晚的時候，佐伊回到了房間，回憶著在訓練場上的一幕幕，自己對兵器的操作和把握還有理解並非很擅長，如果說可以運用幻想創造出樂器，利用樂器作爲自己的武器來進行殺敵，可能更適合自己一些。雖說索尼可能之前玩過競技類的遊戲，他對武器還有兵器都瞭若指掌。美蓮還有安紳也都跟風，很快就從索尼那裡收到指點學會了操縱武器。但是，這畢竟不適合自己，因爲在遊戲裡，應該去尋找到屬於自己的特殊技能和武器，基礎操作原理目前看來大家都掌握了，但要創造出獨一無二的戰鬥模式可能還有些難度。

「咚咚咚」

佐伊：「誰呀？」

吝嗇的店小二：「是我，客官。我來給你送餐了～」

佐伊：「請進！」

吝嗇的店小二：「客官，本店今天招牌菜蜜汁鳳爪、脆皮烤鴨，客官有沒有興趣嘗嘗啊？」

佐伊：「暫時沒有興趣。」

吝嗇的店小二：「客官，你不吃飯怎麼可以呢？不吃飯可沒有精神做明天的訓練呢，我這招牌菜也不貴呢，就 50 金。」

佐伊：「我今天沒有獲得新技能，暫時不夠錢買那麼貴的食物，就兩個饅頭吧。」

吝嗇的店小二：「其他客官這都獲得新技能了，也領了獎賞金。你咋一無所獲呢？」

佐伊：「因爲我在思考能不能用自己的幻想創造出一種樂器，並且利用樂器殺人於無形中。」

吝嗇的店小二：「哈哈哈，當然可以啊！」

吝嗇的店小二：「在我們的遊戲世界，只有想不到，沒有做不到呀。你明天去幻想實現訓練基地好好學習和掌握，就可以把你剛剛提的想法實踐了。」

佐伊：「眞的嗎？」

聽到了這個答案，佐伊突然從一個很無精打采的狀態，開始變得興奮起來。

吝嗇的店小二：「當然，就你剛剛提的問題非常地好，利用幻想先創造出你專門的武器，然後再利用意念操縱法殺人。你明天去了幻想基地就知道了。但是客官，要訓練再怎麼樣也要吃飽吧～」

佐伊：「嗯嗯嗯對，民以食爲天，就算在遊戲世界裡也一樣。」

佐伊：「但是我今天沒有那麼多錢，就先買 2 個饅頭吧。」

吝嗇的店小二：「好的，客官。兩個饅頭，5 金。」

店小二象徵性地把手攤開，示意佐伊給錢。佐伊從背包裡拿出 5 金，放在小二的手掌心上，吝嗇的店小二露出了兩顆金牙，滿意地笑了笑。

待店小二走以後，佐伊又去了一次雲爵的房間，佐伊躡手躡腳地在紙窗上捅了一個洞，觀察著屋內的一切，雲爵不在房間內。佐伊推開房門，走了進去。環顧著四周的環境，屋內乾乾淨淨的，雖然空間很大，但也只放了一個木桌、木椅子。桌子上乾乾淨淨的，沒有一點兒灰塵。一盞用過的黃色油燈在床的左側。佐伊有些懷念地躺在了雲爵曾躺過的地方，想起他們曾經的共同回憶，被褥上散發著佐伊記憶中熟悉的味道。然而，現在的雲爵，變成了另外一個人，一個自己不認識的他。在收拾過自己悲傷的情緒後，佐伊幫雲爵整理整理了床鋪，離開了這間房間。一滴雨水從天花板上落了下來，她不知道的是從她走進這個房間的那一刻起，她所做的一切，雲爵都用魔力感知觀察著。其實雲爵早就發現了佐伊、索尼他們這一行人和自己一樣入住了龍雲客棧，只是他裝作不知道，也不想說出來。他並非真的面無表情又鐵石心腸，只是太多的真實情感被埋在了心底深處，又等著一個恰當的時機和佐伊說清楚。

幻想屋

佐伊索尼一行人來到了第二個訓練場地幻想屋，這是一個密閉的環境，玩家如果想要挑戰成功，就必須忍受幽靈的攻擊還有精神上的折磨、心理的陰暗面，並且運用意志力的控制和幻想能力從中脫險，最終開啓新的技能：魔力感知、魔力操控、心電感應。

美蓮：「據說幻想屋是最恐怖的訓練場，我好怕怕呀～索尼，你可以保護一下我嗎？」

美蓮留著性感的金髮，她撒嬌的時候，胸部都會情不自禁地晃動著，配合著她桃花般的杏眼，讓男人看了容易想入非非。

安紳：「我可以保護你啊，美蓮。」美蓮白了安紳一眼。

索尼：「待會兒不是團體合作遊戲，而是單獨地進入密閉空間，一人在一個幻想屋裡，大家都很難保護上對方。」

佐伊：「雖然說不能夠團體合作一起克服一些什麼，但是從這個訓練場出來以後我們只需要去一次寵物精靈店，購買寵物馴服精靈，就可以直接去打怪了。所以這次的幻想屋訓練是至關重要的，大家都不可掉以輕心。」

佐伊說完這番話，從背包裡拿出了四個饅頭，佐伊：「待會兒就要進去了，大家都補充一下體力吧，不然眞的很難抗住呀！」

美蓮：「姐姐，你可眞貼心呀！」

佐伊笑了笑，吃完饅頭的四人分別都各自進入了自己的幻想屋，在這個密閉的空間裡，四面環繞著鏡子，佐伊能夠看到各個角度的自己，沒有任何傢俱，這個空間只有 2 平方米那麼大。

NPC：「歡迎遊戲玩家進入幻想屋密閉空間，現在請簡單地幻想出你的武器來。」

佐伊想了想，自己從小學習樂器，於是幻想出了一把琵琶。

NPC：「很好，接下來請你利用你的意志力攻擊空間裡的三條毒蛇。如果攻擊失敗，你將會被毒蛇咬傷，但不會死。」

NPC 說完，房間裡眞的出來三條花色的毒蛇，從空間的各個角落裡爬了出來。這確實讓佐伊感到背脊骨發涼，與此同時，佐伊還聽到美蓮發出來的尖叫聲。

NPC：「請用意念控制武器。」

佐伊把注意力放在了琵琶上，左右手互相配合發出琴弦的聲響，一陣陣的琴音殺死了兩條毒蛇，這讓本來有些膽怯的佐伊開始變得躍躍欲試。還剩最後一條毒蛇了，牠全身赤紅，黑色的斑點，張開蛇嘴，吐出纖細的舌信，距離佐伊越來越近，這條毒蛇十分狡猾，牠繞到了佐伊的後方，佐伊聽到了毒蛇所發出的嘶嘶聲，但還是晚了一步，毒蛇纏住了佐伊的脖頸，咬了一口。鮮血從佐伊的脖子這裡流出，佐伊緊閉著眼睛，沒有想到在遊戲世界裡，可是這種疼痛感卻那麼眞實地存在著，佐伊趕緊彈了三聲琵琶的音作爲攻擊，才使得這條毒蛇死去。

NPC：「恭喜玩家，你做的很棒！可以順利進行下一關：魔力操控。」

NPC：「魔力操控簡單來說可以操控魔素，爲自己生成結界或是魔法物理攻擊。高級操控者可以操縱魔素流動使他人魔法攻擊偏移甚至取消。魔力感知簡單來說就是感應並察覺身邊魔物或是擁有魔力者的存在。」

佐伊：「具體應該這麼做？」

NPC 沒有回應，新一輪的攻擊又一波地來臨了，佐伊必須在這一輪的攻擊裡學會魔力操控和魔力感知。一批批黃蜂兇猛地襲來，佐伊用了上一輪的琵琶攻擊，但是毫無效果。佐伊被黃蜂螫得渾身疼痛，又剛好自己的寒毒症病發了。她痛苦地蜷縮在角落邊，一批批黃蜂往佐伊的身上拼命地叮咬著，疼得佐伊的眼淚不斷地流了下來。就在她覺得天昏地暗之際，眼皮已經快要垂下來，人也即將暈厥時，一個熟悉的身影出現在了佐伊的眼前。

他穿著白色的法術袍，銀色的長髮，還有月牙式的耳環。佐伊沒有想到雲爵會出現。他只是輕拂了衣袖，螫人的黃蜂就已經不見了。他拿出藏在衣袖裡的一個白色瓶子，餵佐伊喝下。佐伊慢慢睜開了眼睛，恢復了神志。

佐伊：「雲爵，你怎麼會在這裡呢？」

雲爵：「你現在已擁有生命值和魔素值，你要盡可能地利用你的幻想能力生成結界，保護上自己。如果恐懼是無法戰勝敵人的。只有在你心理有清楚的作戰計畫和作戰模式，頭腦清醒時方可獲勝。」

佐伊：「我不大理解。」

雲爵：「不明白你爲什麼要來這個遊戲世界？這裡危險至極，你平時也不怎麼常玩遊戲的一個人。抓住我的手，我用我的魔力感知讓你瞭解這一切。」

佐伊緊緊地抓住雲爵的手，從雲爵的體內迸發出一股氣流，將體內的氣體都運用到左手的手掌上，他只將手掌攤開，就有無數的彩色螢光蝴蝶從他手掌裡生長出來，又翩翩起舞飛走。

雲爵：「我們在遊戲世界裡的血液流動就是一種魔素的產生，你只需要將體內的力氣，精氣集中在身體的某個部位上，就可以產生魔力。這就好像我們在現實世界了練瑜伽、氣功還有唱歌一樣，然後再加上幻想。你自己試試吧。」

佐伊：「嗯。」

雲爵：「你也可以開口唱歌試試看，同樣的原理，把氣提到喉嚨這裡。」

佐伊：「好。」

佐伊調整呼吸，張開嘴，哼唱了兩句，輕快的曲調，優美的旋律幻化出一朵朵鮮花。看見遍地的鮮花在這個狹窄的空間裡一朵朵盛開。佐伊的臉上笑顏逐開。

雲爵：「你再試試看，學會結界保護。等會兒第三輪幽靈攻擊就要開始了。」

佐伊：「好的。」

佐伊抱起琵琶，歌聲合著琴聲形成了一個強而有力的結界保護。那些看不見摸不著的幽靈四面八方地湧來，而在佐伊的肉眼中所看到的就是，有一股破壞力極強的龍捲風向佐伊襲來。佐伊有些緊張，彈錯了幾個音，聲音也有些顫抖，結界的保護力有些消失。

雲爵：「不要怕，這些都是幻象，你只要把心定住。幻想出自己的力量就可以抵擋住。」

汗從佐伊的額頭那裡一滴滴地落下，佐伊繼續憑著那股身體裡的氣流和自己的幻想與看不見的幽靈所幻化的龍捲風持續作戰。琴音一陣陣地襲來，充滿著穿透力，就像光束一般幻化成利刃殺死了裹在風裡的無數幽靈，逐漸地風力變弱了，隨著佐伊彈奏的最後一個琵琶音，這股妖風總算停止了。

雲爵：「還有最後一點兒，忘記告訴你。魔力感知就是聽覺和第六感，你在任何一個複雜的環境裡，要洞悉風吹草動，又有敏銳的第六感去判斷敵人的方向在哪裡，這些需要實戰經驗的累積才能夠做到。你現在就新手訓練而言已經做得很好了。」

佐伊：「在魔力感知方面，你可以讓我有些體驗嗎？」

雲爵：「好，待會兒我會隱身起來，看你能不能察覺到我。閉上眼睛，靜下心，好好地去聽周圍發生的一切聲音。」

佐伊：「好。」

說完，雲爵幻化成一滴露珠藏在了這個空間的天花板上。過了幾分鐘，佐伊聽到一滴雨水落下的聲音。

於是，她拿起琵琶，奏出了一個音符。雲爵顯現，他打開魔力結晶抵擋住了佐伊的攻擊。

雲爵：「很好，我想你現在對於魔力感知也有了概念。」

雲爵打了一個響指，就又神祕地消失不見了。

NPC：「佐伊，恭喜你。完成了幻想屋的所有訓練，現在你可以從這個房間離開。」

佐伊打開密室的門，看見索尼已經站在那裡了。

佐伊：「其他人呢？」

索尼：「還沒有出來。」

佐伊：「索尼，你猜我剛剛在幻想屋裡遇見了誰？」

索尼：「誰？」

佐伊：「雲爵。」

索尼：「那可能是你的一個幻象，畢竟我們是在幻象屋。」

佐伊：「不是，我是認眞的，眞的是他出來幫助我過了這幾關，還告訴了我一些魔力幻想的知識。」

索尼：「佐伊，這是遊戲世界，什麼都有可能是你幻想出來的，畢竟就連哈利博士都說，是根據玩家的潛意識所編輯的遊戲情節。我甚至都懷疑雲爵根本沒有來到這個遊戲世界裡，進來的只有我們四個人，其他的都是你杜撰和幻想的，你清楚嗎？」

佐伊：「怎麼了？我不清楚你爲什麼這麼說？我認爲雲爵眞的跟我們一起進來了。而且之前你不也看到了並且承認了雲爵也進入了這個遊戲世界裡嗎？」

索尼：「我覺得你只是沒有能夠從你婚姻裡面的傷害走出來，所以你一直渴望他存在並且拯救你。然而這些可能都是假像。我拜託你清醒點兒，佐伊。這裡是遊戲世界，我們闖關找到寒麒獸拿完解藥就要回去的。你應該一開始就清楚你的目的性，不要被這裡的一切給迷惑。」

佐伊：「索尼，我不明白你爲什麼突然這麼說。但我相信他也進來了。」

佐伊：「你在幻想屋裡看到了什麼，你悟到了什麼呢？」

索尼搓了搓手掌，炎熱的火球從他的手掌發出，將一顆大樹熊熊地燃燒了起來。

佐伊：「這很棒啊！」

索尼：「這叫炎之掌，你呢？」

佐伊利用幻想能力幻想出琵琶來，又撥弄琴弦配合聲音所發出的亮光將第二棵大樹劈開。

兩人交流分享後，安紳先從幻想屋裡走了出來。

佐伊：「安紳，你的技能是什麼呀？」

安紳笑而不語，直接將手按在地面上，喊了一句咒語。地面上裂開了一道十分深的縫。

安紳：「怎麼樣？」他還挺得意的。

佐伊：「這好厲害呀！」

安紳：「索尼，你的是什麼？要不我們來 PK 一下？」

索尼：「好的呀，我也想試試看自己的力量。」

美蓮：「等一下，我出來了！」

大家把目光齊刷刷地看向美蓮這邊，她已經累得虛脫了，看上去十分虛弱。但是她依舊十分在意自己的美麗和形象，整理了整理自己的頭髮，讓自己看上去體面一些。

安紳：「你過關了？」

美蓮略有自信地回答道：「對呀，我過關了。」

安紳：「向我們展示一下你的技能吧！」

美蓮：「你叫我展示，我就展示呀？我偏不。」

她把頭一撇，有些高傲。又故作生氣的模樣。

安紳：「哈哈，你還傲嬌了，是吧？就你那水準，我就想看看你從幻想屋那裡出來能夠達上什麼效果？」

美蓮：「你不相信我，是吧？那行，我就讓你看看我的水準！」

美蓮拋了一記媚眼，使用了勾魂術。安紳突然之間像一隻小狗一樣，畢恭畢敬地彎下了腰。

安紳：「主人，請問有什麼吩咐？」

美蓮開懷大笑：「哈哈哈哈！在我面前跳舞，一直跳舞到滿意爲止。」

安紳笨拙地張開雙臂，然後搖擺著，那樣子十分搞笑。像一隻不會跳舞的醜小鴨努力學習著白天鵝最美的樣子。安紳這模樣讓佐伊和索尼都忍不住笑暈了。

美蓮：「停。看你跳舞我都想吐！」

美蓮俏皮地吐了吐舌頭。

安紳隨著美蓮的命令停了下來，美蓮打了一個響指，安紳瞬間恢復了清醒。

安紳：「剛剛發生了什麼？」

佐伊：「哈哈哈哈！」

索尼：「呵呵哈哈哈！」

安紳一臉地莫名其妙，就看見索尼還有佐伊都笑翻了。

佐伊：「你剛剛，你剛剛被美蓮操控了！她讓你跳舞。」

安紳氣的臉綠了起來，安紳：「死美蓮，你對我做了什麼？」

美蓮：「也沒有什麼大不了的，就是使用了一些小手段。把你催眠了，讓你聽我的指令行事，但這有一定的時間期限。如果超過了五分鐘，我的法術就失效了。算是可以讓怪獸暈蹶，拖延其他隊員恢復生命值和調整作戰計畫的時間吧。」

佐伊：「好樣的，美蓮。這樣你可以作爲團隊裡的輔助呢。」

美蓮：「嗯嗯。」

索尼：「今天時間不早了，我們先回客棧休息吧。剛好這次在幻想屋裡的技能學習又獲得了一些金幣，可以在客棧裡吃上一頓不錯的晚餐了。」

美蓮：「嗯嗯，是啊。我也肚子好餓了，好幾天了，那個可惡的店小二一直端一些我買不起的食物給我看，要我消費。我等一下回去了以後要用我的催眠術催眠他，讓他乖乖地把金幣全部交出來。哈哈～」

安紳：「好像玩家對 NPC 使用遊戲技能無效呢！」

美蓮：「你不試試看，怎麼知道呢？」

龍雲客棧

他們一行人回到了龍雲客棧，美蓮在吝嗇的店小二身上施展了一次催眠術，果然毫無效果。

安紳：「我就說吧，你還是省省力氣吧。」

吝嗇的店小二：「客官，你好。本店今天招牌菜：桂花酒釀圓子、芙蓉蛋餅、烤鴨飯。」

美蓮：「全要了全要了。肚子餓死了！」

美蓮因爲今天在訓練場上已經精疲力竭了，所以胃口大開。

吝嗇的店小二：「客官，今天你眞大方。希望你每天都那麼大方～」

美蓮：「店小二，記得把飯菜送到我房間裡。我現在太累了。休息去了哦～」

美蓮打了一聲招呼，就上了樓。

安紳：「我也是，想要早點兒休息。明天看要不要去精靈寵物店，這樣就可以快點兒上路殺怪了。」

吝嗇的店小二：「嗯嗯，好的呢。客官您慢走！」

待安紳和美蓮走後，索尼：「佐伊，我有話想跟你說。」

佐伊：「什麼事兒？」

索尼：「關於在幻想屋裡所發生的一切。」

佐伊：「怎麼了嗎？」

索尼：「如果待會兒你方便的話，我可以到你房間裡，跟你討論一下嗎？」

佐伊：「嗯，好的。等我晚飯以後吧。」

索尼：「好。」

突然消失

晚飯過後，索尼在門口敲了敲門，佐伊打開房門，索尼穿著一件白色的襯衫，頭髮有些微濕，他看上去很慵懶且性感。

佐伊：「進來吧。」

佐伊：「你剛剛說有話要跟我說？」

索尼：「嗯，其實我在幻想屋裡也見到了我前女友。」

佐伊：「哦哦，然後呢？」

索尼：「所以你說的在幻想屋裡看見了雲爵並且他還來幫助你，你不覺得這就是一個幻象？我們根本不能夠確定說他是跟我們一樣一起進入了這個遊戲世界，就算他進入了這個遊戲世界，他究竟是好人還是壞人你也分不清楚。」

佐伊：「我相信他和我們一樣進入了這款遊戲，但是具體用了什麼方法我目前不知道。我猜他有難言之隱吧。」

索尼：「我在幻想屋裡看見她如何和我親密，又如何欺騙我跟另外一個男人親密離開。」

佐伊不知道該如何安慰索尼，就在房間裡倒了一杯水給索尼。

佐伊：「我覺得你不應該去回想過去不開心的事情，喝點兒水冷靜冷靜或許比較好。」

索尼：「嗯嗯，謝謝！」

索尼從佐伊手中接到水，然後又順勢將佐伊擁入懷中，這讓佐伊感到很意外。

佐伊：「怎麼了嗎？」

索尼：「沒什麼，就只是單純地想要抱著你。或許對你有一些好感吧。」

佐伊：「嗯嗯。我也是。有過一些好感。」

索尼摟住佐伊的腰，有些強勢又深情地看向佐伊。他抬起佐伊的下巴，有些霸道地吻了下去。佐伊一下子有些不知所措，但隨即也被這強勢霸道的吻窒息住了。索尼褪去了佐伊的衣裳，露出了玲瓏有致的身材，然後雙手撫摸過去，有些快速地解開了佐伊的胸扣，其實佐伊的心裡是迷茫的，但是面對索尼突如其來的熱烈，佐伊沒有拒絕。但是自己心裡面也清楚，沒有很愛索尼，可能更多的是一種介於友情的曖昧。佐伊比較享受這若有似無的曖昧，所以沒有拒絕。甚至在佐伊心底深處，更多的是希望索尼對自己有所著迷，但不是一種得到，而是處於一種欣賞。因爲那種欣賞，令佐伊覺得很自信。

索尼褪去了佐伊所有的衣裳，佐伊露出酮體，卻略顯冷傲。她宛如存在壁畫裡。

佐伊：「我不許你繼續下去了，只允許你這樣看著我。」

索尼：「爲什麼？」

佐伊：「因爲我覺得這樣的感覺很好，我只想要被欣賞，不想要被獲得。」

偏偏這句話，有些激起索尼的佔有慾。索尼把佐伊壓在自己的身下，猶如一頭猛獅。佐伊突然有些不開心，她不想這段關係超出自己的控制。

她皺了皺漂亮的眉毛：「喂，你最好不要……」

舌頭被索尼堵住，一個濃烈似紅酒的吻令佐伊掙脫不了。雙手被索尼箝制住了，體內的荷爾蒙迅速上升，慢慢地兩個人擁抱在了一塊兒，耳鬢廝磨地忘記了自我，這就像兩個喝醉了的人憑藉著肉體的慾望做了那事。

事後，索尼恢復了理智，他不敢看佐伊，迅速穿上衣服，但他還是有些憐惜地抱了抱佐伊，摸了摸佐伊的頭髮，離開了佐伊的房間。

激情過後，佐伊冷靜了下來。她現在堅定不了跟索尼之間的關係，一切發生得太意外，因爲自己本身就處於一段婚姻當中，自己更加需要時間冷靜冷靜。她一個人走出去，散了一會兒步。走著走著，看到一個神祕的屋子，上面寫了五個字：女巫占卜屋。白天逛這個小鎮的時候，可沒有看見這裡有一家占卜屋。於是，佐伊懷著好奇的心情走了進去。

女巫占卜屋

女巫占卜屋是這座小鎮上最神祕的店鋪，它是一個隱形的屋子。許多玩家走在小鎮上都發現不了這裡還有一間店鋪，占卜屋的主人是一位有些奇特怪異的女巫。她只在她心情好的時候，才營業這家店鋪，使玩家能夠注意到這個店鋪的存在。

佐伊打開門，環視了一下占卜屋的環境，一種獨特的花草香撲鼻而來，琳琅滿目的魔法書被整整齊齊地擺放在不同的書架上，一隻慵懶的白色貓咪躺在貓墊上酣睡著。左側是各色各樣的魔法藥水，屋內種植了大大小小各式各類的植被花草。正中間放著一張桌子，桌子正中央放置著一個水晶球，還有堆疊整齊的塔羅牌。佐伊看見桌子的裡側有一把精緻的轉椅，一名身穿玫瑰紅色的背影正背對著佐伊。轉椅慢慢旋轉，佐伊的瞳孔慢慢放大，占卜屋的女主人，竟半邊臉是老婦人半邊臉是美婦人。左邊臉是老婦人的模樣，布滿了皺紋，左邊銀絲。

右邊美婦人的模樣，臉蛋粉嫩，黑髮翩翩。

女巫伸出右手，那是纖纖玉手，指在了塔羅牌上。她的聲音溫婉動聽。

女巫：「小姑娘，請坐，要不要我給你占卜一下，測一下塔羅呀？」

佐伊：「塔羅？」

女巫：「對呀，看看你有沒有什麼事情想要詢問的呢？」

佐伊：「我確實是有一些事情不解，我想要尋找寒麒獸。」

女巫：「哈哈哈，來我們這邊做占卜的大部分玩家，都測過寒麒獸的下落。」

佐伊：「還有一件事情，我想要查找一個人的線索，以及我現在不小心進入了另外一段關係當中。」

女巫：「可以的，那我們先測你想詢問的物件的線索吧，現在呢，我會洗牌。然後呢，我會讓你在這些牌當中抽出你最有直覺力的三張牌。」

佐伊：「好的。」

女巫：「選好了嗎？」

佐伊：「選好了。」

女巫翻出了三張牌，第一張牌：月亮。第二張牌：隱士。第三張牌：戰車。

女巫：「讓我仔細跟你說說這三張牌的意思吧。首先月亮牌，代表你和對方有一段過去，可能對方是你過去交往過的一個對象、前任或者是一段婚姻中的另一半。這裡有一張隱士，代表對方的行蹤變化莫測，讓人摸不著頭腦。第三張牌戰車，代表對方找到了自己的方向和目標，並且現在要去克服一些困難，最終方能夠成功。」

佐伊：「什麼方向和目標呢？」

女巫：「我幫你看看水晶球。」

她伸出左手，蒼老的皮膚，還有布滿皺紋的指關節。一個略帶穿透力且蒼老的聲音跟剛剛的那個聲音完全不同。

女巫：「小姑娘，你所想要找的那個人已經在尋找寒麒獸的路上了。」

佐伊：「你是說他已經知道怎麼去尋找寒麒獸了嗎？那麼寒麒獸在哪裡呢？」

女巫：「別急，讓我幫你找找看。」

說罷，她從書架上找出一本魔法書，其中有一頁泛黃的信紙掉了出來。她用著蒼老泛黃的左手緩慢地撿了起來。

女巫把這張信紙遞到了佐伊的面前。

女巫：「要想召喚出寒麒獸，首先要去雪山打敗冰龍，獲得龍鱗。再去火山，打敗炎之鹿，獲得鹿角。拿到龍鱗和鹿角以後去往地獄河，召喚出寒麒獸再將其打敗，就可以獲得寶藏、一個願望，還有寒毒症的解藥。」

佐伊：「那麼剛剛你在水晶球裡的那個人，他現在在哪裡？」

女巫：「他已經前往雪山了。」

女巫：「我看你今天過來，還有心事兒。是否需要繼續占卜？」

佐伊：「好，我想測測與另外一個人的關係。」

女巫又讓佐伊選擇了三張牌，然後逐一翻開。

第一張牌：三把寶劍。第二張牌：聖杯國王逆位。第三張牌：流浪者。

女巫：「這是一個過去有傷痛的人，然後他對你有些好感，你應該也是。可是呢這張牌是逆位，代表你們對彼此的感情和關係都不是很堅定，如果只是有好感，沒有實質性地付出和關係的吧，就是不長久的感情。剛好這裡有一張流浪者的牌，代表你們雙方都是抱著試一試的態度，想要忘掉過去，開始這段關係。」

女巫：「我覺得呢，你現在不是一個可以進入感情關係的時候，一個是叫你放掉過去，迎接新關係的可能。另外一個是有祕密，需要你揭開眞相並且跟他化解掉過去所有的誤會和爭執的一段關係。眞正愛你的人會在你最需要的時候出現並且救你一命，你就等著這個人的出現吧。我覺得你現在的心很亂，需要冷靜冷靜，一個人去聆聽你內心的聲音。」

佐伊：「是的。」

女巫：「我覺得你可以一個人前往雪山去打敗冰龍試試看，趁這段時間多去釐清自己的思緒和你內心的情感。」

佐伊：「好。」

女巫：「隔壁是寵物精靈店，如果你想飛去雪山，建議你去買一坐騎和一些去雪山的裝備。」

女巫：「最後，今日所和你說的一切，都需要……」

女巫把手攤開，示意佐伊給占卜費。

佐伊：「多少錢？」

女巫：「200 金。」

還好這幾天的訓練，佐伊都有存上錢，也都獲得了相應的獎勵金。她從背包中拿出 200 金交到了女巫的手上。

女巫：「我這裡還有一些補血的藥水以及補魔力的藥丸，各 50 金。你想不想要？這些都是去雪山的必需品。」

佐伊：「好的，那我就各要 4 瓶吧。」

女巫從抽屜裡拿出了一個藍色的瓶子還有幾粒白色的藥丸。交易完成以後，女巫有些神祕詭異地笑了笑。

女巫：「走吧，小姑娘。」

占卜屋的門忽然打開了，佐伊背上背包踏出了占卜屋，她轉頭一看，占卜屋已經神祕地消失了，隔壁正好是寵物精靈店。

寵物精靈店

寵物店老闆：「歡迎光臨，請問需要一些什麼嗎？」

佐伊面前的是一位留著鬍渣的大叔，他穿著滑雪服，拿著冰曲棍，一條巨大的綠色蜥蜴像圍巾一樣繞在了鬍渣大樹脖頸上，他頭上有一個鳥窩，那鳥窩就像一頂帽子，裡面住著兩隻小鳥，一隻麻雀。

佐伊：「我想去雪山，我想買一隻坐騎。你有什麼好的建議呢？」

寵物店老闆：「你現在有多少金子？想購買多少錢的寵物？」

佐伊翻了翻背包，裡面還有 600 金。

佐伊：「可能 600 金以內吧。」

寵物店老闆：「讓我看看你的攻擊能力以及你的武器吧，我來幫你找一個最適合你的坐騎。」

佐伊運用了幻想能力召喚出了琵琶，輕輕地撥弄著琴弦迎合著歌聲殺出了一個月牙般的光痕，寵物店老闆施展了魔法結界將佐伊的攻擊抵擋在外。

寵物店老闆：「不錯，看樣子我可以給你找一些光系精靈或者風系精靈來搭配你上路。」

他拿出了一個紫色的袋子，一隻左手伸了進去。

寵物店老闆：「讓我看看給你什麼好呢？」

他從袋子裡掏出了一隻野兔，又喃喃自語道。

寵物店老闆：「這種兔子，去到雪山肯定凍死，殺不了敵人，這不行。」

接著又從口袋裡掏出一條巨蟒。

寵物店老闆：「這巨蟒，到了冬天就想睡覺，不適合你。」

他一抓，抓到了松鼠的尾巴。

寵物店老闆：「這些都是廉價寵物，你要好東西，等我從這個袋子裡找到那把鑰匙，帶你看看高級的。」

說完，他又翻了翻，找到了那把鑰匙，就把他身後巨大的寵物櫃打開了。裡面是一條幽深的密道，密道兩側放置著大大小小的火把，還有寵物籠。各式各樣的奇珍異獸待在牢籠裡。他帶佐伊來到一個牢籠邊，停了下來。拿出那把金鑰匙，打開了牢籠的門，是一隻雪白的仙鶴，牠伸長脖頸，扇動著潔白的翅膀，丹頂鶴頭上有一片紅色的羽毛，就像一塊紅色的瑪瑙，鶴席捲著一縷青煙，潔白神聖。

寵物店老闆：「怎麼樣？還滿意不？仙鶴配琴師。鶴隱空山，煙霞爲侶雲爲伴。」

佐伊：「嗯嗯，滿意滿意，這多少錢？」

寵物店老闆：「800 金。」

佐伊：「可我現在只有 600 金。」

寵物店老闆：「這樣吧，你拿雪之國的貨幣跟我兌換，這隻仙鶴我就賣你 400 金吧。」

佐伊：「原來雪之國的貨幣可以兌換這裡的金幣嗎？」

寵物店老闆：「原本可以。曾經遊戲玩家來到這裡最後分得的遊戲幣和寶藏帶進現實世界都可以使用，但是後來進入遊戲世界的門被禁止了，所以貨幣就不再通用了。但是你們那裡的貨幣帶進這個世界，依舊可以使用的。你身上有沒有雪之國的錢幣？」

佐伊：「有。」

佐伊從錢包裡翻出一些雪之國的紙鈔，遞到了NPC的手中。

寵物店老闆：「這些足夠了，這隻仙鶴歸你了。」

佐伊：「可我並不會駕馭這隻仙鶴呀？」

寵物店老闆：「來，我教你使用。」

他領仙鶴還有佐伊出了密道。

寵物店老闆：「你現在可以給這隻仙鶴取一個名字。」

佐伊：「那就叫牠露西吧。」

寵物店老闆：「好，你現在過來摸一摸露西的羽毛，讓牠跟你增加親密度。我給你一些仙丹，平時的時候露西要是肚子餓，你可以餵牠吃。要跟露西建立親密的關係，露西才會爲你服務。」

佐伊：「好。」

佐伊按照寵物店老闆的指示，摸了摸仙鶴的羽毛，露西開心舒服地發出了一聲聲鶴唳，牠低下頭，拍打著翅膀，佐伊突然被牠的動作萌翻了。

寵物店老闆：「我這裡還有一些捕獸夾、補血的藥水、補魔力的藥丸，不知道你需不需要？」

佐伊：「不用了，我已經在女巫占卜店買過了。」

寵物店老闆：「哦，你運氣可眞好呀，女巫店只有在女巫心情好的時候才營業，平常她都不營業。」

佐伊：「是的呀，我打聽到了召喚寒麒獸的方法呢。」

寵物店老闆：「眞的嗎？怎麼召喚的？」

佐伊：「要先去雪山打敗冰龍，拿到龍鱗。再去火山殺死赤火鹿，拿到鹿角。用鹿角和龍鱗去地獄河召喚出寒麒獸，打敗牠，就可以出去這個遊戲了！」

寵物店老闆：「哈哈哈，這聽上去是一條危險的路啊。」

佐伊：「是的，但是為了拿到解藥。我早就知道進入這個遊戲世界是危險的，但是我還是想要去試一下。」

寵物店老闆：「你生病了？」

佐伊：「對呀，寒毒症。」

寵物店老闆：「你父母曾經來過這個遊戲世界嗎？」

佐伊：「對的。」

寵物店老闆：「說不定我有印象呢！你父母叫什麼名字呢？」

佐伊：「殺不死的貝蒂和嗜血師尼特。」

寵物店老闆：「好像有些印象，這款遊戲剛流行的時候，確實有兩個俊男美女闖入這個遊戲世界裡組隊殺怪，當時還有很多其他遊戲玩家。後面怎麼樣了我就不記得了。不管怎麼樣，希望你早點兒找到解藥。一路順風。」

佐伊：「謝謝，我希望我能夠像我父母一樣成為一名勇士，不畏艱險。」

寵物店老闆：「會的，你很優秀。也會比他們更出色地完成最終任務。不要懼怕，孩子！讓這隻仙鶴成為你的引路人，互相配合吧！」

佐伊輕撫仙鶴的羽毛，仙鶴發出了一聲鶴唳劃過天際，載著佐伊從寵物精靈店飛過了雲霄。佐伊看著一片片雲從自己的身邊飛過，這種感覺自己從未體驗過，風吹亂自己的髮絲，如此舒爽和逍遙。佐伊閉上眼睛，感受著這種遊走在雲端的體驗。

龍雲客棧

索尼看佐伊遲遲沒有下來，原本約好了一起去精靈寵物店。美蓮、安紳還有索尼已經在樓下等了半個小時。索尼跑去樓上打開佐伊的房門，沒有佐伊的身影，房間也被打掃得乾乾淨淨，沒有一張紙條。索尼不知道佐伊去哪裡了，心想店小二有可能會知道佐伊的下落。於是，走到櫃檯前。

索尼：「你有沒有看到一個女孩，個子不是很高，平日裡經常和我們在一起的那個女孩，離開這個客棧了？」

吝嗇的店小二：「沒有哎。」

索尼：「你再仔細想想！」

吝嗇的店小二：「真的沒有看見，她不是晚上還和你在一起嗎？」

索尼：「該死的！」

索尼有些頹廢地坐在椅子上，努力回想昨天晚上發生的細節，佐伊沒有任何反常。自己也找不到任何理由佐伊爲什麼要不辭而別？難不成這件事情又和雲爵有關？如果佐伊突如其來地離開了，那麼剩下的這個團隊，這個遊戲還是要繼續，不然找不到寒麒獸誰也無法離開遊戲世界。現在不是衝動的時候，應該要迅速冷靜下來，找到對策。

索尼：「你知道要怎麼找到寒麒獸？」

索尼的脾氣有些上升，口氣也變得不耐煩起來。

吝嗇的店小二：「你去精靈寵物店問問看，可能會知道答案。」

吝嗇的店小二看見了暴躁起來的索尼，聲音顫抖了起來。

美蓮：「索尼，你知道佐伊的下落了嗎？」

索尼：「走，我們現在去寵物精靈店。」

安紳：「佐伊在寵物精靈店嗎？」

索尼一言不發，只是風風火火地趕到寵物精靈店。

寵物精靈店

寵物店老闆：「歡迎光臨，請問有什麼需要幫忙的嗎？」

索尼：「你有沒有看見一個女孩，她個子不大高，穿著藍色的戰服，黑色的頭髮，長得很漂亮來過這裡？」

寵物店老闆：「有。」

索尼：「你知道她去哪裡了嗎？她來這裡做什麼？」

寵物店老闆：「她買了一隻坐騎，說要去雪山，還是火山。不好意思我有些忘了呢。只顧著買賣，有些忘記她說要去哪裡了呢。」

索尼：「她還有和你說了些別的什麼嗎？」

寵物店老闆：「請問你是……？」

索尼：「我們是她的朋友。」

寵物店老闆仔細地打量著索尼、安紳還有美蓮。他在這個寵物店太久了，人心叵測。有些人口口聲聲說是朋友，實則是敵人。佐伊也沒有透露太多其他資訊給寵物店老闆，所以他也無法將客人的行蹤私自告訴陌生人。

寵物店老闆：「她說找到了寒麒獸的方法，可能是在火山還是在雪山，我不是太清楚了。聽她說召喚寒麒獸的方法是殺死火山的赤火鹿、雪山的冰龍。用龍鱗和鹿角召喚出寒麒獸並將牠打敗，就可以出去這款遊戲了，也能夠拿到解藥。」

索尼：「好，謝謝了。」

寵物店老闆：「另外，你們要不要買一隻坐騎，不管去雪山還是火山，牠們都會是你們最忠誠的夥伴哦。」

索尼：「有什麼樣的坐騎，可以給我看看？」

寵物店老闆：「你可以給我展示一下你的戰鬥能力嗎？」

索尼發出了兩個火球，然後利用幻想能力將寶劍擺出劍陣，又用火球使劍燃燒產生出聖火劍，寵物店老闆打開了自己特殊的魔法結界抵擋住了索尼的聖火劍攻擊。

寵物店老闆：「不錯，我可以介紹給你一些火之屬性的寵物精靈。其他二位，你們也一起向我展示你們的戰鬥能力。我可以順便一起給你們介紹了。」

安紳使用了地之裂縫的能力，美蓮則用了催眠術。這對於寵物店老闆 NPC 都無效。遊戲玩家是無法攻擊 NPC 的。

寵物店老闆從紫色袋子裡抓出了一對蝴蝶放在了美蓮面

前。

寵物店老闆：「蝴蝶作為精靈可以更加迷惑敵人的眼睛，美女你看看，喜不喜歡這對蝴蝶？」

美蓮從寵物店老闆那裡接過裝滿著蝴蝶的瓶子。

寵物店老闆：「而且牠還可以作為一個通訊精靈偵查出敵人的位置以及隊友的位置，或者是發送求救信號。」

寵物店老闆：「你現在把手掌打開，我把這隻蝴蝶放在你的手心裡。你用你的魔力跟牠產生心靈溝通。牠會讓你產生直覺力知道問題的答案。」

美蓮：「眞的嗎？這也太神奇了吧！」

美蓮有些興奮地攤開手掌，然後好奇地盯著蝴蝶看。蝴蝶輕盈地振了振翅膀。

寵物店老闆：「你現在可以給牠取一個你喜歡的名字。」

美蓮：「就叫牠蝴蝶吧，暫時沒有想好取什麼名字呢。」

寵物店老闆：「接下來是安紳，我可以給你地之巨蟒或者是地之巨蜥，你選擇一下吧？」

安紳：「這有什麼區別嗎？」

寵物店老闆：「巨蟒的毒汁可以在攻擊敵人方面占據優勢，同時也可以作為坐騎。巨蜥的話適合躲避敵人的攻擊，同時增加防守和敏捷度，當你在使用魔法結界的時候，可以令你的結界更穩固。」

安紳：「我選擇巨蟒吧。」

寵物店老闆：「好的。」

索尼：「請問有適合我的精靈寵物嗎？」

寵物店老闆：「你別急，我現在帶你去看。」

他從紫色袋子裡拿出一把金鑰匙，帶著索尼進入那條密道。

寵物店老闆：「我現在帶你去的是貴賓 VIP 寵物選擇區，價格不菲。如果你想要一般普通的話，我也可以在袋子裡給你找一些。」

索尼：「不用了，直接給我介紹最適合我的吧。」

寵物店老闆：「你左邊的那個籠子放著的是火貔貅，右邊的籠子是一頭火獅子。兩個都可以作爲坐騎，唯一不同的是獅子可以增加你的火屬性攻擊，令你的攻擊力更強。貔貅屬於火陰性動物，牠不僅可以增加你的火屬性攻擊，也有寒性攻擊。牠可以帶給你療癒，跟你身上的火元素能量達到一種平衡，但是較難馴服並且價格不菲。」

索尼：「多少錢？」

寵物店老闆：「貔貅 1000 金，獅子 600 金。錢的話你可以用雪國的貨幣或者是其他國家的貨幣跟我兌換。」

索尼：「那我選擇貔貅。」

寵物店老闆：「好。」

索尼的答案正中寵物店老闆的下懷，他打開鐵籠，把貔貅放了出來。牠身形如虎豹，其首尾似龍狀，其色亦金亦玉，牠的肩膀長有一對翅膀但是無法展開，並且頭上長有一個角。貔貅看到索尼，毫不客氣地大吼了一聲。牠大吼的時候，噴出了火焰。眼裡狂放不羈又傲慢的氣勢十分囂張。

寵物店老闆：「牠不好馴服，除非你能夠打贏牠，讓牠服氣，牠才願意爲你效力。」

索尼：「好。」

寵物店老闆將束縛在貔貅身上的鐵鍊鬆開，貔貅感受到束縛在自己身上的枷鎖沒有了，一時之間歡欣雀躍。牠就如一頭公牛卯足了勁兒向索尼衝了過來。

寵物店老闆：「忘記提醒你，牠可不是你在幻想屋裡所見的幻象，如果你挑戰失敗，你是會受傷的，並且在現實世界中還會帶著在遊戲世界裡的疼痛。你自己就好自爲之吧。」

索尼發揮了聖火劍向貔貅砍了過來，然後這只能對貔貅造成微不足道的輕傷，牠依舊不減速度地向索尼衝了過來，索尼利用意志力控制，巧妙地一個閃影，躲過了貔貅的第一輪攻擊。貔貅張開大口，噴發了錐寒之氣。索尼打開魔法結界，抵擋住了貔貅的攻擊。然而一昧地閃躲和避開，根本無法對貔貅造成任何傷害，索尼在思考是否要創造出新的技能和可能性，才可以先發制人。然而就在索尼思考的這數十秒之內，貔貅又發動了新一輪的攻擊，牠吐出了火焰暈炮，索尼一邊用自己身上的體力和腦力去支撐魔法結界，一邊又要去想新的招數。魔法結界的能量越來越弱，眼看就要撐不下去了。貔貅再次吐出火焰暈炮，剛好擊中索尼的手臂，那種炎熱烈火般的疼痛在索尼的手臂上像是被炸開了一樣。

索尼：「可惡！」

索尼的眉毛上揚，有些咬牙切齒地說完這句話。他屏住最後一口氣，幻想出了一把巨斧，利用自己火屬性的能量將這把斧頭燃燒，然後揮舞著這把巨斧砍向貔貅。一次兩次的暴擊總算砍掉了貔貅一半的血。但是貔貅絲毫不甘示弱，剛吐完火焰暈炮的牠又一次發動寒錐的攻擊，這讓原本是火能量較強的索尼有些招架不住，感受到那種刺骨的寒冷之氣逼緊著自己。但是他的意志力不容許自己戰敗，他克服住了身上的傷痕和疼痛，利用意志力控制召喚出了聖火劍再次砍向了貔貅。這次，貔貅的血已經被砍掉了百分之八十，直接暈倒在地上。

寵物店老闆：「等一下，可以了。不要殺死牠。我現在給你捕獸夾，你直接套在牠身上，牠就能夠乖乖聽你的話，順服你。」

索尼按照寵物店老闆的吩咐，將捕獸夾套在了貔貅的身上，待貔貅眼裡的銳氣慢慢地消失，牠已經乖乖地順服於索尼了。寵物店老闆看索尼已經被貔貅傷掉了大半的血，於是向他出售了一瓶回血水和魔力丸。

寵物店老闆：「剛剛確實有些爲難你了，貔貅屬於十級以上的怪獸，讓你剛從新手訓練場出來就直接挑戰，確實有些爲難你了。看你的小命都差點兒沒了吧？」

索尼：「沒事兒！現在血不是回過來了嗎？這點兒傷不算什麼！」

索尼帥氣地坐在貔貅身上，有些耀武揚威地隨NPC離開密室，通道外的美蓮和安紳看到索尼的坐騎以後，都有些驚訝。

美蓮：「哇！索尼你好酷啊！」

安紳：「這是什麼呀？」

索尼：「貔貅。」

安紳：「哈哈哈哈，你這隻坐騎多少錢呀？看上去很猛啊！」

索尼：「祕密。」

安紳：「老大，我們現在去哪裡呀？」

索尼：「我們現在去火山吧，去試試看那個赤火鹿，是我的貔貅厲害，還是那隻鹿比較厲害？」

美蓮：「好呀，我們走唄！」

美蓮從背包裡拿出地圖，三個人組成了一個小團隊從寵物店出發去火山。

魔狼和白狐

雪山

仙鶴將佐伊送到了雪山的底部，然後化作一陣青煙被佐伊裝進了精靈瓶裡。漫天的飛雪吹亂了佐伊的髮絲。她穿的藍色袍子使她顯得有些堅毅和消瘦。她打開地圖，冰龍在雪山的頂端，這中間還有許多關卡需要闖過。雖然她出生在雪國，也習慣了這種嚴寒氣候，身上總是會帶著兩個保暖的香囊，但是寒毒症再一次的發作，讓她感受到刺骨的寒冷還有精神上的疼痛。她不得不強忍著用意志力將積雪挪開，又用雪山的冰塊雕出了一個冰屋和冰床，這樣可供自己今天的休息。然後又發揮幻想力做出了兩個火把，用火把照亮了冰屋的兩側。佐伊帶著一支火把進了冰屋，終於自己感到稍微暖和了下來，從背包裡找到了兩片生肉和一條魚。她走出了冰屋，生起了篝火，在篝火的熠熠生輝下，佐伊將食物煮熟，吃了一口鮮美的魚和牛肉，雖然沒有覺得有多好吃，但是在饑寒交迫的時候，已經不覺得難受了。也讓自己想起了在雲之國的時候，雲爵也常常做飯給自己吃。慢慢地，眼皮有些累了。她回到了冰屋，在冰床處放置了雪國特質的暖床墊，這樣躺在冰床上就會覺得很舒適，不覺得冷。又製造了羽絨被和羽絨枕，她躺在床上，一夜無夢。

早上的時候，佐伊聽到從冰屋外傳來一陣廝殺的聲音，她趕緊束裝，從冰屋裡出來。只見一狼族的武士帶刀削，青面獠牙，全身灰黑色的毛髮穿著厚重的盔甲，血紅色的眼睛氣勢洶洶。他正揮舞著一把武士刀追殺著一隻瘦小的白狐，白狐的腳上有傷，鮮血染紅了牠白色的狐毛，牠已走不動多遠了，在佐伊的篝火堆那裡跌倒了，在牠覺得生命垂危之際，白狐發出了一聲撕心裂肺的悲鳴。這大大引起了佐伊的憐憫之情。

佐伊用幻想能力將自己的琵琶召喚出來，琵琶所彈奏的光之痕不足以殺死魔狼。魔狼仰天狂妄的大笑了起來。

魔狼：「就你這個剛從新手訓練場出來的，要想殺死我？還是多練練吧。」

魔狼舉起寶刀使出了魔狼共舞，以爲可以把佐伊制伏在地。佐伊並未驚慌，她打開了魔法結界抵擋住了攻擊，又不動聲色地彈奏出了〈月光〉配合著自己優美的聲線，那些音符干擾著魔狼的神經細胞，令魔狼癱倒在地上疼痛不已，又有大束的強光刺瞎了魔狼的雙眼。魔狼使出渾身解數最後使出了狼牙震，狼牙震猶如藍色的顆粒漂浮在空中，又可吞噬掉敵人的鮮血。佐伊又一次用音律攪擾了狼牙震的磁場，令魔狼的攻擊無效，顆粒還未有漂浮上，就落了下來。最後使出了光之痕直接斃掉了魔狼的性命。

魔狼死後，身體化作一縷青煙。那隻受傷的白狐看見魔狼死後，幻化出一個小男孩的模樣，他無助地哭泣著。佐伊走到男孩的跟前，蹲了下來。摸了摸男孩的頭。

佐伊：「怎麼了？你爲什麼哭泣呀？」

白狐：「我們白狐村今天被魔狼狼群屠村了，只剩下我一個人。其實我也不想要活下去了，但是我的爸爸媽媽爲了保住我犧牲了，大家都希望我活下去。可我覺得好孤單，我不想要那麼活著！」

佐伊：「沒事的，你會好起來的。」

白狐：「我現在沒有地方可以去了，小姐姐，你要去哪裡？以後我可不可以跟著你，認你爲主人？」

佐伊：「我要去雪山的頂端，打敗冰龍。」

白狐有點兒被嚇了一跳，白狐：「從這裡到雪山的頂端會經過魔狼部落，還有冰河，再往上走就是冰龍的龍窟了。」

白狐：「小姐姐就憑你一個人的力量，你可能連魔狼部落都過不了。完了完了，我剛剛認了主人又要失去主人了！」

佐伊：「不會的，一定會有辦法的。但我必須去往雪山的頂端。」

白狐：「就算過了魔狼部落，還要經過冰河，冰河裡面都是食人魚，底下還有一個巨大的冰洞。你這是要如何上去呢？冰龍是雪山最大的霸主，上的了雪山的勇士沒有一個人下得來。而且他們都是一群群勇士進去的，都無一人出來。就你一個人你要怎麼辦呢？」

白狐說著越來越心酸，悲傷地落了眼淚。

佐伊爲了安慰白狐，帶他回了自己的冰屋，餵他喝了一些魚湯，細心地給牠包紮傷口。

白狐：「姐姐，我的命是你救的，我可以帶你去魔狼部落。因爲我的族人已經被魔狼軍隊屠殺死了。從此我就一個人了。我不想那麼孤單地活著。我現在也報不了我部落的仇恨，所以哪怕捨去性命，我也不想苟且地活著！」

佐伊：「其實姐姐也和你一樣，身上患有寒毒症，這是一種慢性疾病。可能過個三五年姐姐就不能夠活下去了。因爲要治病拿到解藥，才冒險來到這個遊戲世界，一定要打敗寒麒獸拿到解藥去救更多跟我一樣患有寒毒症的患者，他們有很多是來自我們雪國的，但是爲了生存，隱姓埋名，甚至被打壓。所以我不去雪山不行。我這樣活著的一天，不知道明天會不會就這樣死掉。也只能奮鬥完成自己的夢想和理想，哪怕死了也無憾！」

佐伊：「死亡對於我來說已經不再那麼恐怖了，但是活著的每一天卻讓我身心俱疲，身體還有精神備受煎熬。有時候我甚至就想死了算了，因爲活著有太多的煩惱。我非常理解你現在的處境和難過，沒有親人，沒有朋友也沒有家人。但是你現在認識了我，從此以後我就是你的家人，你的親人。不撇棄你！」

白狐：「謝謝你，姐姐。對我說那麼溫柔又關心我的話。從此以後我就把你當成我的家人那樣對待，我不想失去你！」

佐伊溫柔地看著白狐：「你的年齡看上去只有我們現實世界兒童的 4-5 歲那般大，要不給你取名字爲小安好了，希望你平平安安的。」

白狐：「小安？」

佐伊：「嗯嗯，你喜歡這個名字嗎？」

小安點了點頭。

小安：「姐姐，你可以抱著我睡嗎？我娘親經常抱著我睡覺呢，我夜裡會怕冷。」

佐伊拍了拍小安的背，哄著小安。讓小安在自己的懷中睡著了。

他們休息了兩到三天，待到第四天的時候又啓程，來到了魔狼部落，小安和佐伊躲到了蘆葦叢裡，仔細地觀察著魔狼部落的情況。

小安：「姐姐，你看到了嗎？魔狼軍隊聲勢浩大，每一個都驍勇善戰。你一個人是打不過去的。」

佐伊看著這群驍勇善戰的狼群，他們各個都青面獠牙，又裝備齊全，身形高大，並且囂張傲慢。更加可氣的是他們剛剛屠殺完狐族，就把狐皮掛在部落的城牆上，以示軍威。又在部落裡有一個大鍋，裡面都是白狐的骨頭。那些狼群們瘋狂聚會，群魔黜舞。

小安的眼角一下子濕潤了，小安：「那些都是我們狐族人的屍體，裡面也有我爸爸媽媽叔叔嬸嬸的。可惡，我現在就想要報仇。」

佐伊趕緊抓住了小安的手：「不，等一下。我們先多觀察，看看有沒有什麼破綻才可以攻部落。」

魔狼的首領，他身穿重甲，拿著鐵啷當，鼻孔處掛著鐵鼻環，他怒氣衝衝地走進狼族的食堂裡。

魔狼首領：「說過多少次，做湯的時候火候不要太大，以免融化了冰。這樣會導致部落淹水的。」

狼族廚師：「是的是的。」

魔狼首領環顧了一下食堂，底部的冰層已經被火融化了，水已經在食堂底部淹了一小部分。

魔狼首領：「趕緊把這裡堵住，煮完湯，火必須熄滅。如果部落淹水，後果就由你來負責。聽到沒有？」

狼族廚師唯唯諾諾地點了點頭，小心謹慎地把火熄滅。又找來一些木堆把水堵住，但是冰層已經被融化，可不是淹了一小部分那麼簡單。

佐伊：「小安，你看到了沒有？我們只需要偽裝成狼族，混入他們的食堂，把火燒烈，使冰融化，這樣就可以讓他們的部落淹水。」

小安：「可是，使冰融化需要很長時間呢。」

佐伊：「這樣，我們乘著夜晚去做這件事情。」

小安：「夜晚也會有狼族的軍隊看守。」

佐伊：「他們總有鬆懈的時刻。」

佐伊突然想到一個妙計，湊到小安耳朵邊上，悄悄地和他說。

夜晚的時候，佐伊帶著小安偷偷潛入狼族食堂，雖說有狼族的部隊嚴格把守和巡邏，佐伊使用魔力幻想將自己和小安變成魔狼的樣子混入狼族的巡邏隊。

巡邏隊隊長：「你們幾個去食堂那裡防守，你們幾個去倉庫那裡。」

小安：「老大天天那麼巡邏，我們狼族在雪山半山腰下怎麼說也是最強盛的，白狐族、刺蝟族還有其他各個部落都被我們消滅殆盡了。首領還有什麼好怕的？不如，今天晚上我們喝點兒小酒放鬆放鬆，反正就一個晚上。」

巡邏隊隊長：「不行，首領說過任何時候我們都不可以懈怠，一定要時刻警惕。」

佐伊：「隊長，現在首領已經睡著了。弟兄們最近掠殺白狐族已經很累了，也沒有得到什麼賞賜。現在我們喝點兒小酒，放鬆放鬆難不成還不行了嗎？」

其他的巡邏隊員看見佐伊和小安提出了這個建議，也都紛紛起哄。

巡邏隊隊長：「行吧，就喝一會兒。」

佐伊早就在酒裡下了麻藥，待魔狼軍隊一個個喝下暈倒以後，佐伊帶著小安來到食堂，她蹲下來，挪開木堆。因爲長時間的煮食，煮食的火融化了原先的厚冰層，現在只剩下薄薄的一層冰，佐伊使用幻術鐳射，將那一層薄冰砸碎，冰層底下很快就有冰水湧出。但光是這種程度的冰水不足以淹沒整個部落。佐伊又加強光之痕強光的能力，不斷地擴張和增加破壞薄冰層的力度。慢慢地，冰水已經覆蓋淹沒了一整個食堂，又往外洩。

佐伊：「今夜就讓魔狼族在睡夢中死去。」

佐伊並沒有收手，加大力度破壞著部落的地基冰層。魔狼首領在睡夢中聽到了洶湧的洪水聲，還有此起彼伏的狼族哀嚎聲。走出屋外一看，洶湧的潮水已經淹掉了半個部落，自己的家園正緊握在一個不知名的女人手中。

魔狼首領怒氣衝天，拿起自己的鐵啷噹衝到佐伊面前，猛地砸了過來，又有無數的藍色顆粒浮在空中，想要吸收佐伊的血。

魔狼首領：「你究竟是誰？想要破壞我們魔狼一族，沒有那麼容易。我不會讓你得逞的！」

說罷，手中的鐵啷噹又一次朝佐伊揮了過來。佐伊打開魔法結界，奈何魔狼首領正是氣勢最蓬勃的時候，他的戰鬥力比平時提高了兩倍。佐伊在幾個戰鬥回合中，手臂受到了輕傷。

魔狼首領：「呵呵，怎麼樣？我們魔狼族在這半山腰下是最大最厲害的部落，沒有人可以贏得了我們！還有，你這旁邊站的小狐狸可真礙眼。怎麼了？小可愛是想你的爸爸媽媽了吧，沒事，我很快就可以讓你去見他們！」

佐伊：「少廢話，我不會讓你得逞的！」

佐伊撥弄琴弦，彈奏出〈月光〉，干擾了魔族首領的神經系統，令魔狼感到了腦神經劇烈疼痛，不得不倒地，又有強光刺瞎了魔狼的雙眼。但是首領畢竟擁有強大的意志力。

他揮舞著鐵啷噹，像開山劈地一般發出一聲嘶吼朝佐伊窮追不捨，佐伊開的魔法結界也無法抵擋得住魔狼的攻擊，就在這千鈞一髮之際，佐伊的血量越來越薄弱，一群烏鴉漫天飛了過來，魔狼在毫無徵兆地情況下倒地而亡。

又有成群結隊的烏鴉席捲了整個狼群部落，月亮變成了血色，原本淹了一半的狼族部落，水勢漫延開來，烏鴉叼食著死去的狼肉，曾經浩浩蕩蕩的魔狼一族，無一狼倖免。

佐伊總算鬆了一口氣，看著這到處飛著的烏鴉，佐伊覺得很蹊蹺。

小安卻在旁邊歡呼：「太棒了，姐姐！我們贏了哎，總算過了第一關了。」

佐伊：「等一下，小安。這烏鴉是從哪裡來的啊？這雪山有烏鴉一族嗎？」

小安：「雪山並沒有烏鴉一族，我看這烏鴉應該是寵物精靈召喚過來的吧？」

佐伊：「召喚？」

這讓佐伊想到了一個人，雲爵。莫非雲爵一直都有在暗中關注著自己？如果烏鴉是他的話，那麼他現在也在這裡。

不行，自己一定要找到雲爵，當面問他一個清楚。

佐伊朝著空中大喊：「雲爵，是你嗎？雲爵，你在哪裡？」

然而沒有任何回應。很快，烏鴉在空中逐一就散了個乾淨。

佐伊再次大喊：「雲爵，你給我出來。你在哪裡？」

小安：「姐姐，你別喊了。烏鴉的主人可能並不想要見到你。」

佐伊：「爲什麼？」

小安：「姐姐，你看，烏鴉都散了，代表他的主人已經離開這裡了。」

佐伊：「他，他爲什麼要這樣待我？」佐伊突然傷心欲絕。

小安：「他是誰呀？」

佐伊：「就是烏鴉的主人。」

小安：「姐姐，你不要多想了。我們已經順利打敗了魔狼部落，而且你也幫助我報了仇。如果你要到雪山頂端，你還要調整心情，才能夠戰勝冰龍呢。」

佐伊：「可是我……我現在……」

小安：「沒事的，我們先去搭個冰屋休息一下，吃點兒東西。明天才有精神上路去到冰河那裡呢。」

佐伊：「好吧。」

小安：「雖然很想聽你的故事，但是等你心情好點兒了再和我說吧。」

佐伊：「嗯。」

待佐伊和小安走了以後，成群結隊的烏鴉繞著圈變成了雲爵的模樣。其中一隻烏鴉停在了雲爵的食指上。

烏鴉：「主人，你爲什麼不直接告訴她是你在暗中保護著她呢？其實你是要幫助她讓她找到解藥的。」

雲爵：「烏鴉，我自有我的方式，這件事情輪不到你插嘴。」

烏鴉：「好吧，我知道了，主人。」

雲爵看著佐伊離去的方向，月光打在他的側臉，他若有所思地托著下巴，銀色的髮絲勾勒出臉部硬朗的線條，忽然，他的心臟抽搐了一下，他有些痛苦地閉上了雙眼，從口袋裡拿出了一顆藥丸服下，慢慢地平靜了下來。

火岩村

火山

美蓮所認爲的火山應該是被炙熱的熔岩圍繞著，一座熊熊燃燒的活火山，又有許多的難關和挫折等著他們三個人去挑戰，所以在去火山的路上，美蓮就一直膽戰心驚的。然而，這一切似乎有些超乎美蓮的預料。這座死火山，到處都是森林，又有小溪，綠意盎然，鮮花遍地盛開，又有蜜蜂和蝴蝶圍繞在鮮花周圍。簡直就像到了人間仙境。

美蓮：「哇塞，我眞的沒有想到遊戲世界裡還有這種世外桃源。」

安紳：「瞧你開心的，小心待會兒跑出來一個大怪物攻擊你。」

美蓮：「怕什麼，這不我們還有索尼在嗎？你看這貔貅，哈哈哈。」

美蓮一臉自信，陽光燦爛地笑著。

美蓮：「索尼，要不我們在這裡紮個營，休息休息唄。走了一天的路，好累呀！」

索尼：「你不是有你的蝴蝶精靈嗎？你跟你的蝴蝶精靈

溝通溝通，看看這周圍有沒有什麼敵人？」

美蓮召喚出蝴蝶精靈，閉上眼睛，睫毛在風中吹動著，她小心的念著咒語。手掌中的蝴蝶輕輕地扇動著翅膀。

美蓮：「有答案了，我的蝴蝶精靈告訴我這一整座火山都沒有怪獸和敵人。」

安紳：「怎麼會？哪有那麼好的事情？那幹嘛來這個遊戲世界，還有那麼多玩家進來了出不去的？」

美蓮：「我怎麼知道呀，反正我的蝴蝶精靈是這麼告訴我的。」

安紳：「我看是那個寵物店老闆騙你，給你一個那麼爛的精靈寵物吧，看你好騙。」

美蓮：「安紳，你去死！」

索尼：「行了，行了，不要吵了。要不我們就在這地兒紮營吧？先過完這天再說吧。」

索尼幻化出了一把斧頭，在附近的森林裡隨便砍伐了幾個樹木，和安紳一起在這片綠意盎然的草地上搭建了一個舒適的木屋。這一整個木屋有三間臥室，一個廚房，一個衛浴。就在索尼和安紳勞動的時候，美蓮走到索尼的房間，舒服地躺在索尼搭的木床上，短裙在風中搖曳，她翹著二郎腿，可以隱隱約約地看見她穿的內褲，那頭微捲曲的頭髮搭在肩上，性感的豐唇還有豐胸、蜜臀。她毫不在乎地躺在索尼的床上睡著了。

索尼和安紳繼續砍樹木做著一些傢俱和工具，終於把剩下的一些傢俱還有零零碎碎的裝飾品都做完了。夜晚的時候，安紳和索尼打了一聲招呼，就回自己的房間休息了。索尼也回到了自己的房間，他看見美蓮躺在自己的床上睡著了，想要把她搖醒，不料卻被她緊緊地抱住，美蓮把連衣裙的帶子往下拉，露出香肩。她的臉蛋潮紅，一雙嫵媚的雙眼直勾勾地看向索尼。美蓮將雙手撫向索尼的臉頰，一股曖昧的氣流在兩人之間流動著，溫度漸漸上升。美蓮毫不避諱地將胸罩脫下，露出酥胸，又雙手緊扣著索尼的脖子，這讓索尼有些震驚。

美蓮：「索尼，你可不可以擁抱一下我？」

索尼的表情略顯尷尬：「美蓮，你怎麼了？你能不能稍微冷靜一點兒？」

美蓮：「冷靜什麼？你可不可以看著我，索尼。」

美蓮將自己的髮絲帶子扯下，一頭散亂的捲髮性感地披落在香肩上。她魅惑地將食指試探性地觸碰著索尼的嘴唇。

美蓮：「索尼，你在想什麼呢？你想不想要我？」

索尼看著美蓮的那些舉動，他知道那不是愛，沒有那種動心的感覺，但是身體的慾望也令自己有點兒膨脹。

索尼有些尷尬地拉開和美蓮的距離，又背對著美蓮。

索尼：「你趕緊把衣服穿上，時間不早了。趕緊回你自己的房間去吧。」

美蓮：「我不要，我就不信你不是個男人！」

美蓮有些賭氣，她用雙手解開了索尼的褲子，又用右手爲索尼解放。

索尼轉過身，右手箝制住了美蓮的下巴。看著美蓮一波秋水的眼神，他有些霸道沒有溫情地吻了下來，將美蓮壓制在自己的床上，這就好像一頭野獸覓食自己的獵物，只有撕咬啃食，沒有片刻的柔情。一番雲雨過後，雖然美蓮被粗暴地對待了，眼角劃過一滴眼淚，可是，她依舊覺得很幸福，因爲眼前的這個男人是自己心目中的英雄。美蓮沒有說一句話，將自己的衣服穿上，然後匆匆離開了索尼的房間。

索尼一個人在房間裡思考了一會兒，從和自己女友的分開，到認識佐伊，又和美蓮現在發生關係。他突然覺得女人就是那樣，愛情也是那樣，失去了才覺得珍貴。或許長久的陪伴和互相的瞭解才是自己所嚮往的，然而心動與不心動已經令自己無所謂且麻木了。

第二天一早，美蓮用蝴蝶精靈偵查到火山半山腰處有一個村落，於是三人準備了一下，就去往了這個村莊。一路上美蓮故意和安紳嬉戲打鬧，其實暗地裡想要觀察索尼的反應，她只是想要知道索尼是不是在乎自己，然而索尼卻表情冷漠，不爲所動。這讓美蓮心裡有些小小的失落，可是她還是表面上繼續掩飾住自己的難過。

火岩村

三人剛來到這個村莊，就被熱情好客的村民招待，這裡是火山唯一的也是最大的村落。美蓮驚訝地發現這裡不僅有村民還有其他遊戲玩家。火岩村是一個極其富有的村落，原生態的自然風景，淳樸友好的村民，還有可愛的寵物小精靈們，這裡的寵物精靈跟村民們的生活起居都十分和諧友好。原本以爲這個村莊應該十分簡陋，但是當這個村民帶著他們參觀了村莊的房屋還有基礎建設以後，就連安紳都大大嘆服火岩村的建設十分美麗，一棟棟具有鄉村風情的精緻別墅散落在蒼翠樹木的掩映之中，結合其簡約雅致的外立面，富人情味的內庭結構，園林水系的和諧自然等要素。村民們還有其他遊戲玩家無憂無慮地躺在草坪上玩耍，放風箏。

村民長老：「歡迎你們來到火岩村，我們這裡是火山上唯一的村莊，擁有著烏托邦式的田園生活。如果你們喜歡這裡，可以盡情地留在此處。」

美蓮：「這裡的村民都不工作的嗎？」

村民長老：「是的，我們的村民不用工作，這一整座火山到處都有果樹，我們平日裡會摘點兒果子，去小溪邊捕魚。很多進來的遊戲玩家一開始都以爲這裡有怪獸，裝備整齊。但是進來看到這邊舒適的居住環境還有優渥的生存環境以後，現在他們都在這裡娶妻生子，盡享天倫之樂。待會兒我帶你們去看看你們今天晚上住的雅房。」

村民長老：「如果你們喜歡這裡，可以多住一段時間。我們這裡不像現實世界那麼紛亂，也沒有戰爭，長久以來都是和平的。這裡是遊戲世界的唯一一片淨土。我們這裡還有自然溫泉、小酒吧、櫻花林、噴泉館眾多遊樂設施等等。」

索尼：「我想知道赤火鹿在哪裡？你聽說過赤火鹿嗎？」

村民長老：「請各位不要急，晚宴的時候你們自然就會見到我們的首領了。我先帶大家去雅房把行李放下，你們也可以沐浴更衣，感受一下我們村落的文化。我相信你們會喜歡這裡的，晚宴的時候，你們自然會見到我們的首領，牠是整個火山最有智慧和修養的精靈，我相信你們會喜歡牠的。」

村民長老帶索尼、美蓮還有安紳來到雅房，在幽靜的山林一套歐式別墅映入眼簾，仔細觀察是用一塊塊木板搭接而成，尖尖的屋頂，朱紅色的屋頂瓦在陽光的照射下格外醒目。進去以後，三人看到了黑色大理石鋪成的地板、明亮如鏡子的瓷磚、華麗的水晶垂鑽吊燈，還有玻璃的純黑香木桌、精美的細雕書櫥。

美蓮：「我從來沒有住過那麼精緻舒服的房間。」

她慵懶地靠在了白色軟綿綿的沙發上，安紳打開冰箱，發現冰箱裡都是果酒、水果還有小點心。

安紳：「哇塞，這裡還有果酒，我在雪國從來沒有住過那麼豪華的房子，而且這些都是免費的。」

美蓮：「我也是，眞的不想要離開這裡了哎。」

村民長老：「你們喜歡這裡就好，到時候晚宴還有表演，許許多多的遊戲玩家都會參加的。」

美蓮：「眞的嗎？什麼時候呀？」

村民長老：「你們先沐浴更衣，時候到了，我會來接你們的！」

美蓮打開浴室，大理石花紋的浴缸，浴缸底部印有金魚圖案。她從冰箱裡拿了一瓶飲料，躺在浴缸裡，舒舒服服地泡了一個澡。說眞的，這可能是美蓮來到遊戲世界洗澡洗得最開心的一次了，其實美蓮在雪之國從小家境就不好，爲了要賺錢她才報名來這個遊戲世界。美蓮躺在這個浴缸裡，感受著泡泡浴。回想起和索尼最近發生的點點滴滴，其實她一點兒也不想要離開這裡，哪怕這裡一點兒都不眞實，但這才是自己想要的幸福生活。

過了幾個小時，美蓮感覺自己浸泡得太久了，手指的皮膚都開始有些微微起皺。就站起來沐浴更衣，村民長老給美蓮的是有些像火之國的長裙，給索尼和安紳的則是那種雲國的浴袍。美蓮套上長裙以後，整個人都變得婀娜有致，又古韻風十足。

村民長老：「現在我帶你們去見我們的首領，請跟我走。」

宴會廳

等索尼、美蓮還有安紳到場的時候，就看見熙熙攘攘的貴賓們坐在了宴會廳裡，在他們面前，擺放著各色各樣的美味佳餚，確實有不少的遊戲玩家坐在前排，有些等級甚至是老前輩了。赤火鹿光明正大地坐在最高的寶座上，牠身披金色的黃金披風，戴著水晶皇冠，手指上還戴著翡翠綠戒指。牠有著高高的鹿角，留著鬍鬚，深邃且充滿智慧的眼眸望向在座的所有人。

赤火鹿：「今天又有三個新朋友到了我們的火岩村，歡迎他們加入我們！」

寶座底下有掌聲，也有歡呼聲。甚至還有其他遊戲玩家友好地給索尼、美蓮、安紳擁抱，讓他們坐到舒服的位置上。

赤火鹿：「首先我先介紹一下我自己，我就是掌管這一整座火山的赤火鹿，管理所有的果樹還有精靈們，你們在這裡不需要工作，得到的一切都是免費的，你們想做什麼就可以自由地做什麼，我不會攔阻你們。只要你們願意留下，不與我爲敵，我相信你們會喜歡上這裡的，我們都是熱愛平靜和友愛，不愛紛爭。」

說完以後，寶座底下又是一片掌聲。這時候有一名遊戲玩家站了起來，給赤火鹿敬酒。

遊戲玩家簡：「我之前在雪國只是一個打雜的，生活處處艱辛，不僅貧窮挨餓，還要被其他居民毆打和歧視。但是我從小喜歡玩遊戲，那個時候我也是想要多賺錢，來到這個遊戲世界裡，我去過雪山，挑戰過食人魚、魔狼，差點兒被冰龍殺死。還好我死裡逃生，又來到火山，我本來想要殺死我們的首領赤火鹿的，但是牠不僅沒有傷害我，還給了我從來都沒有得到過的那麼優質的生活。我現在眞的是很感謝牠，而且我還在這裡認識了我的妻子海棠。如果不是赤火鹿，就不會有我們現在的好生活。」

索尼看了看這個叫簡的遊戲玩家，他的級數很高，已經有 30 級了。

赤火鹿：「你們別這麼說，若不是你們保護我，保護整個村子。我想我現在也不能坐在這裡，因爲我在這火山沒有任何魔力値也沒有任何攻擊能力。」

遊戲玩家圖坦：「首領，你別這麼說。你是我見過最有智慧、最仁慈又最高貴的統治者。我在現實世界中曾經住在風之國，我們那邊的政府管理非常的混亂，法律體系不公正。我父母從未進入過這個遊戲世界，也不玩遊戲。但是就是因爲執法人員覺得我對遊戲十分癡迷，有進入遊戲世界的傾向，就把我父母都抓了起來，我那個時候一直逃，逃到雪國。我就在想，明明玩遊戲的人是我，他們不抓我，他們憑什麼抓我父母呀？就因爲我父母說了不該說的話，可他們連遊戲怎麼玩都不曉得。所以我恨那些執法人員，恨他們不分青紅皀白地亂抓人。直到我遇見了你，你帶給了我家庭的溫暖。」

這個圖坦看上去年紀輕輕，大概 18-19 歲的樣子，但是遊戲等級也有 20 多級，帶著的是鳳凰坐騎，不容小覷。

遊戲玩家水瓶：「感謝你，赤火鹿。讓我居住在那麼優美的環境中，又帶給我們和平。我原本的生活非常地辛苦，一直要上班，加班。直到我進入了遊戲世界，在這座火山遇見了赤火鹿，我的生活得到了改善，也認識了我的男朋友圖坦。謝謝你，赤火鹿！今後，如果有其他人要與你爲敵，爲了鹿角殺害你，就是與我們這幫人爲敵！」

說完，他們紛紛起來敬酒，又有美妙的音樂響起，他們一起歡呼，一起跳舞。

美蓮：「要不我們也留下來吧，我感覺這裡好棒啊！」

安紳：「既然有這麼多遊戲玩家選擇留在這裡，我想他們一定是認同赤火鹿的做法。不如，我們也在這裡稍作停留。再另做打算吧。」

索尼：「好吧，我也覺得先暫時觀察觀察吧，因爲就算要拿到鹿角出去這個遊戲世界，打敗這些高級的遊戲玩家，以我們三個人的實力可能也未必戰勝得了。不如先稍作停留，觀察一陣子。」

安紳：「嗯。」

美蓮興奮地抓起索尼和安紳的手來到跳舞池，美蓮在音樂聲當中盡情地搖擺。可能這是她來遊戲世界最放鬆的時光了。她緊貼著索尼，用魅惑地眼神看著他。一曲跳完，又拉著安紳的手與安紳共舞，她快樂地笑著，就像一個孩子。

食人魚河

綠色的河水冒著氣泡，一片渾濁，看不見河底。河水水面上有一排石頭，很顯然這是讓遊戲玩家能夠順利度過這條河流，走上雪山的頂端。佐伊有些試探性地把左腳踏在了第一塊石頭上，就被小安拉住。

小安：「別去，危險！」

佐伊：「怎麼了？」

小安：「河底下有食人魚，你現在是跨了第一步，等你再走兩三步，就會有食人魚吃掉你的腳。會很危險的。」

佐伊：「那如果我召喚仙鶴直接飛過這片河水呢？」

小安：「不行，坐騎是無法通過河水的，這裡有魔法結界。你必須闖過這一關。」

佐伊：「那真的得思考用什麼方法過去呢。」

佐伊坐了下來，望著這片綠色的河水，完全看不出食人魚究竟長什麼樣子，如果自己彈奏琵琶，把食人魚逼上水面，或許就能夠看出牠們的樣子，究竟是有多恐怖。

思考完以後，佐伊拿出琵琶，彈奏了一曲〈月光〉，河面上泛起波光粼粼，開始有了動靜。緊接著兩三隻食人魚跳出水面，牠們有著鋒利的牙齒，體型不大，好似水虎魚。牠的頭部短，頭骨特別是齶骨十分堅硬，體呈卵圓型，側扁，尾鰭呈又形。漸漸地，跳躍出水面的越來越多。

小安：「姐姐，牠們一嗅到人的鮮血就會異常興奮，甚至專門喝人血爲生。」

佐伊：「看樣子確實不大好過河。」

佐伊坐在河對面，發起了呆，過去這河肯定會有危險。自己即使有攻擊武器，但是腳一踏上去，就會被咬。但如果說將魔法結界生成一個保護膜，這樣或許可以抵擋住食人魚的攻擊。

佐伊打開魔法結界，形成了一個保護膜，伸出右腳，小心試探地跨出了第一個石頭上。沒有一點兒反應，緊接著又連續走了兩個石頭。確實有食人魚聽到動靜躍出水面，但是在整個魔法結界保護膜的籠罩下，無法傷到佐伊絲毫。佐伊有些滿意地笑了，返回了原先的位置，抱著小安又重新跨出第一個石頭。隨後又連續跨出了兩三塊石頭，走到中間的時候，河水冒出了更多的氣泡，一個女人的頭浮出水面，慢慢地她露出了全身，上半身是一個美女的形象，高挺的鼻樑，鮮紅的嘴唇，還有那紫色的頭髮，下半身則是魚尾，魚鱗閃閃。女人輕蔑地一笑，她的手直接穿過佐伊的魔法結界，搶走了小安。只見她掐著小安的脖子，想要把小安往食人魚河水扔下。佐伊見狀，有些慌了，魔法結界頓時失效了。

佐伊：「小安！」

佐伊在緊要關頭，大喊小安的名字，試圖想要從美人魚那裡奪回小安。但是一個站不穩，整個人往後仰，眼看就快要掉進河水裡。小安被美人魚掐住脖子，呼吸越來越弱，他那稚嫩的臉龐看著佐伊，臉沒有了血色。小安心想：「難道自己就要死在這裡了嗎？自己作爲狐族的唯一倖存者，算了，沒有關係。死去了也好，這樣就可以看到爸爸媽媽了。可是姐姐，小安不希望姐姐死在這裡。但是自己又那麼弱小，現在怎麼能夠救上姐姐呢？」小安看著佐伊就快要碰觸到河水表面了，底下的食人魚還在踴躍地翻騰著。眞的就要這麼結束了嗎？完蛋了嗎？

忽然，一群烏鴉飛過，牠們努力地支撐著佐伊的身體，將她浮在烏鴉群上，飛到了對岸。烏鴉幻化出了雲爵，佐伊看見雲爵，又驚又喜。

雲爵召喚出了冰劍，敏捷快速地一個箭步，飛到高空朝美人魚的頭砍去，想要將其劈成兩半。無奈，看見美人魚拿小安做擋箭牌，他只好收手，退後了幾步。

美人魚：「哼，我們最近可是餓了好幾天了，瞧這孩子細皮嫩肉的，正好今天我的弟兄姐妹們終於可以不用再餓肚子了。」

雲爵：「你休想！」

美人魚：「哈，我倒是想看看是你的劍快，還是這個孩子掉進河裡餵我弟兄姐妹們的速度快。」

雲爵念了咒語，冰劍散發出寒氣，一瞬間生出無數的冰雕手包圍住了美人魚，美人魚試圖掙脫，但是依舊逃脫不了雲爵的控制。寒氣包圍住了美人魚，她一個輕輕地鬆手，小安從美人魚的手中掉落，雲爵變幻出烏鴉拖住小安的身體，又將他送回了河岸。佐伊趕緊抱住小安。

佐伊：「小安，你沒事吧？」

小安：「我沒事。」

佐伊小心翼翼地幫小安理了理頭髮，又溫柔地抱住小安。

美人魚：「你別以爲這樣就可以傷得了我分毫，我讓你見識見識我的厲害！」

說完，她張開嘴巴，碰出了毒氣，雲爵拉住了佐伊的手，快速地打開了魔法結界。

美人魚將頭髮伸長，長出無數帶有食人魚利嘴的觸手向佐伊、雲爵他們攻去，衝破了魔法結界，那些尖利的觸手，就像食人魚的嘴巴一樣一張一合的，讓人看了實在覺得噁心又恐怖。佐伊召喚出了琵琶，奏出了光之痕，利用光之痕的強光使觸手縮了回去。然而美人魚又釋放出毒氣，佐伊和雲爵捂住口鼻，快速地逃離。佐伊彈奏出〈月光〉，強烈的鐳射將美人魚的眼睛照瞎，她面色鐵青地掙扎著想要利用河底下的食人魚供給自己新的力量，河底下成群結隊的食人魚圍了起來，將美人魚的傷口復原，她又變得囂張頑劣的高傲嘲笑著：「想要殺死我，沒有那麼容易！」

雲爵的嘴角微微上揚，露出了一個十分自信的笑容，碎髮遮住了他的眼睛，根本看不出他的眼神。在那種高深莫測的表情之下，他只是輕輕的打了個響指，念了一句咒語。一陣龍捲風吹過，將河底下的食人魚捲起，大大小小形狀不一又醜陋不堪的食人魚被這股龍捲風的怪力牽進了旋渦裡，月亮變成紅色，漫天的烏鴉飛過牠們，啃食撕咬著美人魚的臉蛋、眼睛，還有頭髮上尖利的觸角，數萬把冰劍刺穿美人魚的身體，美人魚在絕望悲傷無助的呻吟中倒下。然而烏鴉並沒有放過美人魚，用著利嘴將她的皮膚跟肉剝離，又啃食著她的眼睛、嘴巴還有各種器官，直至她的屍體完全消失，再也無法復原。

佐伊：「你究竟爲什麼會來這個遊戲世界？你到底對我隱瞞了什麼？你消失的這段時間，到底發現了什麼祕密，爲什麼都不跟我說清楚？」

雲爵：「傻瓜，這麼多事情等我們打敗了寒麒獸，我再告訴你，好嗎？」

佐伊：「不，我要你現在就告訴我。」

佐伊壓抑不住自己的情緒，突然像個孩子一般地放聲大哭起來。

佐伊：「你到底有什麼祕密不告訴我，有什麼不能夠我們一起解決的？」

佐伊不依不饒地抓著雲爵的手，緊緊地抱住雲爵，在雲爵的懷裡放聲大哭。

佐伊：「我知道你不是壞人，在我跟魔狼戰鬥的時候，那群烏鴉就是你派來暗中保護我的。但是你爲什麼不一早告訴我，你也會進來這個遊戲呢？還有這個遊戲世界和你的親生父母究竟有什麼關係？我不相信這些都是幻覺，也不相信這是什麼潛意識。我相信你一定有什麼苦衷，你爲什麼不告訴我？」

佐伊：「你之前發現了我得寒毒症，所以百般挑剔我嫌棄我，是想叫我趕緊逃出雲之國，然後去雪之國找解藥治病，是嗎？」

雲爵摸了摸佐伊的頭：「我知道你很少玩遊戲，每次跟我打遊戲都很爛，總輸給我。後來我發現了你生病，看了你的日記，也知道你原來從小就得了寒毒症。所以我就想進入這個遊戲世界，打敗寒麒獸，早點兒拿到解藥給你治病。」

佐伊：「那你是怎麼進來的？爲什麼會跟一個神祕的雪國人扯上關係？」

雲爵：「還記得那次外出嗎？其實那個時候我得知了我的身世。我媽媽是雪國人，我爸爸是雲國人。可是我爸爸是個酒鬼，我媽媽根本不愛我爸爸，那個時候他們對雪國人有歧視，我媽媽想要擺脫原來的生活，選擇嫁給了我爸爸，生下了我。她生下我以後，我爸爸繼續喝酒，並且發生了爭執，我媽媽很窮，那時候根本沒有錢撫養我。於是，她一個人又回到了雪國。」

說完，他突然猛烈地咳嗽了起來，心臟開始劇烈地抽搐。

佐伊：「喂，你怎麼了？」

雲爵：「我沒事。」

雲爵努力地在臉上擠出了一絲笑容。

佐伊：「不對，你分明就有事情！」

佐伊：「你到底怎麼了？」

雲爵從口袋裡，掏出一粒白色藥丸，瞬間服下。

佐伊：「你也有寒毒症？」

雲爵沒有回答。

佐伊：「那個帶你進來的雪國人究竟是誰？」

雲爵：「他是我媽媽的弟弟，我的舅舅。」

佐伊：「你是不是也有寒毒症？」

佐伊有些焦慮地問雲爵。

雲爵：「嗯，對。」

佐伊的眼淚突然落了下來，佐伊：「你為什麼不早點兒告訴我？」

雲爵：「我也是那次外出的時候才知道的，我以前一直以為我沒有。」

佐伊：「所以你那個時候對我兇，對我那麼挑剔和嫌棄，是因為寒毒症發作嗎？」

雲爵：「算是吧。」

佐伊的拳頭像雨點般地砸向雲爵，佐伊：「我討厭你，我討厭你瞞我那麼久。為什麼要這樣對我？」

雲爵：「可能覺得這樣做是為了你好吧，讓你恨我討厭我，離開雲之國。我去遊戲世界拿到解藥，然後再給你一個意外的驚喜。」

佐伊：「你是白癡嗎？你有寒毒症，萬一你病發，死在了遊戲世界裡面怎麼辦？」

雲爵：「死了就死了唄，反正那種病，慢性疾病看也看不好，死就死掉吧。」

小安：「哥哥姐姐，你們能不能別再秀恩愛了呀，小安突然覺得肚子好餓呀。剛剛那條美人魚把小安掐得好痛呀。」

佐伊：「小安，姐姐現在就給你烤肉吃。」

佐伊用幻想能力做出了一堆木炭，然後從背包裡拿出了兩片生肉，一條魚。然後點燃木炭，將肉和魚反復燒烤。

雲爵：「笨蛋，平常做飯就沒有做得很好吃，在遊戲世界烤個肉，這樣烤都會半生不熟的。你要我說你什麼好？還是我來吧！」

雲爵將肉反復燒烤完以後，直至肉皮表面變脆變酥，又從口袋裡掏出一瓶特製醬料。

佐伊：「你這是什麼呀？遊戲世界好像沒有賣這個的。」

雲爵白了佐伊一眼，雲爵：「廢話，這是我從現實世界帶過來的。」

佐伊：「現實世界帶過來的可以在遊戲世界裡使用？」

雲爵：「當然可以啦，這邊的錢帶到現實世界裡面也是可以換成紙鈔的。」

雲爵將燒烤完的肉噴上特質醬料以後，給小安嘗了一口，小安的臉上充斥著一種幸福的笑容。

小安：「眞香啊！小安從來沒有吃過這麼美味的肉肉。」

小安：「能夠認識哥哥眞開心。」

小安又繼續咬了一口，滿嘴的肉油。

雲爵：「全部吃完哦，不准剩下哦，不然打你屁股哦～」

小安乖乖地點點頭。

夜幕降下，雪山雖然寒冷，但是晚上的時候能夠看到星星，佐伊從背包裡拿出了一個臨時的帳篷，三個人躺在帳篷裡，看著星星。小安躲進佐伊的懷裡，喜歡佐伊給自己講現實世界的童話故事。

佐伊：「小安，再講最後一個故事，你就得乖乖睡覺哦。」

小安睜大著眼睛，一副根本還不想睡覺的樣子。可是佐伊已經哈氣連連了。

小安：「小安長那麼大，從來沒有聽過這麼有趣的故事呢，現在一點兒也不睏。」

雲爵：「因爲你是狐狸，白狐的小孩不講故事入睡的。」

佐伊：「不行，你該乖乖睡覺了。看來，我還是不講啦。」

小安：「不要，不要嘛！」

冰龍

火岩村

美蓮：「索尼，你看我帶回來了什麼？」

美蓮一臉興奮地將手中的麵包、牛油果還有蜂蜜以及葡萄放在了索尼的桌子上。

美蓮：「這些都是隔壁鄰居給我們的，他們還對我們在這裡的生活十分關心呢。」

索尼：「哦。」

索尼躺在床上，看著一本書，表情略顯冷漠，有些提不起精神。

美蓮：「我跟你說哦，待會兒有其他遊戲玩家邀請我和安紳一起去摘獮猴桃，你要不要也一起去呀？」

索尼：「我不是很感興趣。」

美蓮：「爲什麼呀？」

美蓮有些不滿意索尼爲什麼要這樣子對自己說話，明明這裡的生活就很好，又不用工作，就可以輕而易舉地獲得這一切。

索尼：「你不覺得這些麵包、蜂蜜還有葡萄，我在現實世界就可以買到嗎？雲之國可不缺這些。」

美蓮：「可是這些都是免費的呀，而且我在雪之國必須要很辛苦地賺錢還有生存才可以獲得這些呢，甚至還要忍受別人的白眼和歧視。因爲我的出生還有家境都不是很好。」

美蓮一臉委屈地訴說著。

索尼：「我知道，可我跟你們不一樣，我在雲之國有一份不錯的工作，而且這份工作也是我喜歡的。我之前就是做遊戲設計的，我來這個遊戲世界的目的就是想要身歷其境地感受一次，來完成我的理想。」

索尼：「你現在在這裡擁有的這些，其實我在雲之國已經擁有過，也體驗過。雖然我能夠理解上你和安紳之前過著比較窮苦的生活，好不容易來到這裡可以休息，換一種生活方式。但這並不是我一開始來這個遊戲世界的初衷。」

美蓮有些委屈，眼睛裡的眼淚就像掉了線的珍珠落了下來，她抓住索尼的手，有些無助地說道：「可我很喜歡你，我不想你離開我的身邊，也不想要你離開火岩村。你可不可以爲了我留下來？而且之前晚宴上，有那麼多高等級的遊戲玩家，你一個人也打不過去，也無法拿到鹿角啊！」

索尼：「美蓮，你是一個孩子。這就是遊戲世界，一切都是虛幻的，闖過了這關，出了這個遊戲世界，才是眞實的。生命就是有酸甜苦辣。這些都是幻象，我們卡在這裡。你只是被眼前美好的、表面的幻象所蒙蔽住了。」

美蓮：「索尼，你不想要跟我們一起去摘獼猴桃，你也用不著和我說這些吧。這裡的生活就是我所嚮往的，有那麼多遊戲玩家都選擇不出去呢，我也不想要離開這裡。我從小到大從來沒有這麼快樂過。我希望你也不要阻止我和安紳繼續在這裡生活。」

美蓮說完，就有些氣衝衝地走了出去。索尼看著美蓮離去的方向，陷入了自己的沉思裡，確實自己現在很想要回到現實的世界裡，這裡的一切生活對於自己來說就是個遊戲，他分的清楚什麼是眞實的，什麼是虛幻的。可是他認識了美蓮還有安紳，還有這麼多遊戲玩家，他們進進出出的，和自己有交談，也有關係上的連結，如果只有自己一個人的想法想要去殺死火山鹿，而不去顧及和尊重其他遊戲玩家的意見，確實有些寡不敵眾。

冰洞

冰山的頂端，是一個天然的冰洞，日光穿透冰層，陽光將藍冰洞照射得晶瑩剔透，閃爍冰藍色的冰穴予人一種不可思議的感覺，佐伊沒有想到冰洞居然會那麼美。越往深處走，越發現冰洞裡面大大小小，形狀不一的冰針，一根根地晶瑩剔透。佐伊、雲爵、小安來到洞穴處的一條冰河，河水非常清澈，冰針上面的冰水一滴滴往下落。小安伸出手，一顆露珠劃落手心。他不由衷地讚歎道：「這裡可眞美啊！」

佐伊：「嗯，我也沒有想到冰龍居住的地方會這麼美麗。」

小安：「姐姐，你看。我發現了什麼？」

小安指了指冰河岸邊，然後撿起一枚金幣。

小安：「姐姐，你快過來。這裡全部都是金幣啊！」

佐伊走了過去，看見岸邊到處都是金幣。

小安：「哇塞，發大財了！」

佐伊心想，以前小時候就聽過說那些遊戲玩家爭先恐後地想要進入這個遊戲世界，爲了一夜暴富改變原先的生活。今天倒開了眼界，原來金幣都在冰洞裡。

小安撿起那些金幣，裝進自己的背包裡，越撿越多。他伸出的手突然之間縮了回來，並且神情十分地緊張。

佐伊：「怎麼了，小安？」

小安：「姐姐，你快看！」

小安把手指向了那堆金幣當中，一具具的死人骸骨浮現。小安一下子嚇了一跳，這裡怎麼會有那麼多殘骸？

雲爵：「小兔崽子，這樣就害怕了？待會兒冰龍出現，你該怎麼辦？」

佐伊：「喂，你別這樣子嚇唬小孩子，行不行？」

雲爵剛說完這句話，眞的有怪怪的聲音出來，小安有些慌忙的躲到了佐伊的身後。佐伊用幻想能力做出了兩把火把，她和雲爵各持一個往前走。

那種奇怪的聲音離他們越來越近了，他們踩著遍地的金幣，前方也是金幣。

小安拉著佐伊的手，低聲說道：「姐姐，我感覺自己好像踩到了什麼軟軟的東西哎。」

佐伊：「不會吧？」

小安：「真的，你有沒有聽到什麼打呼的聲音呀？我感覺有一些不對勁。」

雲爵：「噓！」

那個奇怪的聲音越來越大，小安抓著佐伊的手本能地越來越發抖，佐伊寬慰地讓小安緊緊的依貼著自己。

冰龍：「你們來了？」

那個蒼老且穿透力強的聲音從周圍傳來，小安嚇得抖了兩下，感覺腳底下有東西在滑動。

冰龍：「嘖嘖嘖，一股狐騷味。我不大喜歡吃狐狸，還是人肉比較好吃一些。」

小安：「啊！」

小安大叫了一聲，慌忙地躲進佐伊的懷抱裡，把頭埋進佐伊的衣服裡。緊攥著佐伊的手還在微微發抖。

冰龍：「小朋友，你好像踩到我的尾巴了。」

小安：「姐姐，我就說吧，我踩到了什麼怪怪的東西了。」小安一邊哭，一邊說著這句話。

冰龍從那堆黃金中迅速竄起。牠全身冰晶狀，張開雙翅，頭上是冰晶冠，細長的龍眼，緊緊地盯著他們三個。

冰龍：「來這裡的遊戲玩家很多，可是能夠從這個冰洞裡出去的少之又少。我呢，不喜歡暴力，我最喜歡猜謎語了，如果你們能夠從我給的這些謎語當中，猜到答案，我就讓你們活著出去，而且還送你們一堆黃金。你們要不要啊？」

牠張口龍嘴，呼出的寒氣中帶著許多的冰晶。佐伊和雲爵被這陣寒風的嚴寒疼痛到寒毒症又犯了。即使打開了魔法結界也沒有任何效果。

雲爵：「我們不要什麼黃金，我們要的是龍鱗。」

冰龍：「想要龍鱗，那就沒有什麼好商量的了。」

冰龍低下頭，直接叼起了雲爵，雲爵召喚出烏鴉飛舞，然而在冰龍面前只不過是雕蟲小技。冰龍直接將雲爵狠狠地甩在了冰洞的牆壁上。

佐伊有些擔心地喊了雲爵的名字，雲爵：「我沒事。」但是嘴角還是不自覺地流出了鮮血。

冰龍：「其實就算你們猜對了我的謎語，你們也不可能從我的冰洞裡活著出去。因爲我生平最討厭那些貪財如命的人了。年輕人，告訴我爲什麼想要龍鱗？」

佐伊：「爲了召喚寒麒獸，治療寒毒症，把解藥帶到現實世界去。」

冰龍：「那些身患寒毒症的人都是咎由自取，他們來這裡就是爲了搶黃金的。」

冰龍又哈出一口冷氣，刺激著佐伊全身的皮膚還有細胞，佐伊的寒毒症又犯了，並且讓自己感到整個身心的痛苦。

冰龍：「怎麼樣？我與冰麒獸相比，冰麒獸的寒毒都比不上我千萬分之一。我才是這個雪山的老大。冰麒獸，牠算什麼？」

牠揮動著牠的龍翅，盤旋在上空。雲爵召喚出冰劍，又念起咒語，無數的冰雕手包圍住盤旋在上空的冰龍。然而，冰龍只是輕輕地揮動了一下龍翅，冰雕手全部碎落在地上。

冰龍：「沒用的，冰是我的優勢，寒冷是我的利器，你的冰屬性在我這裡完全克制不上我，在我看來都是小菜一碟。」

佐伊運用幻想能力召喚出了琵琶，她擾動著琴弦，彈奏出了〈月光〉，劇烈的鐳射從冰洞裡照射出來。然而冰龍只是用翅膀輕輕一擋，光便消失了，又恢復了原來的黑暗。

冰龍：「春去秋來，世事無常。」

冰龍重複地念道這句話，這讓雲爵很不解，難不成這是一句咒語，又或者是一種提示？雲爵閉上眼睛，又念了一遍這個咒語。腦海中浮現出四季，春夏秋冬，變幻無常，又更新交替。

他突然明白了，運用了自己的幻想能力，製造出春天的風，轉瞬即逝爲夏天的陽光，又變爲秋天的雨，冬天的雪。冰龍在四季的變化下，牠身上的冰在一點點兒融化。牠又吐出一口寒氣，但是力量上明顯感受到比剛剛弱了很多。

冰龍：「光非光，暗非暗，火融冰，水滅火。」

這後面一句話是什麼意思？佐伊也在思考，冰龍吐出來的寒氣，令佐伊和雲爵的寒毒症還在持續發作，佐伊感受到自己全身疼痛，精神上又備受折磨。可是自己必須堅強起來，憑著自己的意志力打敗冰龍。她忽然靈光一現，想到了閃電。

於是，她召喚出了琵琶，彈奏出光之痕，又運用幻想能力和意念的控制想要製作出閃電，然而失敗了。

佐伊：「雲爵，你能夠用你的幻想能力做出閃電嗎？」

雲爵：「這不應該是你的強項嗎？你不是光屬性的遊戲玩家嗎？」

佐伊：「可我不知道怎麼做出閃電來啊？」

雲爵白了佐伊一眼，雲爵：「自己想！」

佐伊心想不能老是依靠雲爵，現在這個挑戰，是時候讓自己成長起來了，自己只會那些簡單的光之痕，〈月光〉幾個特殊效果攻擊，如果能夠悟到更多技能的話，自己的戰鬥力也會提升的！佐伊閉上眼睛，她全身冒著冷汗，因爲冰龍的攻擊還在持續上升。她念起了咒語：「光非光，暗非暗，火融冰，水滅火。」她說完之後，看見冰洞上方，雷電交加，又有好幾道雷電打在了冰龍的身上，然而冰龍的血槽也只是下去了三分之一。

佐伊和雲爵繼續運用四季無常和雷電交加攻擊了幾輪以後，冰龍身上的冰逐漸融化，雲爵也已經精疲力竭了，佐伊發動了最後一次雷電交加以後，冰龍化成了一灘水，然後掉落了幾套高級裝備還有聖龍寶劍。

佐伊有些興奮地跑過去看了一下：「這是什麼呀？」

雲爵：「龍戰服，精裝。剛好有兩套，到時候打寒麒獸的時候可以派上用場。趕緊穿上吧。」

佐伊裝備上龍戰服，現在的她看上去十分高貴，戰服上面的鎧甲突顯出一種女戰士的高傲和冷豔。

雲爵：「這把聖龍寶劍一看就是好貨色，給你吧，我一個人可以應付得了。」

佐伊：「好。」

小安：「姐姐，你看上去好酷啊！」

佐伊：「小安，你剛剛去哪裡了？」

小安：「我看你們兩個在打冰龍，就順便回到剛剛那條冰河又撿了一些金幣。順便逃過一劫，太恐怖了！」

小安的背包裡鼓鼓地，塞滿了金幣。

雲爵：「好了，現在冰龍已經被我們打敗了。」

小安：「哇塞，你們好厲害呀！」

雲爵：「這都有提示的。」

佐伊：「遊戲世界果然是遊戲世界。」

雲爵：「走吧，我們現在去往火山。」

雲爵拉著佐伊還有小安往冰洞口走去，就在他們前腳踏出冰洞的時候，冰龍從那攤水中又自動生成了，小安因爲貪戀冰洞的風景還有錢幣，忍不住回頭看了一眼。當他看見冰龍復活的時候，嚇得他慌忙地緊抓著佐伊的手臂。

小安：「姐姐，冰龍復活了。」

雲爵面不改色地說道：「正常，這裡是遊戲世界，你別大驚小怪了，小狐狸。」

小安：「我們趕緊走吧。」

雲爵召喚出了冰雕藏獒，佐伊召喚出了仙鶴，三個人從雪山飛往了火山。

最後的博弈

火岩村

佐伊根據NPC給的地圖，來到了火岩村的門口。雲爵有些不高興，他召喚了烏鴉刺探了情報已經知道了佐伊的其他幾個同伴就在火岩村，甚至火岩村裡有多少人數他都一一知曉。

雲爵：「我不想進去。」

佐伊：「怎麼了？」

雲爵：「你們住在龍雲客棧的時候，我就知道了，你跟其他三個人一起進來遊戲世界了。而且我還看見你跟其中一個男的十分親密。」

佐伊：「我們只是隊友關係，可能有些曖昧吧。」

雲爵：「我不在，你就可以跟其他男人曖昧了嗎？」

佐伊：「不是的，因爲那個時候我對你有誤會，我覺得你變了心，跟我有爭執。可能是發現我生病了，所以嫌棄我，對我冷言冷語吧。」

雲爵：「哼，你這是不信任我！你自己進去吧，自己去處理那些問題吧，我是不會幫你的。不要爲你犯下的錯誤找任何的藉口。」

佐伊：「雲爵，你聽我解釋！」

佐伊開口哀求雲爵，但是被雲爵甩開了。

雲爵的臉又冷下來，雲爵：「我現在不想要跟你說話，你自己去拿鹿角吧。」

佐伊的臉又掛滿了淚痕：「其實那個時候我被你從那個家趕出來以後，我被索尼救了，然後我們就有了一些交談。他說他可以幫助我拿到解藥，我們就一起去了雪之國組織了團隊進入了遊戲世界，後來我也沒有想到關係會升溫。但是我一開始只是很謝謝他救了我，想要維持友誼。」

雲爵：「維持友誼，可以維持到床上去嗎？」

佐伊的眼淚突然就落了下來：「對不起，雲爵。我那個時候對你感到失望了，失去信心了。覺得你變了。」

雲爵：「變的人明明是你，我待你好你就留下來陪著我，我待你不好一點兒，你就可以這樣拋棄我嗎？」

他突然變得怒氣衝衝，嫉妒的心使自己支離破碎，雲爵：「你走，我一想到這件事情就生氣，再也不想看到你了！」

小安：「哥哥姐姐，你們兩個人能不能不要吵架了呀？」

雲爵：「不要站在她的立場上說話，你忘記你差點兒被美人魚掐死，是誰救你的嗎？」

小安：「可是姐姐也有把我從魔狼那裡救回來。」

雲爵：「那你跟她走好了，我自己去打敗寒麒獸。」

佐伊：「小安，你留下來陪著雲爵吧，我自己一個人進去。」

小安：「姐姐，希望你進去以後沒有什麼事情。我會在這裡勸哥哥的。」

佐伊：「好。」

佐伊一個人穿著龍戰服進了火岩村，迎面走來了一個穿著體面的村民長老。

村民長老：「歡迎來到火岩村，我們這裡是火山上唯一的村莊，擁有著烏托邦式的田園生活。如果你們喜歡這裡，可以盡情地留在此處。」

佐伊：「不必了，我想要找赤火鹿。你知道牠在哪裡嗎？」

村民長老：「請不要著急，晚宴的時候你們自然就會見到我們的首領了。我先帶你去雅房把行李放下，你也可以沐浴更衣，感受一下我們村落的文化。我相信你會喜歡這裡的，晚宴的時候，你自然會見到我們的首領，牠是整個火山最有智慧和修養的精靈，我相信你一定會喜歡牠的。」

佐伊：「好。」

村民長老帶佐伊進了雅房，雅房的環境確實很舒適，這讓戰鬥了一個月的佐伊放鬆地躺在了沙發上，這個雅房還有冷氣空調可以吹，一切都好像回到了現實世界裡。佐伊從冰箱裡拿出了水果，挖了一點兒西瓜放進了嘴邊。

村民長老：「怎麼樣，對於這裡的一切都還滿意嗎？我們的首領赤火鹿體恤村民還有所有的遊戲玩家，可以供應所有的物質條件，這些也都是免費的。完全會善待任何一個來火岩村並且想要留下來的居民的。今晚還有假面舞會，如果要參加晚宴的話，你可以跟我購買一些面具。」

佐伊：「好的。」

佐伊從村民長老那裡挑選了一款純金的假面面具，因爲她覺得這個顏色很配自己的黑色龍戰服。

村民長老留下沐浴用的浴服，說待會兒晚宴的時候會來接佐伊就離開了。佐伊來到沐浴室，打開冷熱水，將自己的龍戰服脫下，她看著鏡子中的自己，巴掌大的小臉，散落的黑色長髮，細長的雙眼像狐狸一般，長長的睫毛，粉嫩的嘴唇，還有高挑的鼻樑看上去十分冷豔，如果說用性感來形容美蓮，那麼佐伊就是冷豔和高貴。尤其她穿著龍戰服的時候，將自己骨子裡的那種倔強和英氣突顯得淋漓盡致，讓人看了，總覺得她是一朵帶刺兒的玫瑰，誰若摘了下來，手指上就會被刺給刺痛。

她將白皙的腿伸進溫水裡，秀髮如絲，蓋住了高聳玉嫩的乳房，半個身體浸泡在浴缸內，半個身體在浴缸外。她看著胸口的冰晶顆粒，如果再不找到解藥的話，可能自己眞的要死在這個遊戲世界裡了。

泡了一會兒，佐伊站了起來，理了理墨黑的秀髮，並沒有穿上火岩村的浴服，而是選擇了自己的龍戰服。

晚宴

一首華麗的華爾滋音樂響起，美蓮戴著舞會面具，穿著舞裙在會廳裡翩翩起舞，安紳在興致勃勃地和其他遊戲玩家討論著在現實世界的生活以及各種好玩有趣的經歷。美蓮興致勃勃地拉起索尼的手，進入舞池。

美蓮：「索尼，你可不可以陪我跳一段舞？」

索尼：「我不大會跳舞，你可以找安紳陪你跳。」

美蓮：「沒關係，我就想你陪我跳一段嘛！」

美蓮有些小小地撒嬌，她裝出一副無辜又撒嬌的小可憐模樣，惹人憐愛。

索尼：「好吧。」

索尼有些心軟，答應了美蓮的請求。索尼摟住美蓮的腰肢，隨著音樂輕輕地擺動著，美蓮將頭靠在了索尼的肩膀上，有些甜蜜地笑著。一曲華爾滋過後，美蓮抽身離開，找到了安紳，又想要安紳陪自己共舞。

就在大家都沉醉在這種歌舞昇平，其樂融融的氛圍時，首領赤火鹿宣布了今夜會有新的遊戲玩家加入他們其中，此起彼落地掌聲響起，村民長老帶著穿著龍戰服的佐伊出現在大家的視線裡，沒有一個人認出她來，她戴著純金的假面，黑色的盔甲，堅硬如冰，卻勾勒出佐伊性感又纖細的身材，給人一種窒息的絕美。黑色的長髮飄逸在胸前，大家都好奇這位絕世美女究竟是誰？怎麼會擁有這麼高的遊戲等級？

遊戲玩家簡：「她肯定是去過冰山，打敗了冰龍才來這裡的。」

遊戲玩家圖坦：「你怎麼知道？」

簡：「你看她穿的是龍戰服，而且遊戲等級已經 50 級了。」

圖坦：「你不是也去過雪山嗎？」

簡：「可我那個時候在冰洞見到冰龍，沒有打過，拿了一些錢幣想要回到現實世界去。」

圖坦：「呵呵，一直在吹噓自己去過冰洞的人，看來也不過如此嘛。」

簡：「哼，你可是連去都沒有去過呢，還好意思說我？」

首領赤火鹿還是重複著之前一樣的對白，試圖讓佐伊留下來。

赤火鹿：「首先我先介紹一下我自己，我就是掌管這一整座火山的赤火鹿，管理所有的果樹還有精靈們，你們在這裡不需要工作，得到的一切都是免費的，你們想做什麼就可以自由地做什麼，我不會攔阻你們。只要你們願意留下，不與我為敵，我相信你們會喜歡上這裡的，我們都是熱愛平靜和友好，不愛紛爭。」

遊戲玩家簡：「是啊，是啊。我以前在雪之國的生活非常的艱苦，自從來到這裡認識了赤火鹿以後，我的生活就徹底改變了。」

遊戲玩家海棠：「對呀，對呀如果你願意留下來，那真是太棒了呢！」

遊戲玩家圖坦：「赤火鹿是我們的救命恩人，你如果要殺牠與牠為敵，就是與我們所有人為敵！」

赤火鹿：「好了，要不你也自我介紹一下吧，看看你喜不喜歡這裡？」

赤火鹿很有禮貌地說道。

佐伊：「如果我說，我偏要戰鬥呢？」

氣氛一下子凍結，無人敢說話。

遊戲玩家簡：「那就不好意思了，如果你一定要戰鬥的話，就要打敗我們這裡所有人。」

佐伊：「哼，那就放馬過來吧，我來這個遊戲世界的目的不是來過太平日子的，而是來尋找解藥的！」佐伊一臉不屑地說道。

遊戲玩家簡：「那就對不起了！」

美蓮、安紳還有索尼從剛剛的對話中都認出了這個穿著龍戰服的女人就是佐伊。

美蓮有些慌張地晃動著索尼的胳膊：「是佐伊哎，佐伊居然出現在這裡了。而且她居然比之前的遊戲等級還要高，她一個人挑戰所有的玩家！」

就連索尼都很震驚，佐伊回來了，她穿著龍戰服，這代表了她一個人去了雪山，獨立堅強地打敗了冰龍，這眞的是難以置信！

索尼仔細地觀察著現在的局勢，佐伊拿出自己的聖龍寶劍，兩三個回合就將遊戲玩家簡制服於地，原本以爲佐伊就此就算了，但是她居然直接用聖龍寶劍擊殺了遊戲玩家簡。這讓在場的所有遊戲玩家都十分憤慨，他們一起蜂擁而上，勢必要討伐這個女人並將她殺死。佐伊召喚出雷電交加，又用自己的琵琶，將光之痕還有閃電發揮到最大的力量，三十幾個遊戲玩家彈指間灰飛煙滅。索尼看見佐伊的這些戰鬥能力以後，無疑是敬佩佐伊的，他面對佐伊有一種比較複雜的心理，他在雲之國的時候曾經救過佐伊，也曾一起進入這個遊戲世界成爲隊友，他的腦海裡浮現出佐伊憂傷且灑脫的容顏，還有曾經在懷裡的溫暖與溫柔，如今的她，變成了另外一個樣子，一個令自己無法接近又陌生，而且果敢的獨立女性。是那麼的熟悉，又彼此的陌生，這種感覺讓索尼的心裡十分地震撼，索尼很想知道，在佐伊消失的那段時間裡，她究竟去了哪裡？又發生了什麼樣的經歷？現在的佐伊究竟是可以成爲隊友，還是自己即將要面臨的敵人？

佐伊將在場的所有遊戲玩家清理得片甲不留，除了安紳、美蓮還有索尼。佐伊舉起聖龍寶劍一步一步地走向曾經的隊友，美蓮神色慌張左手牽著安紳的手，右手挽著索尼的胳膊。安紳表現出強烈地不滿，索尼卻猶豫不定，想要看看佐伊究竟會如何對待他們。佐伊把金色面具摘下，精緻的臉蛋，嘴角扯出了一個有些冷酷的微笑。

佐伊：「好久不見，你們還好嗎？」

安紳表達了強烈的不滿，他召喚出巨蟒，又使用地之裂，想要攻擊佐伊。卻被佐伊用魔法結界擋住了，現在的安紳根本不是佐伊的對手，佐伊只是用了幾次光之痕，安紳就節節敗退下來。看樣子，佐伊並沒有想要傷害安紳的性命。

佐伊：「哼，許久不見。沒有想到你們居然都叛變了，是因爲貪圖這裡的榮華富貴嗎？沒有想到你們是這樣的一群人。」

安紳：「我們每一個人來到這個遊戲世界的目的各不相同，我和美蓮只是想要賺錢，回到現實世界不再過窮苦的日子，不用加班，不用看人臉色！」

安紳：「現在赤火鹿可以提供給我們這樣的生活，我們爲什麼不接受？而且他是我見過最優秀的領導，他待人和平友善，你現在的出現，你剛剛的行爲，破壞掉了這個村莊的和平，而且你還殺戮了這麼多遊戲玩家。你有什麼資格說我們？」

佐伊：「這就是一款遊戲，不要被這裡所有的一切給蒙蔽了。是你們被幻想所蒙蔽了雙眼，又貪圖榮華富貴，根本沒有認清現實和看透眞相！既然在現實世界中存在著寒毒症這個毛病，就代表有遊戲玩家曾經殺死過赤火鹿，拿到過鹿角召喚出寒麒獸，但是失敗了，被寒麒獸攻擊才會得寒毒症這個毛病來到現實世界的，這就是我的推測。即使殺戮了這些遊戲玩家和赤火鹿，過幾分鐘，他們也會自動復活的，對於我而言，這就是一款遊戲！」

安紳：「我不相信你說的話，你現在所做的一切就是一個殺人狂會做的！因爲你有寒毒症你將會死掉，所以你才會不惜一切代價地想要召喚出寒麒獸並且獲得解藥，我們的目的各不相同，我也無法信任你！」

安紳依舊不依不饒，拼盡全力向佐伊發動攻擊，幾番攻擊下來，佐伊用了雷電交加，直接將安紳擊殺在一億伏電流之下。

美蓮變得花容失色，她害怕地抓住索尼的胳膊，美蓮：「索尼，現在該怎麼辦呀？安紳他死了。」

索尼的表情十分冷漠，看見美蓮晃動著自己的胳膊，他卻十分沉默。他低下頭，不敢看佐伊，內心十分地心虛。

美蓮：「姐姐，你放過我們吧，我們只想過太平安穩的日子，不會阻止你去殺赤火鹿的，我們只是不想失去這裡的一切，所以才會選擇留下來。姐姐，求求你了，放過我們吧！」

美蓮無助地看著佐伊，眼淚又一次湧了出來，她是如此地不安。

佐伊有些輕蔑地笑了笑：「好，只要你們不阻止我殺赤火鹿，我們之間就不會是敵人！」

她轉頭看向索尼，現在的索尼低著頭，沉默不語，眼神裡充滿著閃躲。佐伊舉起聖龍寶劍逼近了那個白色的最高寶座，赤火鹿牠並沒有那麼慌張，好像預期自己會來到這一天似得。

赤火鹿故作懸念地說了一句：「殺了我，你會覺得後悔的！」

佐伊：「我並不那麼覺得！」

佐伊舉起聖龍寶劍毫不猶豫地將赤火鹿一刀砍了下去，又將高舉著的鹿角切了下來，攥在了手心，鮮紅的血液從聖龍寶劍上一滴滴地落了下來，充足吸收充足鮮血的聖龍寶劍能量越來越強，也越來越鋒利了。佐伊意味深長地看了一眼索尼，並沒有多言，正準備要離開這個宴會廳。在場的遊戲玩家還有赤火鹿原地復活，大家都很莫名其妙究竟發生了什麼事情。

索尼：「等一下！」

索尼叫住了佐伊的背影，他甩開了美蓮的手。

美蓮：「索尼，不要走！」

美蓮蹲下來，哭得像個孩子，一旁的安紳看見了，有些莫名其妙。

安紳：「究竟發生了什麼，美蓮？」

美蓮看見了死後復活的安紳，又驚又喜，一把鑽進了安紳的懷抱中。

美蓮：「安紳，我差點兒以爲再也見不到你了！」

美蓮緊緊地抱住了安紳，她的心情十分複雜，原本以爲會失去安紳，但是安紳又回來了，雖然索尼即將要離開自己。

索尼追到了佐伊的身後：「我想清楚了，我想跟你繼續挑戰寒麒獸，我來這個遊戲世界的原本目的和初衷是身歷其境地感受一下遊戲世界的戰鬥，不是來過太平的日子的。」

佐伊：「你不覺得你現在說這些有些太晚了嗎？我不想接受心中有恐懼又懦弱的人爲我的同伴。你還是留在火岩村吧，我覺得這裡比較適合你。」

索尼：「不，我不想。我來這裡就是爲了體驗遊戲世界的生活的，我想要回去現實世界！請你帶上我，讓我跟你一起戰鬥吧。」

索尼非常誠懇地說道。

佐伊：「好吧，但是我不能保證之後遇到寒麒獸，你不會受到傷害。」

索尼：「沒有關係的，我想要去挑戰，也想要回到現實世界，我不想要待在這個虛幻的泡沫裡，哪怕這裡的條件再好再吸引人。我想要的是眞實！因爲我在現實世界裡還有很多未完成的事情等著我去完成，我想要回去！」

索尼的這番話鼓舞著在場的很多滯留已久的遊戲玩家，他們的內心都掀起了一股衝動，雖然現實世界的生活有時候殘酷又無情，但是人生不就是酸甜苦辣都有嗎？來到這裡一直都享受著這種養尊處優的生活，這就好像一直喝蜂蜜，喝著喝著都有些膩了。回到現實世界，雖然很辛苦，但是還有期待。

遊戲玩家圖坦：「我也想要離開這裡，我突然想到我的爸爸媽媽，說不定如果我回去風之國，努力爭取，我還能夠見到我的父母！」

遊戲玩家水瓶：「是啊，我也有放不下的親人！」

遊戲玩家簡：「雖然現實生活有些殘酷，但是我突然想起雪之國的咖哩粥特別好喝，突然好想再喝一次。」

越來越多的遊戲玩家聚集起來，想要離開這裡，佐伊也就同意了。雖然美蓮還有安紳想要繼續留在這裡，因爲這邊的生活是他們想要的，他們也會去等待和尋找新的遊戲玩家繼續留在火岩村。

冰麒獸

雲爵沒有想到佐伊居然會帶回來那麼多遊戲玩家，小安看到了也是一臉地欣喜。

小安：「哇，姐姐你好棒啊！他們都是誰呀？」

佐伊：「他們都是我們的戰友，會跟我們一起打敗寒麒獸，重返現實世界的。」

小安：「那麼我也可以回去現實世界嗎？」

雲爵：「狐狸就應該乖乖待在冰山，不要亂竄。現實世界的人類也是喜歡把狐狸做成狐皮的哦！」

小安：「哇，我好害怕呀！」

佐伊：「雲爵，你不要老是去嚇唬小朋友好不好？」

佐伊：「這位是遊戲玩家簡，這位是遊戲玩家圖坦，這位是遊戲玩家水瓶，這位是……。」

當她介紹到索尼的時候，雲爵突然擺起了臭臉。

雲爵：「你們去戰鬥吧，反正你現在有那麼多遊戲玩家陪你一起去了，還需要我幹什麼？」

佐伊：「雲爵，你不要這個樣子啦。」

雲爵：「切！」

索尼走到雲爵面前，有些紳士地伸出手，索尼：「你好，我叫索尼。」

雲爵不想理會他。

雲爵：「不要在這裡假惺惺的了，讓人看了噁心！」

雲爵拉著小安，有些刻意地保持著距離。

佐伊：「你自己答應好的要陪我一起去打敗寒麒獸，拿到解藥的！」

雲爵：「但我不想跟討厭的人合作！」

佐伊：「但是我們的目標和利益是一樣的，你能不能在共同目標面前，放下個人偏見呀？」

雲爵：「不要！」

佐伊知道雲爵只是生一時的氣，但是他還是會陪自己戰鬥到底的。他們一行人來到地獄河，地獄河的河水是紅色的熔漿，黑色的沙粒。滾燙的熔漿濺起了火花，小安嚇得一步步往後退。

佐伊：「這個寒麒獸要怎麼召喚出來呀？」

雲爵：「你把鹿角給我！」

佐伊把鹿角給了雲爵，雲爵將他手中的龍鱗還有鹿角一起丟入了地獄河。很快，從那火紅又滾燙的岩漿河裡冒出來了一頭巨獸，牠上半身有著烈焰般的獅子頭髮、龍角、龍臉，張開嘴吐出熾熱的火焰來，下半身則是冰狀，有龍鱗、麋身、牛尾於一體，尾巴毛狀像龍尾，有一角帶肉。地獄河的岩漿很快變成了黑色的礦石，冰麒獸吐出火紅的烈焰，牠的麒麟蹄又踏起萬千的薄冰，遊戲玩家簡打開魔法結界，想要抵擋住冰麒獸的攻擊，然而結界的能力實在是太弱，簡很快就受到了炎熱與薄冰的雙面效應，倒在了地上，疼痛不已。

雲爵：「快點兒站起來，你這樣很容易被寒麒獸消滅的。」

簡一臉地難受：「不行，我真的快要撐不下去了！」

雲爵拉住傷勢嚴重的簡，眾人一路的後退，水瓶發動了海之柱的威力，然而這對於寒麒獸來說，依舊是沒有一點兒效果，牠只是張開口噴射出洶湧的火焰來，就把水瓶發動的海水能力變成了水蒸氣。當牠奔騰著的時候，腳下的蹄子發出嚴寒之氣，瞬間將水瓶封印在冰塊裡了。

簡悲痛萬分，大喊了一聲水瓶，可是無濟於事。圖坦發動了新一輪的攻擊，可是最後的下場也是和水瓶一樣，被封印在了冰塊裡。簡看到了昔日與自己生活在一起的好友如今都一個個離自己而去了，他緊攥著拳頭，將自己裡面的魔力都爆發出來，形成了好幾束強烈的鐳射，照射在冰麒獸的龍眼上，他一個人不顧一切地勇敢向前走，哪怕剛剛遭受了傷害，可是這一刻他沒有在怕的，冰麒獸緊閉著雙眼，向天悲鳴了一聲，張開口又噴出新的火焰來，簡在火焰中化作了一顆顆的光粒子。與此同時，冰麒獸失去了光明，現在的牠看不見了佐伊他們的位置，牠開始跌跌撞撞。

索尼看到了好的機會，就將聖火劍擺到空中，一把一把地插進了冰麒獸的身體裡，冰麒獸雖然疼痛，但是怒喝了一聲，將聖火劍一一震了出來。牠追趕著佐伊、索尼還有雲爵他們，將他們逼到了地獄河的洞穴處。

冰麒獸又一次發動了嚴寒之氣，這次佐伊還有雲爵的寒毒症又更加嚴重了。他們四個人不得已進入了洞穴暫時避難。

佐伊的傷勢越來越嚴重，冰晶已經快要完全覆蓋心臟，她開始感到呼吸困難，差點兒暈蹶過去。索尼將佐伊放到了洞穴的安全處，然後跟雲爵一起商討如何對付冰麒獸。

索尼：「冰麒獸的上半身是火屬性，下半身是冰屬性。」

索尼：「我可以用我的聖火劍還有火屬性的魔力攻擊他的下半身，你可以用聖龍劍攻擊牠的頭部。」

雲爵：「對不起，我不想跟你有任何的合作。」

索尼有些生氣：「佐伊都這樣了，你不是也想救她所以才來這個遊戲世界的嗎？」

雲爵有些爲難，也有些猶豫。

索尼：「你們不是爲了拿解藥才來的嗎？你現在不跟我一起合作，沒有人可以救佐伊！」

雲爵：「好吧。」

雖然雲爵不是很情願，但是也同意了一起合作殲滅冰麒獸。

索尼召喚出自己的貔貅，然後運用聖火的魔力去攻擊冰麒獸的冰蹄，雲爵忍受住胸口的劇痛，舉起聖龍劍一個飛躍的箭步，朝冰麒獸的頭部砍去，冰麒獸不甘示弱，吐出猛烈的火焰。聖龍劍發揮出的寒冷之氣剛好抵禦住炎火之怒。但是雲爵一個踉蹌，險些摔了下來，他運用魔力將冰雕手施展開來，試圖包圍住冰麒獸的頭部，已經瞎了眼睛的冰麒獸被冰雕手團團圍住，絲毫動彈不了。索尼將聖火劍從空中急轉而下，又一次插進了冰麒獸的身體之內，又將火球速攻到冰麒獸的心臟處。雲爵踏著自己施展開來的冰雕手，將聖龍劍插進冰麒獸的頭部，然而冰麒獸實在是太過巨大，牠一個搖晃，索尼和雲爵都差點兒摔下來。但是剛剛的進攻已經起到明顯的效果，冰麒獸直接倒在了地上，但牠還有生命跡象。

雲爵和索尼從冰麒獸的身體上飛躍下來，現在的冰麒獸頭部插著聖龍劍，身體插著聖火劍，已經奄奄一息，但是身體還是散發著炙熱的炎火之力和寒冷的嚴冰之力。雲爵想起了佐伊的雷電交加，或許喚醒佐伊，讓佐伊告訴自己咒語，如果現在使用雷電交加，可能是一個好時機。

雲爵走進洞穴，試圖喚醒佐伊，但是被索尼阻止了。

索尼：「你要幹什麼？」

雲爵：「現在使用雷電交加是最好的時機。」

索尼：「你沒有看見她已經昏睡過去了嗎？」

雲爵：「如果現在不殺死冰麒獸，一切都會變成徒勞無功。」

索尼：「我不許你那麼搖晃她！」

雲爵：「你能不能閉嘴呀？」

小安連忙拉住索尼：「哥哥，現在那麼危險的時刻，你們能不能不要吵了。或許叫醒佐伊就能夠殺死冰麒獸了。」

就在他們爭論的時候，倒在地上的冰麒獸有些恢復，發出了一陣陣的咆哮。

雲爵將佐伊晃醒，佐伊瞇著雙眼，臉色蒼白，沒有任何精神。

雲爵：「老婆，你還記得雷電交加的咒語嗎？就是我們在冰龍洞裡看到的那句咒語是什麼？」

佐伊有些虛弱的回答道：「光非光，暗非暗，火融冰，水滅火。」

雲爵：「好的，你先好好休息吧。我們很快就結束了。」

雲爵走到冰麒獸的面前，念完咒語，空中電閃雷鳴，好幾束閃電在上方落下擊中了冰麒獸。

返回現實世界

佐伊總算睜開了眼睛，血色也慢慢恢復了。她看見了雲爵、索尼、小安還有其他的遊戲玩家。

佐伊：「我是錯過了什麼嗎？」

小安：「姐姐，你總算醒了呀？你錯過了最精彩的打鬥畫面。剛剛雲爵哥哥可帥了，他拿起了聖龍劍跟索尼哥哥兩個人一起殺死了冰麒獸，冰麒獸死了以後，就變成了解藥，還有一個願望，還有你看，我最愛的錢。」

小安舉起背包裡塞地鼓鼓的金幣，然後還提示佐伊，也在她的背包裡放了金幣。

小安：「這金幣都是純金的，回到現實世界裡應該是價值連城，雲爵哥哥告訴我的。這樣我這麼一隻小狐狸要是想去現實世界旅遊的話，就不怕人類欺負我了。」

雲爵：「不行，你不可以跟我們去現實世界，現在每個國家都有規定不能夠把遊戲世界裡的怪獸帶入現實世界，否則秩序會亂套的。」

小安：「為什麼？」

小安開始眼淚汪汪。

佐伊：「不要哭，小安。雲爵這樣說這樣做也是為了你好，或許你可以去火岩村，那裡是一個和平的村落。」

小安：「我不要嘛，我好捨不得你和雲爵哥哥，你們能不能不要離開小安呀？」

佐伊：「聽話，小安！」

佐伊摸了摸小安的頭，小安有些委屈地說道：「好吧。」

佐伊看了看索尼，問道：「解藥呢？」

索尼將冰麒獸的冰蹄還有龍角放入了佐伊的手中，索尼：「牠死了以後就化作了這個，可能可以拿回現實世界研究，看能不能做出解藥來。另外牠死了以後，說可以許願。我和雲爵決定希望所有遊戲玩家都能夠復活，這樣大家可以一起回到現實世界去了。」

索尼看佐伊臉色蒼白，十分虛弱，站都站不起來。

索尼：「你還好嗎？傳送門就在前面。需不需要我背你？」

佐伊：「嗯嗯，我沒事！」

雲爵突然臉黑了下來：「你能不能離我老婆遠一點兒！」

他直接背起佐伊，走進了傳送門。

傳送門裡面，一片混沌黑暗，漸漸地，有光束一點點兒地照了進來。佐伊緩緩睜開眼睛，將遊戲頭盔摘下，看見了索尼。

佐伊：「雲爵呢？其他的遊戲玩家呢？」

索尼：「他們可能在其他的遊戲入口處，但是我們是一起在雪之國進入的。」

佐伊看著自己手中還拿著冰蹄和龍角，佐伊：「我現在應該拿著這個解藥去找哈利博士，把哈利博士解救出來。」

佐伊：「你呢？待會兒要去哪裡？」

索尼：「回去吧，繼續上班。」

佐伊：「好，謝謝你。索尼。很高興認識你，陪我這段冒險的旅程！」

索尼：「我也是。」

索尼：「可以擁抱一下嗎？傻丫頭！」

佐伊：「嗯，好。」

索尼將佐伊擁入懷抱當中，佐伊：「再見了，索尼！」

索尼：「嗯，你自己也是，多保重！」

他沒心沒肺地笑了笑，轉過身消失在佐伊的視線中，轉瞬即逝的是對這段回憶的一絲留戀，還有一絲哀傷。但是過程再怎麼美，也會有離開和散場的那一天，但是相信，明天會更好！

夜晚的星空

平行宇宙

距離地球幾億光年外，有一顆 R 星球，那顆星球同地球一樣有晝夜，一年有四季。R 星球上有大量的液態水、氧氣、二氧化碳，足以構成生命，維持人類生存。有科學家推斷和猜測，R 星球是另一個平行宇宙中的一個小行星。

平行宇宙，指從某個宇宙中分離出來，與原宇宙平行存在著的既相似又不同的其他宇宙。在這些宇宙中，也有和我們的宇宙以相同條件誕生的宇宙，還有可能存在著和人類居住的星球相同、或是具有相同歷史的行星，也可能存在著跟人類完全相同的人。同時，在這些不同的宇宙裡，事物的發展會有不同的結果：在我們的宇宙中已經滅絕的物種在另一個宇宙中可能正在不斷進化，生生不息。

在另一個平行宇宙中，R 星球，葉晨在書店裡有些無聊地閒逛著，偶然間發現了一本書《夜晚的星空》，看看這個書櫃上還有其他的書，類似於科幻類小說，言情類小說，武俠類小說，還有美食料理，育兒知識，網路黑科技等等……葉晨隨意選擇了幾本書，包括《夜晚的星空》，葉晨心想：「最近工作壓力挺大的，晚上總有失眠的跡象。或許多買些書回去讀，一方面可以補充點兒新知識，其次如果看累了也更加容易睡得著吧。」

在書店掏出錢包付完錢後，漫無目的地回到了家，夜晚的時候，在書桌上打開了旁邊的檯燈，拿出《夜晚的星空》這本小說，給自己熱了一杯溫牛奶。然後放了一首《泰坦克尼號》的 *My heart will go on*，翻開這本小說的第一頁……

那一天，周星潼作爲轉校生第一次來到這個班級。她看上去有些緊張，不安地四處環顧著這個教室。很多張陌生的臉，一排排整齊的桌椅。老師讓周星潼做一下自我介紹。

站在講臺上的女孩有些靦腆，嬌小的身形，紮著馬尾，清秀的臉龐。一時之間不知道如何介紹自己，視線有些躲避同學和老師的聚焦，沉默了半晌。娓娓道來：「大家好，我叫周星潼，你們可以叫我星潼。」

周星潼把自己的名字工工整整地寫在黑板上。

胖哥看見了，開始吹口哨：「哇，我們班上來美女了！」

秋玲打了一下胖哥的後腦勺：「讓你不好好上課，就知道天天看美女。」

胖哥看見坐在旁邊的葉晨，有些目不轉睛地看著星潼，居然還臉紅了。葉晨的微表情胖哥看在眼裡，胖哥心想：「嗯嗯，今天我的好兄弟有點兒反常哎！」

胖哥使了個眼色給旁邊的葉晨：「葉晨，這好像是你的菜！」

葉晨：「史小胖，你今天話好多呀！」

胖哥死死地盯向葉晨：「哈哈，我們家晨哥今天也會臉紅呀。」

班主任董老師拿起黑板擦重重地砸了下來：「安靜！你們幾個天天上課不好好上，就知道說話，話一堆兒。咋不看你們把說話搗亂的精力都放在學習上呢？」

說完以後，臺下安靜了，大家都不敢講話了。董老師看向星潼，溫婉地說道：「星潼，你看看你想坐在哪裡？」

星潼環顧四周，小胖用手比劃了一下葉晨旁邊有個位置。但是星潼不想理會小胖，徑直走到了後面那個靠窗的位置。

上課鈴剛好在這個時候響起。

董老師：「好了，現在把課本翻到第23頁，今天我們來講集合與函數。」

史小胖：「報告老師，我忘記帶書了……」

董老師：「史小胖，就你事情多。你咋不把腦子放在家呢？每天來學校幹什麼的？你今天表現很反常哦？是不是看上新來的女生了？」

史小胖：「怎麼可能？我是一個好學生，好不好？有這個精力談戀愛還不如好好學習呢！」

董老師：「是嗎？那我怎麼也沒有看你拿班級前三呀？」

史小胖：「我只是有的時候專注力不夠，不是不用心學。」

董老師：「呵呵，說那麼多，書還不是忘記帶了呢。」

大家齊刷刷地看向小胖，小胖被看的有些不好意思。

史小胖：「哎呀，大家不要這麼看著我啦，不就忘記帶一本書嘛。」

葉晨：「你忘記帶哪一門課的書本不好，非要忘記帶董老師的，你說你是不是活該呀！董老師，你說是吧？」

葉晨嬉皮笑臉的看向董老師，有些想要惡整一下自己的損友，史小胖。

董老師：「史小胖，你要是期中考試再給我墊底的話，以後你去找其他老師當數學老師哦。」

史小胖：「老師，放心。這次我期中考試肯定拿全班第一。」

董老師：「那你現在找找其他同學一起看吧，不要傻乎乎地站在這裡了。」

董老師嘴上是在說史小胖，調侃他，但其實董老師心裡也是很喜歡小胖同學的，畢竟小胖同學喜歡在班級裡耍寶，很幽默。小胖雖然成績不夠好，但是董老師覺得小胖很誠實，跟班級裡男生們都相處得挺好的。有些時候，不能夠拿成績去看待每一個學生。董老師也是私底下爲小胖輔導過課，雖然小胖每一次都讓董老師失望。董老師對待小胖其實更像對待自己的小孩一般，所以看見他不爭氣就會很氣很急。

小胖屁顛屁顛地跑到葉晨旁邊的空位置上，兩個人一起合看一本書。

星潼靜靜地看著發生的這一切，有些想笑，但是不敢表露出來。

一節課很快就過去了，秋林和香桃過來找星潼。

秋林：「Hello，我叫秋林。星潼，你家是住附近的嗎？」

星潼：「嗯嗯，是的呀。我最近剛剛搬到這裡。」

秋林：「那你原先是在哪個高中上學的呀？」

星潼：「在W市的玉城高中。」

香桃：「哇，聽說那個高中很棒的，都是一些有錢人家的孩子才能上學的。」

秋林：「那你怎麼會想到要轉來我們這所高中呢？」

星潼的眼神閃過一絲猶豫和哀傷，有些吞吞吐吐地說：「因爲，因爲父母離婚了。」

秋林：「哦！」

秋林發現這個問題問得有些尷尬，立刻轉移話題。

「馬上就午餐時間了，要不我們一起吃。你平時都喜歡吃些什麼呀？」

星潼：「我都可以！」

香桃：「樓下有一家新開的餛飩店，我們去那裡吃吧，但我也好想吃日本壽司呀，好糾結！」

秋林：「要不先去吃那家新開的，明天再去吃日本壽司店吧。」

星潼笑了笑，點點頭。眼神瞟向抽屜裡那個還沒有打開的便當。

隨後三人一起去了那家餛飩店。

香桃：「阿姨，來一碗雲吞湯麵，加三個包子，再加一個肉夾饃，謝謝！」

秋林：「一碗雲吞湯麵。」

星潼：「我也是，雲吞湯麵，謝謝！」

熱氣騰騰的雲吞湯麵擺上了桌，香桃早就已經餓得難受。直接拿起桌上的兩個包子塞進嘴巴裡。

香桃：「這家的包子沒有 5 號街的包子鋪正宗。」

秋林：「你又知道了，再吃以後長胖了，誰敢娶你呀？」

香桃：「當然你娶我了，秋林你對我最好了。」

香桃故意做出要親秋林的樣子，被秋林用手捂住嘴巴。

秋林：「星潼，你平常喜歡吃什麼呀？有沒有喜歡看的動漫啊，或者玩什麼遊戲嗎？」

星潼：「我平常喜歡吃我外婆做的酒釀圓子，還有喜歡看《崔五郎的偵探社》。不怎麼玩遊戲。」

香桃：「我也是哎，我每個晚上都會在家等《崔五郎的偵探社》。每一集都好好看啊，昨天放的那個〈鮮花殺人事件〉，沒有想到兇手是店家。」

秋林：「我也是哎，看到結尾才知道，我一開始還以爲是那個女顧客呢。」

香桃：「我和秋林平常還玩一款叫浴火鳳凰的遊戲，星潼你有沒有興趣一起加入我們呢？」

星潼：「我不確定哎，平常做完作業，就已經挺晚的了。不過週末，應該可以吧。」

秋林：「好的，那我們週末一起玩唄！你趕緊回家去下載一下吧。」

星潼：「好的。」

香桃：「星潼，那我們加一下手機號碼吧。」

星潼把自己的手機號碼給了香桃和秋林。

下午的三節課匆匆過去了。

秋林：「星潼，你坐校車回去嗎？我和香桃都坐校車回去。」

星潼：「我家就住附近，可能坐一站公車就到了，不用坐校車。而且也沒有買學校的校車服務。」

秋林：「好啊，那明天見吧！」

香桃：「拜拜。」

星潼：「拜拜！」

星潼背著書包走出校門，一人走到公車站，看見面前一個熟悉的身影，是葉晨。

葉晨也剛好看見星潼，就打了個招呼。

星潼微笑了一下，兩個人沒有過多的交談，卻在等同一部公車。

很快，66 路公車來了。星潼選擇了一個靠窗的位置，她托著下巴看向遠方的風景。

葉晨則選擇了後排的座椅，靜靜地看向星潼。

星潼看著窗外一幕幕的風景從自己的身邊掠過，有些覺得累了，就把頭靠在椅背上，瞇了一會兒。

「下一站，水城路。」公車上的喇叭按時播報。

星潼突然睜開眼，還好沒有坐過站。她背起自己的書包從後門離開。

葉晨看見這個紮著馬尾的漂亮身影從自己的視線裡離開，心想：「原來她住在水城路，離自己的家住的很近。」

星潼回到家，放下書包，客廳裡一隻黑色圓滾滾的身影向星潼靠近，慵懶地舔舐著星潼的手指。

星潼：「妙妙，我回來了，你今天乖嗎？」

這隻黑色又可愛的貓咪發出一聲清脆的「喵」。

星潼把牠抱入懷中，十分寵溺的摸了摸牠的毛。

星潼：「妙妙，你知道嗎，我今天去了新班級，認識了新的朋友。」

妙妙：「喵喵～」

星潼：「我不在家的時候，你又去哪裡玩了？怎麼身上髒髒的呀？」

妙妙：「喵喵喵～」

星潼：「你肯定是去哪家院子裡面偷吃食物了，是不是？爲什麼嘴巴髒髒的呢？讓我幫你洗個舒舒服服的澡吧。」

星潼抱起妙妙走向了浴室。

春遊風波

星潼沒有想到剛來這個班級的第二天，就迎來了春遊。

董老師：「同學們，這次春遊我們要去激流島度過兩天一夜的野營，會有燒烤、篝火晚會、激流主題樂園。請各位同學們準備好零食、零用錢、生活必需品。知道了嗎？」

史小胖：「哇哦，老師，這次的春遊福利好好啊！」

董老師：「這次的春遊，我們會分組進行。同學們先尋找好組員，然後去葉晨那裡登記哈。」

史小胖轉過頭，看向秋林。

史小胖：「秋林，我想和你一組。」

秋林：「不好意思哦，小胖同學。我覺得女生和女生在一起玩，會比較好一點兒。」

史小胖：「秋林，你想你們三個女的逛那個島，萬一發生什麼意外呢？我們五個人一組加上葉晨，至少發生什麼危險我和葉晨還可以保護你們呢。」

秋林的眼神有意無意地瞟向葉晨的桌子上，心裡有些小鹿亂撞。

秋林：「小胖同學，謝謝你的建議，我覺得你說得挺對的，那我們還是一起吧。」

香桃：「秋林，剛剛董老師說晚上有燒烤和篝火晚會，感覺好棒啊，這次春遊真的是我在這個學校以來最棒的一次了。」

秋林：「要不要我帶一些遊戲過來玩，省得篝火晚會太無聊了。」

香桃：「對呀對呀，秋林我想玩真心話大冒險，你記得把你家的那款遊戲拿過來。」

香桃又開始賣萌，說話超嗲的樣子。

秋林：「好了啦，好了啦，知道了啦。」

秋林：「小胖同學，如果我們一組的話，到時候你可以多照顧我們一下嗎？我最近手腳有些痠，做不了體力活。」

史小胖：「沒問題的，這些體力活兒本來就應該男生幫忙女生的。」

秋林：「謝謝你了，小胖同學，你人真好。」

秋林露出了一個迷人的微笑給小胖，話說秋林是班級裡的班花，不僅人長得漂亮，成績也棒，很多男生還有老師都喜歡秋林。

春遊那天，風和日麗。三輛大巴停在學校門口。桃香背著裝滿零食鼓鼓的書包，和秋林開始討論《崔五郎偵探社》的劇情。葉晨和史小胖開始聊最新款的網遊。星潼則想著自己家的貓妙妙，感覺妙妙這幾天都很不對勁。每次回家之後看到妙妙都髒髒的，在自己上學的時候，妙妙都會去哪裡呢？會去做什麼呢？牠會不會吃壞肚子呀？

春遊的大巴很快抵達了激流主題樂園，各個年級和班級也都分好組，打算自由活動。最後晚上六點的時候統一在篝火中心集合，進行燒烤、遊戲。

秋林、香桃、葉晨、星潼、小胖已經玩了旋轉茶杯、海盜船、摩天輪等等，現在準備排隊激流勇進。秋林看了看，發現排隊激流勇進的人很多。

秋林：「小胖啊，我感覺排隊激流勇進的隊伍很長哎，你可不可以幫忙我們排一下。我和香桃、星潼想去看看前面的鬼屋。那邊的人少，不好意思，麻煩你了。」

史小胖：「不會，不會。你們去玩吧。」

秋林：「葉晨，你可以陪我們幾個女生一起去看看鬼屋嗎？我們的膽子都不是很大。」

秋林有些楚楚可憐地看向葉晨。

葉晨：「不了吧，我覺得小胖一個人在這裡排隊，我還是陪著他吧。」

史小胖：「我沒事，你就去吧。你們玩好出來了以後激流勇進也快要輪到了。」

葉晨：「好吧。」

葉晨、秋林、星潼還有香桃一起進了鬼屋。其實裡面真的不是很嚇人，星潼每次看到人扮鬼就覺得很無聊，又不是真的。香桃和秋林只要看到白影飄過，就嚇得抓著葉晨的袖子，躲在他的身後，葉晨有些無動於衷，但也沒有拒絕。星潼雖然隨同他們一起，但是行走時和他們保持著一段距離，不想加入他們的話題。

香桃：「我最討厭玩鬼屋了，秋林，你爲什麼偏要選什麼鬼屋來挑戰啊？」

秋林：「越難玩的越刺激啊！」

秋林：「啊！」

秋林和香桃面前出來一團鬼火，嚇得秋林趕緊抓著葉晨的手臂。香桃躲到了葉晨的身後。

葉晨：「你們要小心哦，前面有更嚇人的哦！」

再前面是一座獨木橋，空間擠到只能一個人一個人過。光線很暗，根本看不清楚腳下的路。星潼走在最前面，她實在是太安靜了，也不愛聊天。安靜到葉晨不知道她在想什麼，好像人在這裡，魂根本不在這裡。走獨木橋的時候，葉晨想故意嚇嚇後面的秋林和香桃，順便看看星潼會有什麼反應？秋林整個人眼睛都閉起來了，根本不敢看前面的道路，香桃緊緊拉著秋林的手，秋林又緊跟著葉晨。葉晨故意把書包裡面的一小袋零食拿出來，攥在手心裡發出嗖嗖的聲響。

秋林開始感到害怕，不安地問：「這是什麼聲音啊？」

葉晨：「小心，你腳下有耗子。」

秋林發出一聲尖叫：「啊！」嚇得在獨木橋上跳了幾下，能夠感受到獨木橋大幅度地晃動。

香桃：「秋林，你別嚇我，那隻耗子會不會跑到我這裡來啊？」

葉晨特別想笑，但是還在那邊假裝正經。

葉晨：「香桃，你要小心。耗子現在要跑到你這裡來了。」

說完又攥了零食包裝袋兩下，香桃緊張得抱著秋林。

葉晨忍俊不禁，眞的快要笑出聲了，可是強忍住這些笑聲。

香桃：「秋林，有人踩到我的腳了，好痛啊！」

秋林：「這會不會是耗子咬你啊？」

香桃：「啊，秋林，你別說了，你越說我越怕！」

葉晨小心地觀察著星潼的反應，發現對方只是冷眼旁觀，很冷靜，絲毫沒有慌張的感覺。

星潼想到這次春遊自己帶了照相機，於是從書包裡打開自己帶的照相機閃光燈，照了一下獨木橋的狀況。

星潼：「這裡根本沒有耗子，你們不要擔心了！」

秋林睜開眼睛，注意了一下腳邊。葉晨趕緊把小包零食袋裝進了自己的口袋裡。

秋林：「沒事啦，香桃，沒有耗子。」

香桃：「那剛剛的那些聲音是從哪裡來的呢？」

葉晨：「我也聽見有聲音，可能是周圍的遊客或者環境發出的，我也只是猜想有耗子。這邊光線那麼暗，什麼也看不到。反正沒事了，你們也不要太慌張了。」

秋林：「嗯嗯，好。」

葉晨帶著秋林還有香桃走完了獨木橋，葉晨從星潼旁邊擦身而過的時候，特地留意了一下這個女生。他只是覺得她有些與眾不同。三人從鬼屋出來以後，看見小胖排隊的激流勇進快要輪到了。

一輛激流勇進車只能坐兩個人，秋林和香桃一列車，秋林有些歉意地看向星潼。

秋林：「不好意思哦星潼，因爲香桃之前和我先預定得每次春遊都跟我一起，下次有遊玩的項目我們再帶上你吧。因爲每班列車只能坐兩個人。小胖，你和星潼一起坐吧，幫忙照顧一下星潼。」

星潼：「沒有關係，我喜歡一個人一班列車，這樣也挺開心和自由的。」

輪到下班列車進站的時候，葉晨和小胖竊竊私語。

史小胖：「星潼，我想去上個廁所，可能玩不了這個項目了，要不你和葉晨一起吧。」

星潼：「不用吧，我覺得一個人一班列車挺好的。」

史小胖：「可你這樣浪費座位啊，況且這次春遊董老師說同學之間不應該團結友好相處嗎？我看你和秋林，還有香桃都有互動。爲什麼要和我們幾個男生玩不到一塊兒去呢？你是不是對我們有什麼想法和成見啊？」

星潼：「沒有啊！」

史小胖：「沒有的話，那你就和葉晨坐下一班車吧。只是坐同一班車，又不是讓你怎麼樣？你爲什麼出來玩還總是放不開？又那麼拘謹呢？」

星潼：「嗯嗯，好吧。」

史小胖：「出來玩，開心點兒，放開一點兒！」

星潼：「嗯嗯，好的。」

史小胖：「那我走了啊，你們好好玩吧。」

小胖向葉晨傳遞了一個眼神，就離開了。

下班列車過來的時候，葉晨和星潼一起同坐。列車剛剛上軌道，還是緩慢的。

葉晨：「你以前一直都這麼安靜嗎？」

星潼：「嗯，對呀。」

葉晨：「爲什麼突然轉學來這裡呀？」

星潼：「因爲父母工作忙，所以就住在外婆家了。」

葉晨：「哦，剛剛玩鬼屋，看你都不怎麼說話呢。一個人自顧自地走，是不是有什麼不開心的事情呀？」

星潼：「沒有啊，因爲覺得都是人假扮成鬼的樣子，沒有什麼可怕和恐怖的。」

葉晨：「是的，我也這麼想的。」

星潼：「我覺得剛剛在獨木橋的時候，就沒有耗子。」

葉晨：「嗯，當時光線太暗，我也沒有怎麼看清楚，只是一種猜測。」

星潼：「你說會不會是什麼塑膠的包裝袋發出的聲音啊？」

葉晨：「可能吧，有可能是哪位遊客在獨木橋上吃零食，發出的聲響讓我誤認爲是耗子呢。」

星潼：「哦。」

列車開上坡，準備要向下急速滑行。星潼從背包裡拿出雨傘。

星潼：「我有帶雨傘，這樣不會被濺到衣服上，讓人覺得很尷尬，一起撐吧。」

葉晨：「玩激流勇進應該瘋狂點兒，很快就不會有春遊了。把傘放起來吧，只是淋點兒雨，不會有什麼的。」

星潼：「好吧。」

列車沿著軌道急速滑行，星潼一開始還挺冷靜的，直到列車脫離軌道，滑進底下的水池，星潼也忍不住失聲大叫。水池裡的水濺了星潼的衣服還有頭髮滿身都是。已經玩完激流勇進的秋林看見星潼與葉晨一班車，不免有些嫉妒和吃醋。

葉晨：「怎麼樣？開心嗎？」

星潼把安全帶解開，髮絲上，臉頰上都是雨滴，忍不住開懷大笑。

星潼：「挺好玩的！」

葉晨：「是不是放開了玩，就挺快樂的呀。這就是青春啊！」

星潼：「嗯嗯。」

小胖從廁所回來後，跟秋林、香桃會合。

秋林：「小胖，你剛剛去哪裡了？沒有玩嗎？」

史小胖：「我剛剛去上了個洗手間，就沒有玩成。」

香桃：「哦哦，挺可惜的哦，激流勇進那麼好玩。」

史小胖：「下次吧，每個主題公園都有這個專案，少玩一次也不覺得怎麼樣。下次放寒暑假，我們還可以去一個更大的主題公園，在W市，新開的。裡面的遊樂設施更先進，讓人體驗得更刺激。」

香桃：「眞的嗎？在哪裡？小胖，你可以帶我去嗎？」

史小胖：「可以啊，到時候你和秋林一起唄！」

秋林：「小胖，前面有個賣紀念品的商店，我想去那裡看看。香桃，你要不要和我一起去看看？」

香桃：「好的呀。」

秋林：「小胖，我和香桃去逛紀念品店了，要不你們在休息區等一下我們吧。」

史小胖：「可以的，你們去吧。」

葉晨和星潼換好備用的衣服出來後，發現就史小胖一個人在休息區。

星潼：「她們人呢？」

史小胖：「去買紀念品了。」

星潼：「哦哦。」

葉晨：「你要不要也和她們一起去逛逛紀念品店啊？」

星潼：「不用了。」

葉晨：「你不喜歡買東西嗎？」

星潼：「還行吧，只是現在沒有購買的慾望。」

葉晨：「那你平時都喜歡買些什麼呢？」

星潼：「貓糧，或者跟貓有關的東西。」

葉晨：「你有養貓啊？」

星潼：「有啊，家裡養了一隻黑色的貓，每次我放學回來，牠都有些髒髒的。我在想牠可能背著我偷偷跑出去玩了，害怕牠亂吃東西，胃不舒服。今天來春遊，我也有些擔心牠，外婆不怎麼照顧和留心牠。平日裡，都是我照顧的。」

葉晨：「別去想太多了，貓不像狗，比較黏人。貓是一種愛自由的動物，跑出去玩玩回來也很正常。」

星潼：「可我就是擔心牠有一天不回來了，所以我在想要怎麼樣去保護住牠，讓牠乖乖地留在我的身邊。」

葉晨：「你可以多給貓買一些玩具，或者再買一隻貓，讓牠有個玩伴。不然的話，有些貓是會趁主人不注意，去找貓友的。你有給牠節育或者結紮嗎？」

星潼：「沒有啊。」

葉晨：「可以問一下你家的貓多大了，公的母的啊？」

星潼：「母的，養了有一年了。」

葉晨：「要知道貓的一周歲就相當於人的18歲，你要小心你家的貓跑出去不回來有可能牠背著你成家了你都不知道呢。」

星潼：「你怎麼會知道那麼多跟貓有關的知識呢？」

葉晨：「我平時有飼養一隻流浪貓，也有看過一些跟貓有關的書籍。」

葉晨：「你爲什麼不給牠做絕育手術呢？」

星潼：「聽其他養貓人士的分享說貓咪絕育了以後，心理可能會有個低潮期。而且我覺得我的貓咪平日裡和我感情挺好的，也很活潑。如果將來有一天我的貓咪當媽媽了，我覺得也挺棒的，至少她會有自己的家庭和孩子。」

葉晨：「那你就別太期待你的貓咪會留在你的身邊，就像你說的，你並不反對你的貓咪交配或者成家，要不就給牠做絕育手術。」

星潼：「我想我只是現在有些好奇牠去哪裡了。」

秋林剛好和桃香從紀念品店出來，兩個人買了好多東西。

秋林：「小胖同學，我手有點兒瘦，你可不可以幫我拎一下這袋東西呀？」

史小胖：「可以的呀。」

秋林：「待會兒我們去篝火晚會，需要定制燒烤食物的話，你幫忙我們做聯絡員吧。」

史小胖：「沒問題！」

秋林把自己的那一袋還有桃香的那一袋丟給史小胖，然後拉著桃香有說有笑的走了。

香桃：「秋林，你這樣會不會太過分了，什麼都差使小胖去做。」

秋林：「不會啊，是他自己先提出來的，也是他心甘情願的，不想做我也不會勉強他啊。」

史小胖提著那兩袋紀念品，想到葉晨在玩激流勇進這個項目時對自己說的話。

葉晨：「小胖，我想和星潼一起坐，但是她性格挺內向的，你可不可以在旁邊說一些話？」

史小胖：「可以啊，葉晨。你是不是喜歡新來的這個女生啊？」

葉晨：「有些好感吧，覺得她長得有點兒像我之前喜歡的一個日本女星，中森明菜的。只是想和她說說話，多瞭解她一下。還算不上喜歡吧。」

所以小胖心想找個機會撮合他們一下，這樣就會少個人和自己一起競爭秋林了，感覺星潼和葉晨在一起的時候也挺般配的。

篝火晚會

史小胖和葉晨負責搭帳篷。秋林、星潼、香桃負責去篝火食堂那兒拿燒烤架以及食物。一切準備好後，史小胖和董老師提議說好不容易來一次激流島，今年高二，明年高三學校都要取消春遊、秋遊了，想去買一些酒配著燒烤放鬆放鬆。班級裡好多男生因爲史小胖這麼一說，也都起哄，想要買酒。

史小胖用期待的眼神看向董老師，董老師有些猶豫，但是看見班級裡好多男生都表示想要買酒配燒烤，也就勉強同意了。

小胖看見這招使得很有效果，就借機多買了幾瓶酒。

史小胖：「今年最後一次春遊了，我們一起喝酒助助興唄！」

秋林：「好啊。」

秋林很爽快地答應了。

葉晨：「不用了，我現在不大想喝酒。」

史小胖：「人家秋林都答應了，你就喝唄。我們大家一起玩得開心點兒！」

小胖說完就把酒遞給秋林和葉晨，小胖喝得最多，大概有 5-6 罐吧，他開始起興，有些手舞足蹈。

秋林：「我們要不一起玩眞心話大冒險吧。」

史小胖：「可以啊，玩啊！」

香桃：「算我一個。」

星潼：「嗯，好啊。」

葉晨：「史小胖，你是不是有些醉了呀？」

史小胖：「我沒有醉，你覺得我會醉嗎？我告訴你，我酒量好著呢，就這幾瓶啤的不足以讓我醉，白的我都能夠喝掉一瓶多呢。」

葉晨：「好吧，那我們玩唄！」

之後五個人圍成了圓，秋林敘述了規則，如果五個人中有兩個人抽到 1、2 號牌的人為發號施令者。然後由 1 號牌和 2 號牌的人選擇剩餘的號碼，例如 3，4，5。

假設 2 號牌的人選擇了號碼 5，那麼 2 號牌的人可以選擇用大冒險還是眞心話對待持有 5 號牌的人，手持 5 號牌的人必須服從 2 號牌的安排。

第一局開始，秋林和葉晨抽到了 1、2 號牌。

秋林選擇了 4 號牌，翻開來是星潼。

秋林：「我選眞心話。」

秋林從一疊卡牌中隨意抽取了一張，翻開牌子，牌子上寫著要求對方說出過往的戀愛經驗。

秋林：「星潼，你在之前的學校有沒有喜歡的男生，有沒有談過戀愛呀？」

星潼：「沒有。」

秋林：「眞的嗎？玩遊戲可不能說謊哦。」

秋林湊近著看向星潼，盯向星潼的眼睛。

星潼：「眞的沒有啊。」星潼誠懇地回答。

輪到葉晨選牌，他選擇了 3 號牌，翻開牌子，是香桃。

葉晨：「那我們來聊一些眞心話吧。」

他抽到了和秋林一樣的牌。

葉晨：「香桃，你在班級裡有沒有喜歡的男生？」

香桃：「沒有，但是我有喜歡的女生，那就是秋林哦，哈哈哈。」

香桃開始花癡般地看著秋林，被秋林丟來嫌棄的眼神。

秋林：「別鬧，香桃。你眞的是漫畫看多了，現在腦子是不是有些進水了呀？」

香桃：「人家才沒有呢，我可是男女通吃的哦。」

香桃又開始賣萌和撒嬌。她只是想討眾人開心。

第二局開始，香桃和星潼抽到了 1、2 號牌

星潼選擇了 5 號牌，翻開來是葉晨。

星潼選擇了大冒險，隨機抽了一張牌，牌上寫著星潼需要親吻葉晨。

星潼有些尷尬，不知道該怎麼辦，說些什麼好。

星潼：「這個，要不要算了。我覺得有些尷尬哎。」

史小胖：「星潼，要玩遊戲就好好玩，好不容易春遊一次，你能不能認眞點兒玩啊。」

秋林：「史小胖，你是不是喝酒喝醉了呀？廢話那麼多。人家不想要就不想唄，你幹嘛非要逼著人家女孩子做那麼奇怪的動作？」

史小胖：「哈，好啊。我不說話可以了吧。」

葉晨打了圓場：「你如果覺得這個動作做不了，有些尷尬的話可以選擇棄權，然後抽取一張懲罰牌就好了。」

星潼抽取了懲罰牌，懲罰牌的內容還是要她和葉晨擁抱。

史小胖開始拍手助興：「擁抱！擁抱！」

香桃也跟著大聲地喊。

旁邊其他的班級小團體也跟著湊熱鬧，班級裡有同學在

問你們在玩眞心話大冒險嗎？

史小胖：「對呀，他們兩個要表演擁抱哎！」

群眾：「哈哈哈，擁抱！」

星潼只好在很多雙眼睛的注視下和葉晨擁抱，葉晨身上散發著一種洗衣粉的香味，他總是給人一種愛乾淨清澈的感覺，讓星潼不自覺地想起了自己死去的哥哥。可能因爲回憶起哥哥，星潼的腦袋開始放空。在擁抱過後，看向葉晨的那一瞬間，也多了一絲迷茫和親切。

秋林的臉色有些尷尬。

但是遊戲還在繼續，香桃也選擇了 5 號牌，葉晨。

香桃：「哈哈哈，大冒險就算了，還是眞心話吧。」

葉晨：「想問什麼呀？」

他總是眼含笑意，不怎麼得罪人。

香桃：「葉晨，你在班級中有沒有喜歡的女生？」

葉晨：「有啊，大家都是朋友，同學。團結友好互相喜歡也很正常。」

香桃：「我是說有沒有特別一點兒的喜歡呢？」

葉晨：「什麼是屬於特別一點兒的喜歡呀？」

葉晨朝香桃眨眨眼，香桃笑了笑，沒有怎麼回答。

秋林：「香桃，難道你喜歡葉晨麼？」秋林故意這麼說。

香桃：「喜歡呀，同學之間應該要互相喜歡的嘛，哈哈！」

秋林：「我也是啊，我也喜歡葉晨啊，哈哈哈。」

一群人又在瘋狂地大笑和燒烤。星潼有些若即若離，很想置身事外，覺得自己並不適合這樣的互動和小群體，更加想要一個人安靜地看書。

第三局開始，史小胖和星潼抽到了 1、2 號牌。

史小胖選擇了 3 號牌，是秋林。

史小胖：「眞心話！」

史小胖：「秋林，你在班級裡有沒有喜歡的男生？」

秋林：「有。」

史小胖：「誰啊？那個人到底是誰？」

秋林：「史小胖，你不知道遊戲規則嗎？一人一局只能問一個問題。」

史小胖：「我不管，我就想知道那個人是誰？是不是在我們班級裡的？」

秋林：「小胖，你現在是不是有些喝醉了呀？」

史小胖突然把手指向葉晨，聲量提高，有些搖搖晃晃。問道：「是不是葉晨？」

秋林：「你現在好奇怪啊，是又怎麼樣？不是又怎麼樣？這和你有什麼關係嗎？」

秋林依舊一副輕鬆又調侃的語氣無所謂地說道。

秋林起身想要離開，葉晨拉住有些衝動的小胖。

秋林：「這個遊戲玩到現在我覺得有些無聊了，要不你們繼續吧。我想去前面的沙灘走走。」

香桃：「要不，我陪你去吧。」

秋林：「不用，我就想一個人走走。香桃你不要那麼黏人，看起來特別像小孩子。」

香桃：「好吧。」

葉晨想要扶小胖去休息，小胖甩開葉晨的手。

小胖：「兄弟，我眞的沒事，沒有醉，我現在很清醒，你不要管我。」

說完以後，小胖就去追秋林，秋林一個勁兒地往前走，誰也不想理。

只剩下星潼、葉晨、香桃。氣氛有些尷尬。

葉晨：「今天眞的有些晚了，時間不早了。你們兩個還是趕緊收拾收拾去睡覺吧，明天還要跟隨學校大巴回去。」

星潼：「你也是。」

香桃：「好煩啊，我家秋林什麼時候才能回來？沒有她陪我，我眞的好孤單有些睡不著哎！」

星潼：「好了啦，香桃。我們趕緊去睡吧！」

星潼跟葉晨道了聲晚安，就和香桃一起進入了帳篷，兩個人面面相覷，一個晚上都沒有睡好，各有心事。

秋林很晚才回來，但是哭了。三個女生在同一個帳篷裡情緒複雜，無法訴說。

爭奪寵物貓

春遊過後，秋林和香桃經常出去吃飯，聊天。星潼總是會有每天帶便當的習慣。星潼看秋林和桃香沒有主動過來找她，也就習慣了一個人午休時間微波便當。那次春遊事件後，星潼總是會莫名其妙地神遊和發呆。老師提問讓她回答問題，她也回答得不夠自信。同樣精神不濟的還有史小胖，不是上課睡覺就是莫名其妙地曠課。董老師依舊是罵罵咧咧，董老師問史小胖還想不想繼續讀書了？史小胖說大不了高三考不上大學，之後還可以復讀一年。一副無所謂的態度把董老師氣得半死。葉晨和史小胖之間也有一些隔閡，沒有像以前一樣那麼親近了。

放學後，星潼背著書包在公車站等公交，剛好遇見葉晨。星潼本來不想說話，葉晨卻打破沉默，問她：「你怎麼了？感覺你好像在上課的時候一直發呆，也不怎麼和女生玩了。是不是有什麼心事呀？說出來會不會好一點兒？」

星潼卻反問葉晨：「那你和史小胖的關係有變好嗎？」

葉晨：「沒有。」兩個人沉默了一陣子。

星潼：「對不起，我剛才說話直接了點兒，沒有考慮你的感受。」

葉晨：「沒事，是因爲那次春遊事件我令你尷尬的。」

星潼有些臉紅，看向葉晨。「其實我覺得你很像小時候那個陪我玩耍的哥哥。」

葉晨：「什麼哥哥？」

星潼點點頭，「小時候我有個哥哥，特別疼我。雖然有時候也喜歡欺負我一下。但是我和他的關係特別親密。在我十歲那年，我哥哥去世了。」

葉晨：「對不起，讓你想到不開心的事情。」

星潼：「沒事。」

這時候星潼的手機振動了一下，星潼打開手機，葉晨看見了以那隻黑貓爲背景的手機封面。葉晨覺得這隻黑貓很熟悉，自己平時也在後院喜歡餵養一隻叫奇奇的流浪貓。這隻貓總是晚上出現，白天又消失。

公車很快就來了，葉晨選擇了坐在星潼的旁邊。

葉晨：「你之前說你有養貓咪，可以看一下你貓咪的照片嗎？」

星潼：「可以啊。」

星潼翻開手機裡的相冊，裡面是妙妙的所有照片。葉晨卻稱呼這隻貓爲奇奇，他說那是他去年 5 月 10 日餵養的流浪貓。

星潼：「那才不是什麼流浪貓呢，那是我外婆養的貓。」

葉晨：「我可以去看一下這隻貓嗎？這樣也好確認是不是奇奇。」

星潼說：「好吧。我還有兩站就到家了。」

葉晨：「那我先去看一下貓，反正我家離你家近。」

星潼：「今天的話，我還沒有來得及和我外婆說呢，家裡來了陌生人。」

葉晨：「不用麻煩，我看完貓就離開了。」

星潼：「好吧，那我現在先給家裡人打個電話。」

車到站後，葉晨跟隨星潼來到了她的家。星潼打開門，說道：「外婆，我回來了！」

屋裡的咳嗽聲不間斷地傳了出來。走出來一位穿著體面樸素的老婦人，約莫 70-80 歲左右，看得出她腿腳不便，步履蹣跚。

星潼：「外公呢？他什麼時候回來呀？」

外婆：「他出去買菜了，可能等會兒就回來了。」

星潼：「這位是我班級裡的同學，他叫葉晨，他是過來看妙妙的。」

外婆：「哦哦好的，你要是不介意的話，可以留下來吃飯哈。」

葉晨：「謝謝外婆，不用了。我看一下貓就走。家裡有給我準備晚飯，下次吧。」

星潼喊了一聲：「妙妙。」

那隻黑色的貓聽到主人的呼喚迅速地跑到了客廳，卻嗅到了另一股熟悉的氣味，黑貓走近了葉晨的腳邊，撒嬌般地躺在地板上，瞇著眼睛喵了一聲。葉晨抱起妙妙，親昵的撫摸著牠的下巴，喊了一聲：「奇奇！」黑貓雀躍地喵了一聲。

星潼看見了以後，有些吃醋地說：「妙妙，你這隻母貓，平時對你那麼好都白給了。」

黑貓又從葉晨的懷中跳了出來，討好般的依偎蜷縮在星潼的腳邊。

葉晨笑著說：「怎麼樣？我就說牠叫奇奇吧。」

星潼撅起嘴，想了想，說了一聲：「好吧。」

葉晨：「那我把這隻貓帶走了哈。」

星潼：「等，等一下。牠只是貪吃貪玩才去你們家的，這是我和我外婆養的貓。你不可以把牠帶走。」

葉晨看見星潼有些著急，心裡卻想發笑。

葉晨：「那這樣吧，既然你說牠叫妙妙，我說牠是奇奇。我們彼此都餵養過牠。不如今天，牠先跟我回家，明天我再把牠還過來。」

星潼有些猶豫，看向她的妙妙，有些不捨。

星潼：「不行！」

葉晨：「要不這樣，讓牠自己選擇，看看牠究竟想跟誰回家？」

星潼：「好啊。」

葉晨示意自己和星潼同時把手靠近黑貓，看黑貓向誰靠近，就代表黑貓選擇了誰。輸的那一方要服從贏的那一方。星潼同意了，並且表現得有足夠的自信，相信自己的黑貓最終會選擇她。

當葉晨和星潼同時伸出手的那一刻，黑貓豎著尾巴靠近葉晨，星潼喊了一聲：「妙妙！」黑貓根本不買帳，一副好像根本沒有星潼這個主人存在過一樣。星潼表現出了一種失落，被敏銳的葉晨捕捉到，葉晨溫柔的說：「要不這樣吧，我今天帶奇奇回家，明天把牠送過來。可以嗎？」

星潼說：「好吧。」

葉晨：「那我們互換手機號碼吧，這樣方便溝通瞭解奇奇的近況，還有要注意一些什麼。」

星潼說好的，就把自己的手機號碼給了葉晨。

葉晨：「時間不早了，我還要回家寫作業吃飯，明天見吧！」

外婆：「嗯嗯，下次有空來我們家吃飯哈。」

葉晨：「好的，啊，外婆，拜拜！」

葉晨露出一個陽光的笑容，和外婆還有星潼揮了揮手。

如果時間定格在這一畫面該多好呀，這個陽光般的笑容曾經無數次出現在星潼的腦海裡還有夢裡。

葉晨一個人帶著妙妙背著書包，哼著輕快的曲調消失在大街小巷的胡同裡。

宇宙簡史

自從妙妙去了葉晨家後，葉晨和星潼總是會在放學後討論如何照顧妙妙。

因爲葉晨關心星潼的緣故，星潼的心情也逐漸好了很多。雖然秋林和桃香還是依舊不理星潼，但是葉晨鼓勵星潼嘗試在班級裡多認識一些新朋友，星潼很受感動。

葉晨星潼發簡訊：「小胖約我放學後一起去吃章魚小丸子，你要不要一起過來？結束後我們一起去寵物店看看妙妙的生活用品。」

星潼：「好的啊，小胖跟你恢復友誼了嗎？」

葉晨：「他主動聯繫我，應該是吧。」

星潼：「那挺好的。」

放學後，史小胖、葉晨、星潼一起去吃章魚小丸子。葉晨點了一份炸魷魚還有招牌小丸子給星潼。史小胖要了兩瓶啤酒和一份招牌小丸子。

史小胖：「你們兩現在是在交往嗎？」

史小胖只是想確認葉晨和星潼發展到什麼關係了。

葉晨：「是的。」

史小胖：「葉晨，沒有想到你有了女朋友後，那麼貼心呵。我還以爲我們兩之間肯定是我先交到女朋友。沒想到你小子先，還那麼漂亮一個。」

葉晨：「秋林吶？你和她沒有可能了嗎？」

史小胖：「別提秋林了，香桃和我說，她和一個外校的男生交往了。」

史小胖拿出手機給葉晨看，上面是他和香桃的聊天記錄。原來史小胖一直非常用心地問香桃去打聽秋林的情況，而香桃告訴了小胖實情——

香桃：「小胖，你這麼用心地關心秋林，秋林是不會感激你的，你知道麼？」

史小胖：「哦，我以爲她對我有意思呢。之前還和我那麼曖昧的聊天，不知道她在想什麼。」

香桃：「小胖，我和你說，秋林跟我說過她喜歡的類型，要麼你很帥，很有錢；要麼你成績很棒，很聰明，思維想法多變，讓人覺得很有潛力。你覺得你屬於哪一個？」

史小胖：「很有潛力吧。」

香桃：「你可以見鬼了。」

香桃：「你覺得你哪裡有潛力了？」

史小胖：「思想吧，很有自信吧，算是一種潛力嗎？」

香桃：「你別漫畫看多了，追秋林的人多得去了，勸你不要再單相思了。」

史小胖：「哈哈，她配嗎？」

香桃：「什麼意思？」

史小胖：「沒什麼。」

香桃：「告訴你一個祕密，秋林已經有男朋友了，是一個外校的男生，我看過照片，很帥，家境很好，勸你不要再單相思了。」

史小胖：「謝謝告知，我小胖雖然長得不好看，也沒有什麼文化，但是我這個人很有志氣，不會再把時間和精力花在不值得的人身上。而且春遊那天她一個人去沙灘的時候，我和她表白了，她也沒有說答應也沒有拒絕的，半推半就，讓我很氣憤！我就問她爲什麼不給一個很乾脆的答案呢？她這樣跟每一個異性都聊得來，然後又給了我很多的希望跟曖昧。我以爲表白了就會交往呢，現在想來自己當時太天眞了，自我感覺太良好了。然後我就問她有沒有和葉晨曖昧過？她也不想理我，我就把她罵了一頓。」

香桃：「你也不要對葉晨和秋林太有成見了。」

史小胖：「我有什麼成見？一個是我最好的哥們，一個是我曾經喜歡過的女生。難道他們在一起過並沒有告訴過我嗎？」

香桃：「沒有。」

史小胖：「好的，謝謝告知。不想聊了！」

香桃：「等一下，小胖，其實我挺欣賞你的爲人的。」

史小胖：「謝謝誇獎，欣賞我的人挺多的，哈哈。」

香桃：「其實如果你願意，我們可以交往一下嗎？我挺想談戀愛有這樣一段經歷的，雖然我不懂戀愛是什麼，但我很想感受一下的。」

史小胖：「好吧。就交往一下吧。」

香桃：「眞的麼？那我需要爲你做些什麼嗎？」

史小胖：「不用，隨意就好。週末一起打打遊戲，聊聊天散散步吧。」

史小胖移開了手機。

葉晨：「史小胖，你異性緣眞好，這不還有香桃嗎？」

史小胖：「可我不喜歡她。」

葉晨：「香桃是個好姑娘，她還挺單純的！」

史小胖：「我知道，可我就對她沒感覺。」說著，打開一瓶酒，咕嚕咕嚕地喝了下去。

星潼吃著手上的章魚小丸子，靜靜地看著他們倆。

葉晨：「今天要把妙妙還給你嗎？」

星潼：「好啊，我待會兒還要順路去給妙妙買貓糧，我們一起去吧。」

葉晨：「嗯，好啊。」

史小胖酸了一句：「你們眞幸福。」

史小胖很快地把章魚小丸子吃完，和葉晨還有星潼打了個招呼，說要回家了。

史小胖：「星期四放學後有沒有時間？我們一起去打遊

戲。」

葉晨：「嗯，好啊。」

史小胖跟星潼揮了揮手。

星潼帶葉晨去了一家寵物店，裡面有各色各樣的貓糧、貓砂盆、貓砂、貓玩具。

星潼問葉晨家裡是否有備一些貓玩具還有貓砂盆？

葉晨說家裡有貓砂盆，但是貓玩具沒有很多。

星潼選了一個老鼠樣式的毛絨玩具，問葉晨覺得這個怎麼樣？

葉晨說挺好的，然後指了指旁邊的貓咪地攤，說這個也可以給妙妙用。

星潼買了兩個老鼠玩具還有貓咪地攤。

葉晨讓星潼先回家，等會兒他再把妙妙送過來。

星潼一個人回到家裡，外公正看著電視，外婆正洗著菜。

星潼跟外婆外公說待會兒葉晨要送妙妙過來，外婆說那麼留葉晨下來吃飯吧，這樣多炒幾個菜。星潼說好啊，微笑著在手機上發送短信給葉晨，問他要不要過來一起吃晚飯呢？葉晨回答說好的。星潼坐在椅子上望向門的方向，滿懷期待地等著葉晨過來。

很快，葉晨抱著妙妙過來了，妙妙一看到星潼，就興奮地從葉晨的懷抱中跳了下來，來到星潼的身邊。開心地朝著星潼撒嬌。星潼抱起妙妙，看向葉晨，眼睛裡有好多的星星。

星潼：「一起吃飯吧，外婆做了好多菜，不然都涼了。」

葉晨放下書包，有禮貌地和星潼的外公和外婆打招呼。

外婆關心地給葉晨夾了紅燒魚，然後問葉晨吃不吃得習慣？

星潼向葉晨介紹外婆做的菜，紅燒魚、麻婆豆腐、紅燒排骨、蒜蓉菜心，還有魚湯。

外公：「不要客氣哈，隨便吃。飯不夠，可以再添飯。」

葉晨笑了笑，說挺好吃的。

外婆：「平常你們家是誰做飯的？」

葉晨：「我爸我媽。」

外婆：「哦，星潼的父母去大城市做生意了。很少做飯給星潼吃，平常都是我們做的。」

葉晨：「星潼真幸福，天天能夠吃到那麼可口的菜，外婆你手藝真好。」

外公：「葉晨你多喝一點兒湯，星潼，你給葉晨盛一碗，照顧一下客人哈。」

星潼：「哦，好咧。」

星潼去廚房拿了一個碗，盛滿晶瑩剔透的魚湯放到葉晨面前。

外公：「這魚湯熬了一下午了，外婆看星潼身體虛弱，特別熬的。你嘗嘗看，味道怎麼樣？」

葉晨用湯勺挖了一絲魚肉和魚湯，入口即化，鮮美至極。葉晨一股腦兒地把魚湯都喝乾淨了。

然後露出一個孩子般純眞的笑容說眞好喝。

外公：「好喝下次多來我們家喝，反正我們家星潼性格內向，也沒有多少朋友。你給她多補補數學，她數學成績挺差的。」

星潼：「外公，你怎麼可以這麼說我呀？我哪裡數學成績差呀？」

外公：「你媽說你之前在玉城高中數學成績一直都不好的，還被數學老師批評呢。不要當外公老糊塗了。」

葉晨：「有這事情嗎？怎麼不告訴我呢？」

星潼：「才沒有呢，我外公瞎說的。」

葉晨看向星潼，星潼的眼神有些飄忽不定的閃躲。

葉晨心想，看來期中考試要去偷看一下星潼的數學成績啦。

星潼低著頭看著碗裡的飯菜，聽著外公外婆一直在葉晨面前說自己小時候的糗事，少女的臉泛著微紅，可愛極了。外婆外公眞是大嘴巴，什麼都跟葉晨說，把自己從小時候三歲尿濕褲子，一直到小時候貪吃糖果牙齒蛀掉都告訴了葉晨。還有什麼被同學欺負啦，哭著找爸爸媽媽訴苦啦，上課被數學老師批評作業寫的不好啊都說了，學了十年的鋼琴因爲課業壓力大，最後半途而廢⋯⋯。諸如此類的事情都告訴了葉晨，現在的自己眞的想找個地縫兒鑽進去，臉紅到耳根，感覺自己的形象完全崩塌了。

葉晨因爲外公外婆說了太多星潼的糗事，就算有禮貌的憋著不想笑，也已經忍不住笑出了聲。

星潼放下碗筷，咳了咳嗽。

星潼：「外公外婆，我吃飽了。你們慢慢聊！」

有些害羞地回了房間。

過了一會兒，葉晨過來敲了敲門，說自己要走了。

葉晨：「星期四，我和史小胖要去網吧打遊戲。你要不要和我們一起？」

星潼：「什麼遊戲啊？」

葉晨示意星潼打開電腦，然後搜索了一款叫浴火鳳凰的角色扮演任務類遊戲給星潼。

問她有沒有興趣學著玩，這樣星期四可以一起去。如果不是很有興趣的話，也沒有關係。

星潼說知道了。

走之前葉晨笑瞇瞇地對星潼說：「期中考試好好考啊，尤其數學。加油！」

星潼翻了個白眼給葉晨。有些沒好氣地說：「快走！」

葉晨心想今天收穫眞多，星潼的致命弱點又被我掌握了不少，以後在學校裡可以拿這些事情說說她。

上美術課的時候，美術老師讓同學們畫一幅自畫像，或者畫自己心目中親近的人。星潼舉起筆一開始是想要畫自己的，但是拿著鉛筆臨摹著輪廓，擦了又畫，畫了又擦，沒有任何神韻。於是她偷瞄了一下坐在離自己有些距離的葉晨，他帶著一副眼鏡，正在很認眞地勾勒出線條。一看就知道他在畫妙妙。

於是，星潼把正在畫畫的葉晨畫進了自己的畫紙中，哈哈。不能夠讓他發現。等下畫好就把它藏起來。星潼素描了葉晨的頭髮，眼鏡還有下巴。有時候眞的羨慕葉晨的瓜子臉，因爲自己的下巴圓圓的，雖然很可愛，但是還是羨慕那些下巴尖尖的人兒。可能自己沒有什麼就會羨慕別人有什麼吧。星潼看著正在畫畫的葉晨，其實他安靜的樣子還是挺斯文和秀氣的，就是有些狡詐，鬼主意兒太多了。

一節美術課下來，星潼把畫好的肖像藏進了自己的書包裡，準備回家夾在自己的日記本裡。

悄悄路過葉晨的桌子旁，看見葉晨不在，桌上有一本書《宇宙簡史》。就翻開，隨便看了一段話：「宇宙的起源：宇宙大爆炸理論既然宇宙一直在不斷地膨脹，那麼可以合理地設想，在很久很久以前的某個時候，所有的星體都是聚合在一起的，宇宙最初是一個緻密的物質核。」

就在放學等公交的時候，星潼開口問葉晨：「剛剛美術課下的時候，我看你桌上放了一本書，就是那本《宇宙簡史》。我對這本書也挺感興趣的，究竟講些什麼呀？」

葉晨：「宇宙的起源、平行世界、時間旅行。」

星潼：「平行世界還有時間旅行是什麼？聽上去很新

奇。」

葉晨：「平行世界也就是平行宇宙，很可能在那個平行宇宙裡存在著一個跟地球相似的星球，在那個星球上也會有我和你。但是所面臨的選擇完全不同或者完全相同，造成了事物的發展會有不同的結果。舉個例子，同樣一隻貓在兩個平行世界裡，可能在 A 星球裡的這隻貓因爲做了某些選擇它而活著了；在 B 星球裡因爲牠做了什麼選擇而死了。並且這兩個世界將完全相互獨立平行地演變下去，就像兩個平行的世界一樣。有科學家指出，宇宙中存在著無限多個平行世界，它們有的像我們的世界，有的不像我們的世界。但是都有動植物以及其他事物。」

星潼：「聽不懂，感覺你好像在背書啊。」

葉晨：「簡單地講，就是說在另外一個世界中的你和我，可能會做出和這個世界中的你和我不一樣的抉擇。」

星潼：「好吧，那麼時空旅行又是什麼呢？」

葉晨：「回到過去或者是穿越到未來。」

星潼：「這有可能實現嗎？」

葉晨：「有可能實現的，已經有科學家指出尋找並且建立蟲洞，利用蟲洞做牽引，將蟲洞的入口互相分開，引力使一個出口時間變慢，而在另一出口時間變快，就有可能達到穿越。如果你想看這本書我可以借給你看。」

星潼：「不用了，我覺得目前來講這個世界的科技水準是很難達到的，即使能夠達到時空穿梭，那享受其權利的也不會是平庸的老百姓。那肯定是政府領導人或者是富人才可以享受其科技的成果吧。」

葉晨：「呵，如果眞的可以，我很想去另外一個平行宇宙的星球上看看自己究竟過得怎麼樣？」

星潼：「這很難說，我也很嚮往。但是你所說的這些是需要時間還有大量的證據或者說成功的案例來驗證的，總不能只是人的憑空猜想，缺乏對其事實的眞實性和可靠性吧。」

葉晨：「如果有一天，眞的有個我來自另一個平行世界，你遇見那個我，你會怎麼樣？」

星潼：「不知道哎。不知道自己會有什麼反應。」

葉晨有些溫柔地摸了摸星潼的頭，四目相對時，葉晨的眼睛略帶笑意，看上去很溫柔。星潼開始幻想和神遊了，所以有些花癡地看著葉晨。

葉晨：「星期四要期中考試了，記得要好好複習。期中考試完，我和小胖要一起去玩網遊浴火鳳凰，你要不要和我們一起呢？」

星潼：「嗯嗯，可以啊。」

葉晨：「記得好好複習哦，有什麼不懂得趕緊問我。不要再把數學考爛了，哈哈哈。」

星潼：「你不要聽我家人亂說，那些只是我小時候沒有好好學習，不代表我數學眞的很爛。」

葉晨：「那麼要不我們打個賭吧，要是你期中考試總成績有比我高的話，我就滿足你一個願望，隨便你提。如果沒有的話，你就欠我一個願望。怎麼樣？」

星潼：「可以的。」

籃球風波

回到家後，星潼下載了這款叫浴火鳳凰的遊戲，心想：「我從來就沒有玩過遊戲，第一次學著玩遊戲。這款遊戲究竟難不難學會呀？啊啊啊啊！」心裡其實有些小崩潰，好像秋林和桃香也玩這款遊戲，看了一下遊戲的簡介：第一步，選擇合適的角色。第二步，做任務，升級殺怪。第三步，創建公會，團隊合作殺怪，線上交易裝備等等……。感覺看上去也不是很難的樣子。

星潼試玩了一下，一開始創建了一個醫藥師的角色，屬性是治癒系。在遊戲中，藥師能夠救死扶傷，並能運用光盾和祝福等各種增益法術給隊友的戰鬥以最大的輔助。星潼剛開始接到任務：需要殺死路邊蘑菇怪兩隻。星潼使用了衰弱術，使敵人 30 秒內攻擊力下降 20%。第一次任務順利解決，從蘑菇怪獸身上掉落兩個蘑菇。級別也上升至 3 級。星潼心想，看來也挺好玩的。星潼又連續做了幾次任務，升級到 22 級，已經完全可以團隊合作了。

星潼打開數學課本，翻開上課時所做的筆記。把自己會做的題目先做了，可是有些題目還是弄不懂啊。上網查資料，但還是不會解答。看見桌上的手機，在想到底要不要問問葉晨呢？猶豫再三，還是撥通了葉晨的電話號碼。

星瀅：「你現在在忙嗎？」

葉晨：「沒有，怎麼了？」

星瀅：「我有一道數學題不是很熟練，不知道你搞不搞得定？」

葉晨：「你說。」

星瀅：「就是數學習題課本第 45 頁，已知集合 $A=\{(x, y) \mid y = - x^2 + mx -1\}$，$B=\{(x, y) \mid x +y=3$，$0<= x <= 3\}$，若集合 A 與集合 B 的交集是單元素集，求實數 m 的取值範圍。這題我做錯了。」

葉晨：「這題有兩種情況，當$\triangle=b^2-4ac=0$，有兩個解。還有一個情況是當$\triangle>0$ 時，有另外兩個解。」

星瀅：「可我要怎麼去判斷當$\triangle>0$ 時會出現的情況啊？」

葉晨：「這頁紙上不是有畫了一個圖？仔細看圖，你有沒有什麼發現？」

星瀅：「喔，沒有什麼發現啊！」

葉晨：「這張圖上的拋物線有兩個交點，然後要判斷交點橫坐標一定在 [0,3] 之間。就能推出$\triangle>0$ 這個情況，這麼說，你明白了嗎？」

星瀅：「嗯嗯，瞭解，謝謝你啦。」

星瀅：「很晚了，我要睡了，晚安啦。」

葉晨：「晚安，早點兒休息。」

第二天一早，星潼被鬧鈴吵醒。發現時間剛剛好要去學校了。來到班級後，剛好遇見了董老師。就把自己昨天夜裡畫了圈的數學題目拿去問了董老師。在班級裡，星潼還是和葉晨保持著距離，很少私自去和葉晨做一個對話，或者問他題目。

下午的時候，董老師發放了考試試卷，星潼看到卷子，裡面的題目百分之八十自己都會。畢竟自己平時上課認眞聽講，考試前也連續兩個晚上熬夜和埋頭讀書。所以自己輕車熟路地答完了所有的問題，雖然最後一個大題還是很讓人糾結。每一次遇到數學考試的最後一大題自己都是空著不想寫，雖然這種心態不是特別好，但是算了一下分數，就算空著不寫，前面錯個一兩題，分數也不會差到哪裡去。（可能80 多分吧，滿分 100 分的卷子。）星潼把前面做過的題目反反復復檢查了一遍，在謹愼確定以後才把自己的卷子遞交了上去。

放學後，史小胖、葉晨還有星潼一起去網吧打遊戲放鬆了一下。

史小胖把星潼加入公會中，然後一起組隊打副本森林奇遇。

史小胖在遊戲中是戰士，擅長近距離攻擊。葉晨是法師，擅長遠距離攻擊和防禦。

剛開始玩副本的時候，出來十幾隻蘑菇怪，史小胖輕輕鬆鬆就搞定了。

三人一直往後打，遇見大 boss 憤怒的森林領主。小胖使用必殺技月牙衝，沒有傷到大 boss 分毫。

大 boss 使用了靈魂魔術，小胖的生命值只剩下 2%，星潼趕緊使用祝福術和療癒術給小胖補血，使小胖從危在旦夕變成了血格到一半。大 boss 反守爲功，試圖消滅小胖和葉晨。葉晨使用了護盾，抵擋住了攻擊。但是一直防禦和抵擋也不足以殺死大 boss。星潼依舊在給葉晨還有史小胖恢復生命值。商量以後，決定史小胖先殺出去，砍掉大 boss 一大半的血格。然後葉晨再進行最後的攻擊，星潼負責回血恢復生命值。這樣即使小胖犧牲了，團隊勝利的話，小胖重新連接遊戲依舊也是能夠順利地完成任務還有得到裝備。

小胖先殺了出去，使用了 4 次月牙殺，砍掉了大 boss 60%的血。大 boss 使用了一次黑魔法還有一次靈魂魔術，與此同時，星潼給小胖補血，但小胖還是離線了。葉晨使用了天炎之怒還有冰靈箭，最後殺死了大 boss 憤怒的森林領主。大 boss 死後，掉了一些鑽石級別的裝備和武器。小胖從離線模式重新連接了回來，連升了三級，開心得很，說要一起闖關狐妖領地。星潼也初嘗了第一次順利遊戲組隊的喜悅，變得躍躍欲試。

這時候，小胖的手機響了。

史小胖：「不是和你說別過來嗎？我在打遊戲。我明天陪你不行嗎？」

香桃：「可是我人已經到那家網吧了，就在外面。我還給你買了一份奶茶。」

小胖：「好吧，好吧，那你進來吧。」

香桃進了網吧，看到了葉晨、星潼還有小胖，一時之間有些驚訝。

因爲星潼跟葉晨在班級裡不怎麼說話，不知道星潼爲什麼一下子出現在這裡。但看小胖的眼神一下子就明白了過來。

香桃把奶茶放在小胖的電腦面前，小胖回了一句：「嗯，我明天陪你去逛街。今天我就想打個遊戲放鬆一下。」

香桃：「知道了，那我先離開了。」

香桃臨走時，又看了星潼一眼。

從網吧出來後，葉晨送星潼回家。

葉晨：「我最近在看一本小說，挺有趣的。」

星潼：「什麼小說？」

葉晨：「《月亮與六便士》。」

星潼：「這本小說我有看過，講得就是男主角爲了追求自己的一種理想職業拋棄家庭、孩子，然後成爲一名畫家。因爲覺得家庭束縛住了自己成爲畫家的夢想。之後又勾引了好友的妻子，隨之拋棄，去了偏遠的部落又成了家。一直追求自己的理想和愛情，不顧忌世俗標準和他人感受這樣生活著。你是怎麼想的呢？」

葉晨：「人永遠都不會滿足的，慾望至上的。人要是滿足當下了，就不會有進步。我認爲小說裡的男主角只是想追求自己的夢想和一種理想的生活方式罷了。有些人甚至一輩子因爲現實的壓力和世俗的標準，永遠都不敢爲自己的理想邁出一步。他在功成名就，什麼都有了的情況下還能夠爲自己的理想夢想放棄所有，這是需要極大的勇氣，也需要承受巨大的非議。不是每一個人都能夠做出來的事情。」

星潼：「那你覺得你是什麼樣的人呢？」

葉晨：「有野心的，不甘平庸的，爲自己的理想願意付出一切的。」

星潼：「那在你看來，愛情又是什麼呢？」

葉晨：「一種感覺，像火花，有了，又熄滅了。」

星潼：「爲什麼？」

葉晨：「小說裡這麼描寫，我也這麼認爲的。」

星潼：「好吧。」

期中考試的成績下來了，星潼考了84分。放學後，葉晨說要送星潼回家。

兩個人走在回去的路上，葉晨問星潼考了多少？星潼不肯說。

趁著星潼發呆看向過來的公車時，葉晨偷偷的拉開星潼書包的拉鍊，看見她書包裡數學期中考試的卷子，84 分。然後趕緊把拉鍊合上。

公車剛好過來，星潼選擇了一個靠窗的座位坐下，葉晨坐在星潼的旁邊。

葉晨：「你還記得我們之間的賭約嗎？」

星潼：「嗯。」

葉晨：「你總成績多少？」

星潼：「532，你呢？」

葉晨：「567，你欠我一個願望。究竟是哪一門沒有考好？」

星潼：「還是數學。」

葉晨：「可以把卷子給我看一下嗎？我看看你爲什麼沒有考好。」

星潼從書包裡拿出來卷子，葉晨很明顯地發現星潼空了最後一道題，完全是放棄掉的。

葉晨：「你爲什麼放棄掉最後一道題？」

星潼：「因爲覺得太難了，恐懼，不會做也不想做了。」

葉晨：「這道題又是一道集合題，看來你反復栽在同一道題目上。這道題是十分，如果你答對一半，可以拿 5 分。前面的選擇題如果避免粗心的問題，也可以上 90 了。」

葉晨：「$\triangle=b^2-4ac=0$ 這個公式你難道不知道嗎？」

星潼：「我知道。」

葉晨：「你只要寫出這個公式，董老師就會給你兩分。」

葉晨：「還有這道題目也是有兩個解。」

他指了指這個原題目：「集合 A={ x ｜ ax2+ 3x +1 =0, x∈R }，1、若 A 中只有一個元素，求實數 a 的值。2、若 A 中至多有一個元素，求實數 a 的取值範圍。」

葉晨繼續說：「你看到這個題目時，首先得分析情況，根據不同情況得出答案。」

葉晨：「當 a=0 時，3x+1=0，結果 x=0。當 a≠0 時，△=9-4a=0，a=9/4。這麼說你能夠理解嗎？這題有兩個答案。」

星潼點點頭。

葉晨：「其實你只要寫出其中一個答案，就能夠得五分，你為什麼要空著選擇放棄呢？」

星潼：「因為看到集合題，尤其是最後一道題，就會莫名其妙地感受到恐懼。」

葉晨：「你都沒有試試，你就選擇放棄了嗎？像第一種答案的解我覺得你明明就是會做的。你為什麼要選擇放棄？」

星潼：「可能覺得自己的分數夠了，少了最後一道題目的解也不影響總成績，所以就不在乎。」

葉晨：「看來你對你學習成績的要求就不高。」

星潼：「嗯，反正總成績 500 多分能夠考上自己想去的一個大學，和自己總成績 600 分去的大學是同一間，請問有什麼區別嗎？」

葉晨：「那萬一這些小錯誤累計，致使你足以去不了你想去的大學，你該怎麼辦？」

星潼：「那麼就放棄好了，拿現有的成績完成自己喜歡的專業，不管在哪個學校。反正進入社會都一樣。還不是在任意一家公司從零開始。」

葉晨有些無語，他表示希望星潼能夠去一個自己喜歡的學校，人生很短，去追逐自己喜歡的夢，不要留下什麼遺憾，竭盡全力完成自己的最愛和人生目標，才是對自己負責任，令自己的人生圓滿。

星潼卻說有時候想得太過美好，理想太過漂亮，生活和現實又是另外一個難題。你要跨越現實去完成夢想，就要付出比別人十倍的努力和堅持，很少數的人能夠忍受艱辛去堅持下去。

葉晨鼓勵星潼：「你要相信你可以做到的。不要去看過程中有多麼艱辛，和能不能達到結果，未來會怎麼樣。享受當下，享受你正在做你喜歡的事情，多想想你正要去追求自己喜歡的學校。一天一天地，時間慢慢累積。萬一眞的可以考上你想去的學校呢？什麼事情不到最後一步爲什麼要輕易放棄呢？總是去挑自己會做的東西做，和總是去挑自己喜歡但是需要挑戰的事情做是有差距的。」

星潼：「是嗎？可我總是會自我懷疑還有不夠自信。不知道自己能不能做得好，而顯得焦慮和緊張。」

葉晨：「你只是現在此時此刻有這種情緒在，不代表將來你會一直這樣想。你要多給自己一些時間去成長和沉澱。

學著聆聽自己的心聲和釋放壓力。你才可以活出一個眞實的你自己。你是想就這樣看著自己的夢想，然後因爲懷疑自己的能力而不去追求，過著一種平凡單調的人生，還是選擇去實現自己的價值，哪怕十分危險，未來有很多不確定，但因爲心裡確定那就是自己想要的，奮力一搏，哪怕摔得渾身是傷，但是卻笑得淋漓盡致。你會選擇哪一種呢？」

星潼：「不確定哎。」

葉晨：「我會選擇後者，我活著就是爲了實現自己的價值，我寧願死在實現自己理想和價值的路上，也不喜歡做著自己不喜歡的事情平庸的苟且地度過。」

星潼有些崇拜地看向葉晨，在星潼心裡，也是渴望成爲像葉晨這樣優秀的人，甚至摘取對方的價值觀，把他的價值觀變爲自己的，占爲己有。

葉晨：「明天我有籃球比賽，記得過來看我。」

星潼：「好啊，什麼時候啊？幾點呢？」

葉晨：「明天的體育課和文化課兩節課都改成籃球比賽，是我們學校天池高中跟驕材高中的比賽。我和史小胖，還有其他班級裡的幾個男生被選出來代表我們學校。今天因爲考試，體育課老師也沒有及時說清楚。反正我們已經排練很久了。」

星潼：「哦哦，那眞的很棒啊。」

葉晨：「記得幫我買水，如果我覺得口渴的話。」

星潼：「好的，沒問題。」

籃球比賽

開場表演，秋林和香桃作爲 A 班的啦啦隊代表還有和其他班級的女生，穿著迷你短裙還有漂亮的運動裝，拿著彩虹絲帶一起跳著性感的熱舞。A 班的男生看見秋林和香桃跳舞，忍不住站起來聲嘶力竭地尖叫著。只見秋林輕盈地擺弄身姿，性感的長髮纏繞在腰間，臉上掛著迷人的微笑，有時候走進觀眾席，向男生拋起媚眼，要多嫵媚就多嫵媚。一瞬間就讓觀眾席的男生蠢蠢欲動，籃球比賽還沒有開始，就光是看啦啦隊的表演就夠精彩的了。

啦啦隊的熱舞結束後，秋林從舞臺走下來，有其他班的男生好奇剛剛在舞臺中心跳舞的女生是誰，秋林感受著男生們向她投來的炙熱目光，她享受著這種被人追捧的感覺，也開心著有女生嫉妒自己的舞蹈才藝和迷人的身材。她十分享受當下被人關注和受歡迎的熱烈。

籃球比賽開始了，今年是天池高中與驕材高中的聯誼比賽。葉晨和史小胖作爲 A 班的代表和其他班級的男生在開場的 10 分鐘裡獲得了 2 比 0 的好成績，隨後驕材高中的籃球隊員追上，現在是 30 比 32 的賽點。葉晨把球傳給史小胖，史小胖一個飛身跳躍，精準地扣籃，拿回了兩分的好成績。全場歡呼，如果再過半個小時，驕材高中再不追上比分，就算天池高中獲勝了。

中場休息的時候，葉晨和史小胖從籃球場走回 A 班，看見班級裡的好多女生遞零食和礦泉水。香桃從包包裡拿出礦泉水，香桃：「小胖，你剛剛進球好帥啊！」小胖很隨意地從香桃那裡拿過礦泉水，一股腦兒地喝了下去，沒有理會香桃。秋林溫柔地詢問葉晨有沒有覺得口渴，需不需要礦泉水和零食？葉晨笑了笑，沒有理會。班級裡還有其他女生蜂擁而上想要遞水給葉晨。葉晨四處看了看，發現坐在角落的星潼沒有很熱情地給自己遞水，充滿著戒備和保護意識地坐在角落邊，也不和別人聊天，自顧自地吃著零食。

葉晨徑直走到星潼面前，葉晨：「你答應我的，會給我準備水。你有準備嗎？」

星潼有些意外葉晨會這麼直接地走向自己，並且當著這麼多人的面問自己問題。她感受到全班女生看向自己的目光，她很討厭葉晨這麼做。但還是從包包裡拿出礦泉水，遞給了葉晨。葉晨沒有說一句感謝或者貼心的話，就直接擰開瓶蓋，喝了起來。喝完半瓶，就離開了。

天臺

下半場的籃球比賽開始了，星潼聽見班級裡的女生議論自己，有的說葉晨和星潼平時都不怎麼說話，他們倆是什麼時候關係那麼近的？有的說星潼這個人眞奇怪，平時一副很安靜的樣子，也沒有什麼朋友，爲什麼葉晨會喜歡她這樣的女生呢？有的說我還是覺得葉晨和秋林最般配，可能葉晨和星潼距離那麼近，就是爲了氣秋林吧，誰叫秋林那麼高調呢，哈哈！星潼聽見女生們這樣隨意評價自己，心裡面就很憤怒。也不明白葉晨爲什麼今天要那麼高調地當著這麼多人的面跑來跟自己說話，讓自己成爲班級裡的焦點，自己只是想低調地過完這平凡的高中三年，不想成爲班級裡男生女生茶餘飯後的八卦新聞女主角。

驕材高中的陳奇又進了一球，現在比分是 54 比 54。還有最後的十分鐘，陳奇擋在史小胖面前，陳奇的身高是 180，體型高大又強壯，足足比小胖高出了半個頭，這令小胖無法進球，很可惜，小胖距離敵方的籃球框最近。小胖決定賭一把，他把籃球傳給了距離籃球框三分線外的葉晨，小胖相信葉晨，他之前有好多次投中三分球的經歷。全場的焦點落在了葉晨身上，成敗皆在這次投球。如果中了三分球，天池高中毋容置疑地就獲勝了。如果輸了，驕材高中還有機會，也可能打成平手，迎來加時賽。

葉晨一個起身跳躍，在他手中的籃球沿著這完美的拋物線，落進了籃球框。天池高中所有的學生們全場歡呼雀躍，葉晨成爲了天池高中的籃球明星，他命中了三分球！最總比賽成績爲 54：59。陳奇友好地和史小胖還有葉晨握手，說如果下次有機會一起切磋籃球，可能不會讓他們有贏的機會。今天的比賽，玩得很開心，以後也會是朋友。葉晨也說有機會再進行切磋。

葉晨和小胖從籃球場回到班級。董老師：「你們倆累不累，想不想吃點兒什麼，喝點兒什麼呢？」

史小胖：「董老師，開不開心？我們爲班級爭光了！」

董老師：「你要是數學成績跟你的體育成績一樣好，我就更開心了。」

史小胖：「老師，我們學校贏了，你就今天能不能別把數學成績掛在嘴邊了？」

董老師：「好好好，今天你和葉晨是我們班級裡的籃球明星，待會兒老師給你們獎勵。」

史小胖：「什麼獎勵啊？」

董老師：「放學以後，我請全班同學去學校附近的榮格餐館吃頓好的。」

史小胖：「就是學校附近那家最貴的茶餐廳？」

董老師：「對對對。」

史小胖：「耶哦，董老師。你最好了。」

史小胖又開始大聲地喊：「放學後，董老師要請我們去榮格餐廳吃飯，今天全班同學都不要回去哦。」

秋林走到葉晨面前：「你今天表現得很棒，最後的三分球，謝謝你爲我們班級和學校爭到榮耀。」

葉晨：「謝謝誇獎，你的舞蹈也跳得很不錯。」

星潼看到班級裡的同學都圍繞著葉晨和史小胖，自己個性本身就不喜歡參與熱鬧或者說話，很討喜又愛表現自己。自己也害怕主動去和葉晨說幾句恭喜的話，又迎來全班女生的目光。她默默地起身，想要離開這兩個發光體的存在。趁著他們被人群包圍，聊得正歡喜，星潼小心翼翼地離開，不想被其他同學發現，去了一趟洗手間。

洗手間出來後，一個人無聊地閒逛了十分鐘，剛好遇到陳奇。

陳奇：「你是那個剛剛給葉晨遞水的女生嗎？」

星潼：「嗯，是啊。怎麼了嗎？」

陳奇：「你叫什麼名字呢？」

星潼：「不大想說。」

陳奇：「好吧，我叫陳奇。」

星潼：「嗯，我知道。剛剛籃球比賽有報你的名字。」

陳奇：「這次比賽雖然你們學校贏了，但是下次可能你們學校就不會那麼好運。」

星潼：「我不覺得我們是憑運氣贏的，畢竟三分球也是靠實力投出來的。」

陳奇：「你是葉晨的女朋友嗎？」

星潼：「不是，我們只是同學。」

陳奇笑了笑，陳奇：「我覺得沒那麼簡單，他對待你和對待別人不一樣。」

星潼：「哦，我不想要那麼特別，我覺得我很普通。」

陳奇：「你和他交往了就絕對不會繼續平凡下去，你就會成爲焦點。」

星潼：「我討厭成爲焦點。」

陳奇：「你也可以和我交往試試看，我們不在一個學校，你就不會成爲焦點了。」

星潼：「我討厭跟任何異性交往，我只想低調平凡地過完高中三年。」

陳奇：「你眞的很與眾不同哎，每個女生不都渴望和有能力和才華的男生交往嗎？」

星潼：「不完全是吧，有些人只想安靜和低調，不想招惹事端。」

陳奇：「可以留個你的手機號碼嗎？」

星潼：「不用了。我現在馬上就要回班級了。」

星潼沒有想到就在自己和陳奇聊天的時候，同時正好是全年級按照班級退場的時候。董老師正在清點班級人數，正好少掉星潼。全班同學都在找星潼，有眼尖的同學發現星潼正在和陳奇說話。史小胖說要去把星潼叫回來，葉晨說自己去把星潼找回來，董老師默許了。

葉晨跑向籃球場外的食堂，剛好聽見陳奇向星潼要電話號碼，星潼準備回班級這段話。

星潼看見了葉晨，葉晨：「現在班級要退場了，你爲什麼要私自離開班級呢？」

星潼：「我剛剛去了一趟洗手間。」

葉晨：「洗手間離籃球場走路 5 分鐘。」

星潼：「去完洗手間我又閒逛了一下。」

葉晨：「你這樣隨意亂走也沒有和董老師說，不符合班級的規章制度。你不覺得這樣很不禮貌嗎？」

星潼：「我以爲籃球比賽結束了，就可以回班級了，沒有想得那麼多。」

葉晨：「你現在趕緊回班級，董老師在清點兒人數，全班就少了你一個人。」

葉晨看了陳奇一眼，打了聲招呼，想要離開。

陳奇：「葉晨，她是你女朋友嗎？」

葉晨：「不是，班級裡的一位同學。」

陳奇忽然走向星潼，從口袋裡拿出一支筆，有些曖昧地留了一串數字在星潼的手背上。

陳奇：「這是我的手機號碼，如果你對我有好感想要談戀愛的話，就給我電話。」

葉晨挑了挑眉，一把把星潼拉到自己的身後。

葉晨：「她是我女朋友，請你離我女朋友遠一點兒。」

陳奇：「你剛剛不是說你們倆只是同學嗎？」

葉晨：「不是，她是我的女朋友，我只是還沒有正式向她表白，我現在就要向她表白。況且現在比賽已經結束了，你們學校也在清點人數，你不回去你的班級嗎？」

陳奇：「好吧，下次見！」

陳奇微笑著向星潼揮揮手，轉身離開了。星潼依舊十分冷靜，不爲所動。

葉晨看向星潼的眼神多了一絲憤怒和冰冷。

葉晨：「他和你聊什麼？」

星潼：「沒聊什麼。」

葉晨：「我不准你和其他異性聊天，也不准你離開我的視線範圍外去做一些其他的事情，什麼都要和我說，都要和我分享。」

星潼覺得有些可笑：「你是不是有病啊？我們之間只是同學好朋友關係，我不明白你爲什麼要管我那麼多？」

葉晨：「不是，我們是男女朋友關係。」

星潼：「我沒有答應。」

葉晨：「你還欠我一個願望，你記得嗎？」

星潼：「記得。」

葉晨：「願望就是答應做我的女朋友，我會給你快樂的。」

星潼：「你是因爲陳奇，才會突然要求我做你的女朋友嗎？因爲陳奇和你是競爭關係，你覺得陳奇想要和我交往，令你心裡覺得很不舒服吧？我告訴你，我又不是一件物品，你們爭來奪取，只是想要獲得一份征服感。我是一個人，不是物品物件。希望你對於我尊重一些。成爲男女朋友是雙方的意願，不是你單方面的想法。」

星潼準備離開，葉晨緊緊抓住她的手，將她抱入自己的懷中。

他有些像小孩子一樣受傷地說：「我知道你還是喜歡著我的，對嗎？」

星潼有些糾結地推開了葉晨。

星潼：「我想，和你交往對於我來說壓力實在是太大了。我可能配不上你。」

葉晨有些受傷，第一次被女生這樣拒絕。

星潼：「我覺得我們在班級裡保持距離就好了，我不想承受那麼多人的目光還有精神壓力，我處理不好。希望你能夠理解我。」

葉晨：「我今天可以使用我的願望嗎？」

星潼：「好，你說。」

葉晨：「放學以後，不要去榮格餐廳吃飯，和我離開。可以嗎？」

一向驕傲的他眼神裡竟然多了柔軟。這個要求對於星潼來說有些困難，但是這是她打賭輸了，她欠他的願望。

星潼：「好，我們去哪裡？」

葉晨：「放學後，在學校的頂樓天臺上面等我，不要離開。」

星潼：「可是班級裡這麼多同學，還有董老師。怎麼躲得過那麼多雙眼睛？」

葉晨：「我會和董老師請假，說籃球比賽後體能耗得太快，想早點兒回家休息。你自己找藉口和老師請假，或者想辦法脫身。」

星潼：「好吧。」

葉晨：「記得和我之間的約定。」

星潼：「嗯。」

葉晨帶著星潼回到了班級後，順利地完成了退場儀式。

放學後，葉晨和董老師請假說自己比賽以後體力消耗太快，所以想趕緊回家休息，希望同學們玩得開心，也希望老師能夠理解。董老師允許了，提醒葉晨過幾週還有奧數競賽，希望他好好複習，再次爲班級還有學校爭得榮耀。

葉晨獨自一人去了天臺，等了將近一個小時的時間，星潼終於背著書包上來了。

葉晨滿意又開心地看向星潼，卻看見對方神情沮喪，有些不高興。

葉晨：「你怎麼了？爲什麼看上去有些不開心？」

星潼：「沒什麼。」

葉晨：「你是和董老師請假，還是偷偷溜上來的？」

星潼：「我被董老師罵了，董老師私下把我罵了一頓。」

葉晨：「因爲你事先沒有彙報情況就離開班級，沒有和她報備。」

星潼：「這只是一方面，還有就是早戀。董老師覺得我是全班女生最不懂自愛，又沒有規矩和家教的女生了。」

葉晨：「你不要太放在心上了。」

星潼：「她把我罵完以後，我根本沒有心情去什麼榮格餐廳慶祝吃飯了，我直接拿上我的書包，一句話都不想說的就走了。全班都看到我進班級拿書包，然後一言不發地離開了。」

葉晨看見星潼的眼睛裡流露著憤怒和傷心，他緊緊地抱住星潼，他很溫柔，很深情，很有耐心地去撫摸星潼的髮絲，左手緊緊地摟住星潼的腰，給了星潼一個溫暖有力的懷抱。他的唇觸碰到星潼柔軟的唇瓣，鼻尖觸碰著對方的鼻尖，鼻子傳遞出來的氣息使星潼的臉頰微微發熱，葉晨的吻像雨點般撬開星潼的嘴唇，星潼從一開始的迴避逃脫姿態，慢慢卸下了僞裝和防備。葉晨的舌頭包住星潼的舌頭，慢慢地吮吸和享受著星潼口腔裡的甘甜。星潼小心翼翼地回應著，心跳慢慢上升。

韓梅

籃球事件風波過後，隔天體育課上，體育老師王老師要求每一位學生都要換成運動裝才能夠來上體育課，這是一直以來體育課的規矩。星潼平時也都是會帶運動裝來上體育課的，但是今天打開櫃子，發現運動服不見了。找不到運動裝，肯定會被王老師批評，這樣就會在主席臺下站著，一直到體育課結束才可以停止罰站。更衣室有分女更衣室和男更衣室，星潼的運動裝當然是放在女更衣室的櫃子裡。

星潼心想：「運動裝一直都是放在學校的這個櫃子裡，自己就沒有拿回家過。怎麼會不見了呢？」星潼找了很久也沒有找到，其他的女生也都紛紛換好衣服去上體育課了。

星潼覺得肚子不大舒服，就去了洗手間。過了一會兒，香桃和秋林進來了。

秋林：「星潼跟葉晨到底什麼時候開始交往的？」

香桃：「那天我在網吧看見她和葉晨在一起的。兩個人玩同一款遊戲，有說有笑的，感覺很親密。」

秋林：「什麼遊戲呀？」

香桃：「就是那款浴火鳳凰。」

秋林：「哼，我們一開始找她玩，讓她去下載這款遊戲，她不去下載。葉晨玩這款遊戲，她卻馬上跟著下載。你不覺得她從一開始就沒有把我們當成她的好朋友過嗎？」

香桃：「就是，我也覺得看她很不順眼。所以我剛剛把她的運動服藏起來了，就讓她找不到，去主席臺下罰站，全班看笑話。」

秋林：「哈哈哈，馬上就要上課了。我今天最最期待的就是上這節體育課了。」

秋林和香桃離開後，星潼的眼淚一瞬間滑落下來，內心有好多的委屈和心酸。爲什麼她們要對我這樣？本來曾經可以做朋友的，爲什麼要因爲葉晨變成這個樣子？葉晨，明明是給自己鼓勵和希望的那個人，現在，卻變成一個可以令自己成爲女生公敵的理由。

星潼滾燙的眼淚情不自禁地一滴一滴從臉上滑落，無法抑制住自己受傷的心。她開始不想要面對這節體育課，不想要面對同學老師的目光，只想奮力地逃出這裡。她曠了這節體育課，一個人去了醫務室。醫生問她究竟哪裡不舒服，星潼說不上來身體上哪裡不舒服，只是覺得心裡面很委屈，她把最近發生的一些委屈、關於同學和老師對待自己的冷漠和排擠跟醫務人員反應了，醫務人員能夠理解星潼精神上的壓抑，給她開了一張單子，叫她回去早點兒休息，什麼也別多想。並且表示董老師那裡醫務人員會和班主任溝通的，希望一切都會好轉。學生還是要多以學習爲主，跟男同學應該保持適當的距離。

走出校門的那一刻，星潼覺得輕鬆了許多。回到家後，星潼一直努力回想，自從春遊事件以後，秋林和桃香的關係就和自己特別不好，加上自己剛來這個班級，因爲性格內向也沒有很主動地和別人交朋友，去經營一段友情。那些女生大部分都坐校車，而自己的家離學校很近，基本上都是公車路線，所以才會遇見葉晨。如果自己也去報名校車路線呢？是不是就能夠交到女生朋友呢？如果自己主動點兒和別人說話，不要老是等著別人主動來和自己搭話，是不是又多一點兒機會融入女生團體和活動裡了呢？一想到這裡，星潼決定報名校車路線，多交一些女生朋友，得到她們的認同，暫時和葉晨保持一些距離。

星潼通過電話給遠在大城市做生意的父母說出了自己的想法，父母很快給星潼打了校車費。這樣星潼明天就可以和學校提擁有校車服務了。

第二天，星潼就和董老師申請了校車服務，不知道是不是昨天醫務人員有和董老師說些什麼，星潼感覺到董老師對於自己的態度柔和了很多，甚至還在數學課上，表揚了星潼勤奮好學，經常來問自己數學問題，考試也有進步。如果下次評選進步之星，可能會考慮給星潼，希望其他同學向她學習等等之類的話。史小胖在那邊瞎起哄，又開始鼓勵班級上大部分男同學拍手叫好。被董老師白了一眼。

星潼因爲坐校車的原因，很快認識到 C 班的同學韓梅，韓梅是一個熱情大方的女生，性格開朗又直爽。留著一頭短髮，是看上去像個男生有點兒酷酷的女生。第一次坐校車，星潼選擇了坐在韓梅的旁邊。韓梅知道這個在 A 班的女生星潼，雖然兩人從未說過話。這次坐在一起，星潼選擇了主動說話。

星潼：「你好，我叫周星潼。」

韓梅：「嗯，我知道你，那次籃球比賽，給葉晨遞水的女生。」

韓梅：「你們倆正在交往嗎？」

星潼：「沒有。」

韓梅：「我還以爲你是葉晨的女朋友呢，感覺你們挺般配的，郎才女貌。我不喜歡你們班的那個秋林，又驕傲又虛榮還很八卦。」

韓梅正打開一包小零食，一口一個花生脆。然後遞給星潼，問她要不要吃？

星潼吃了幾片，挺好吃的。

韓梅：「怎麼樣？味道不錯吧。」韓梅笑眯眯地說。

星潼：「嗯嗯，挺好吃的。第一次吃這個花生脆。」

韓梅又從包包裡拿出一堆果凍、辣條、薯片，甚至還有水果、牛奶。她問星潼想吃什麼，隨便拿。

星潼禮貌地說不用了。

韓梅：「之前聽秋林還有香桃說你是從玉城高中轉來的，你現在住外公外婆家？」

星潼：「嗯，是呀。」

韓梅：「你父母離婚了？」

星潼：「嗯。」

韓梅：「爲什麼離婚呀？」

星潼：「因爲性格不合，但是他們還在一起做生意。爸爸有了新的家。」

韓梅：「哦哦。」

韓梅：「其實我也住在爺爺奶奶家，父母在其他城市上班。我從小就住在爺爺奶奶家，小時候父母就不在身邊的。我覺得這裡挺好的，M 縣裡有好多好玩的地方還有旅遊勝地，等以後有空我帶你去玩要不？」

星潼：「嗯，好啊！」

韓梅：「你平時週末都喜歡幹什麼呀？」

星潼：「我有隻貓叫妙妙，會陪牠一起散步。然後安靜地看書，學習。」

韓梅：「那多無聊呀，我週末會去打工。然後賺來的錢買一些我喜歡的東西。」

星潼：「打工？你在哪裡打工呀？」

韓梅：「一家壽司店，你要不要和我一起？正好那家壽司店缺人手。」

星潼：「可我從來沒有工作過呀。」

韓梅：「試試不就知道了嘛，人生總有第一次。這個學起來很快，而且自己打工賺來的第一筆錢和父母給的錢意義是不一樣的，你會更有成就感一些。」

星瀅：「嗯，好吧。那就試試看吧。」

韓梅：「週六你可以嗎？」

星瀅：「可以啊，週末我都是有空的。」

韓梅：「那我們週六上午10點一起在櫻花壽司店見面，我跟我店長說一聲。」

韓梅給了星瀅一個位址，過了幾天，韓梅簡訊星瀅：「星瀅，我已經跟店長說過了，你要不要週六的時候過來呀？這樣可以試工一下。如果試工成功的話，就有機會成爲正式員工，可以發薪水的。」

星瀅：「謝謝你，韓梅。我挺想試試看的。」

韓梅：「加油。」

櫻花壽司店

這是星瀅第一次上班，店長是個韓國人，必須說英文。韓梅在這家店裡的工作內容主要是包壽司，店裡缺個人手需要負責招待客人、售賣壽司、收銀。星瀅剛開始上班，韓梅和店長告訴星瀅哪些壽司沒有標價格，需要用心記。等熟練了以後，客人拿壽司過來付錢，只需要看一眼，就能馬上反應出價格來。

星瀅看著冷藏櫃裡的壽司，有三文魚壽司捲、雞肉壽司、蔬菜壽司、蝦子壽司，還有各式各樣的其他壽司。三文魚壽司捲和雞肉壽司基本上是 36.5 元一盒，蔬菜壽司相對便宜一下，20 元一盒。一開始記起來有些困難，畢竟品種比較多。但是還好大部分的也都是有標價格的。韓梅和店長鼓勵星潼慢慢地學就好了，多上幾天班多來店裡，就可以熟能生巧，一開始到什麼都會總是需要一個過程，星潼聽後覺得心裡很溫暖。

第一天的試工十分順利，店長通知星潼已經被正式錄取了。之後可以每個週末跟韓梅一起來店裡上班，是算薪水的。店長是個美麗的韓國家庭主婦，她禮貌地和星潼還有韓梅打了聲招呼，就離開了。

工作下班後，韓梅提議去吃烤羊肉串。兩個女孩，10 串羊肉串、10 串雞肉串、烤魚火鍋、兩瓶青島啤酒。牆壁上的電視正放著全智賢主演的《來自星星的你》，千頌伊的那句臺詞：「初雪，怎能沒有炸雞和啤酒？」然後女主角千頌伊就開始一瓶啤酒，一塊炸雞，吃得不亦樂乎。

韓梅：「你看《來自星星的你》這部偶像劇嗎？」

星潼：「不怎麼看。」

韓梅：「我真的超喜歡這部偶像劇的，裡面的男主角好帥啊，你回家了一定要去看。我跟你說哦，男主角穿越時空來到女主角身邊，真的很深情很羅曼蒂克哎。」

星潼：「哦哦。」

韓梅：「等一下我們吃完這些一起去看海吧。」

星潼：「哪裡有海？」

韓梅：「你跟我走，我帶你去看。」

星瀅：「嗯，好啊。」

韓梅用筷子夾起烤魚，然後往碗裡放了一堆的辣椒醬，一瓶啤酒下肚。開心地說了一句：「好爽！」

韓梅：「星瀅，以後我們倆就是好閨蜜了，就是那種打死也不能拆散我們的那種，你能做到嗎？」

星瀅：「好啊。」

韓梅：「幹了這杯，我們就是好閨蜜。以後誰敢對你不好，我就對她不好。」

星瀅拿起酒杯和韓梅互相碰杯，吃完喝完以後，韓梅拉著星瀅說要去看海。

大半夜的韓梅騎著自行車連闖了兩個紅燈，兩個女孩子來到海邊，星瀅冷得直發抖，韓梅嘲笑星瀅看上去很慫。

韓梅不顧一切地朝著大海喊了一聲：「自由萬歲，青春萬歲！有 money 就是爽啊！」

韓梅：「星瀅，你要不要試試？像我這麼對著大海喊，夢想就會成真！」

星瀅：「有病吧，喝酒喝瘋了，大半夜的來這裡鬼哭狼嚎！」

韓梅：「快點，快點像我這樣喊唄。」

星瀅：「不要。」

韓梅：「快看，快看，前面有個跑步的帥哥，長得好像韓國歐巴。你多喊幾聲，他就可以看向我們了。拜託你，對著大海喊，快點兒吸引他的注意力。」

星潼：「韓梅，你這個神經病！」

韓梅：「死星潼，你怎麼可以這麼說我？」

韓國歐巴真的看向星潼和韓梅了，星潼忍不住笑到肚子痛了。

韓梅：「快看，他注意到我們了呢。」

星潼：「那你去和他要聯繫方式啊！」

韓梅：「你去幫我要。」

星潼：「我不要！」

韓梅：「我知道了，你喜歡你們班上的那個籃球明星兼校草葉晨，是吧？」

星潼：「沒有，我不喜歡他！」

韓梅：「喜歡就大方承認唄，爲什麼要隱瞞呢？你的表情騙不了我的。」

星潼：「我只是討厭別人總是要把我的名字和他聯繫在一起，並且每次聯繫到他，都沒有好事情好話題發生，我討厭這種感覺。我的名字叫周星潼，我就是我，不是葉晨的女朋友，也不是葉晨的曖昧對象。我要做最眞實的自己，我現在發現和他保持距離，我有我自己獨立的生活是多一件多麼美好的事情！」

星潼：「葉晨，你這個掃把星，離我遠一點兒！哈哈哈！」

韓梅：「哈哈哈，掃把星。第一次聽到有女生這麼說他的。」

韓梅：「下次我帶你去溜冰場吧，我會溜冰。」

星潼：「可是我不會哎。」

韓梅：「沒事，我教你。」

星潼：「嗯嗯，好啊。」

韓梅：「我還會游泳，還有西洋劍。」

星潼：「你眞的挺厲害的，學這麼多將來是想去當運動員嗎？」

韓梅：「才不是，我爺爺奶奶從小把我當男孩子那樣養，但其實我有一顆少女心。」

韓梅：「我挺喜歡化妝的，也想把自己打扮得漂漂亮亮的，但是我爺爺奶奶不讓，加上我長相太粗了，看上去也不好看。」

高三

馬上就要放暑假了，暑假過後就是高三。到了高三，大家都要忙著高考，那種緊張的氣氛現在就漫延開來，董老師開口閉口都是高考倒數計時，明年要如何如何努力等等。這段時間星潼都坐校車，也沒有和葉晨講過話。葉晨有傳簡訊給星潼，星潼都不想理。葉晨也有托史小胖傳紙條給星潼，但是星潼都沒有接受，葉晨也就沒有來找過星潼了。

暑假期間，韓梅天天和星潼在一起，兩人不是一起出去溜冰，就是打工，補習功課，看電影。星潼覺得能夠交上韓梅這樣的朋友實在是太幸福了。

一次，星潼看見手機裡發來三條短信，是史小胖發送過來的。

史小胖：「葉晨，要去讀大學了，你知道嗎？」

史小胖：「後天下午三點火車站，你過來不？」

史小胖：「星潼，你究竟有沒有良心啊？葉晨對你那麼好，你卻那麼傷他。他現在要走了，你都不去看他。」

星潼：「好吧，他爲什麼可以不用參加中考，直接上大學呢？」

史小胖：「他被董老師力薦，保送了。」

史小胖：「後天下午三點，你到底來不來？」

星潼：「嗯嗯，來啊。」

火車站內，密密麻麻的人，星潼好不容易發現了史小胖還有葉晨，小胖正在跟葉晨說些什麼。

星潼：「爲什麼轉學也不和我說一聲，你打算去哪裡？」

葉晨：「那你有考慮過我的感受嗎？說不理人就不理人。」

星潼有些尷尬地笑了笑，看見葉晨手裡正抱著妙妙，史小胖借機說要去趟洗手間。

妙妙儼然一副認葉晨爲主人的樣子，根本不把星潼放在眼裡。

星潼：「爲什麼轉學，你究竟要去哪裡？」

葉晨：「去W市，我不用參加高考了，我被保送了。」

星潼：「恭喜你，祝你前途似錦。」

星潼鎮定自若地說完這句話，葉晨眼裡看到的她沒有任何的不捨。

葉晨：「妙妙還你，我馬上就要走了。」

星潼：「不用了，牠和你相處已經習慣了。你拿去吧，我決定要養狗了。」

史小胖上完廁所回來，看見了氣氛的緊張和尷尬，就提醒星潼，葉晨去W市，可能會很久都不會回來，他們全家都搬去W市了。

星潼輕描淡寫地「哦」了一聲，可是轉瞬之間覺得自己說話太狠了點兒，畢竟自己剛來到這個班級，也是葉晨幫助自己打開心扉的，雖然對方有使自己和女生群體的關係有些緊張，但葉晨曾幫助過，支持過，鼓勵過自己。

於是，星潼的態度稍微柔和了一些：「我們可以繼續保持聯繫，還是像以前一樣地交流。」

葉晨摸了摸星潼的頭髮，給了星潼一個擁抱。

葉晨抱著妙妙坐上了火車，看著葉晨離去又漸行漸遠的背影，星潼有很多的言語和情感無法訴說，只有一聲：「再見了，祝你在另外一個城市的每一天都是晴天。」

高三來臨了。這一年對星潼的生活變化非常大。星潼的媽媽從W市回來了，並且帶回來一個妹妹，名叫小歐。小歐才兩歲多，什麼事情都要媽媽照顧。媽媽說這些年在W市做生意賺了錢要在M縣買房。以後如果星潼要出國，還是要在M縣生活，媽媽都會爲星潼準備好房子和錢。這樣星潼就不會爲自己的未來煩惱，媽媽希望星潼有一個好的前途，出人頭地。外婆也在旁邊附和道有這樣的媽媽眞幸福，外公給星潼的碗裡夾了一根雞翅膀，並且說希望星潼將來越飛越高。其實在星潼的心裡也是渴望出國的，因爲星潼想出國歷練一下，並且使自己越來越獨立。因爲從小在這個家庭下長大的星潼，家人不讓星潼獨立著做很多事情，全部都幫星潼安排好，這反而使星潼更想要獲得自主權和自由權。

高三那年學習氛圍越來越緊張，每節課都是考試，鞏固過去的知識。董老師總是往講臺上一站，二話不說地開始發考卷，然後說一句：「同學們，今天做個小測試哈。」史小胖：「又是測試，天天都是測試，還讓不讓人活了？」董老師：「史小胖，你還要不要參加高考了？不想參加的話去外面站著。」史小胖不說話了。

一天下來，每節課都是沉默的。發考卷、考試、批考卷、檢查錯題、修正訂正，每天都是重複重複……韓梅還是堅持每個週末去壽司店工作，還有溜冰。她說那是一個可以令她感到放鬆的方式。星潼因爲要參加高考，加上媽媽和妹妹的回來，所以就選擇不去了。

一次，和韓梅一起吃午餐，韓梅臉上洋溢著幸福的微笑。

她有些神祕兮兮地說：「星潼，我戀愛了！」

星潼：「眞的嗎？對方是誰啊？」

韓梅：「是我在溜冰場認識的一個男生，他叫井田。他眞的好帥啊，是我夢想中的那種男生，而且他還教我花式滑冰技巧。和他在一起，我有一種很開心的感覺。還有，我想爲了他做一些改變。」

星潼：「什麼改變啊？」

韓梅：「我打算留長髮，然後學習化妝。」

星潼：「這看上去很酷啊！」

韓梅：「嗯嗯，你會化妝嗎？」

星潼：「只會化簡單的淡妝。」

韓梅：「我以前經常看化妝教程，雖然爺爺奶奶不讓，還好我有存一些零花錢，等哪天兒我們一起去化妝店買唄。」

星潼：「可以啊。」

韓梅：「星潼，我今天不能夠跟你一起坐校車回家了。」

星潼：「爲什麼呀？」

韓梅：「因爲我和井田約好了，待會兒放學後在咖啡館約會，我現在眞的超緊張的。我很想放學以後打扮一下，你有帶化妝品嗎？」

星潼：「沒有哎。」

韓梅：「那沒關係，我等會兒找其他同學借一下，不好意思啦，明天陪你啦。」

星潼：「沒關係，玩得開心點兒。」

放學後，韓梅說這是她和井田的第一次約會，所以星潼沒有搭校車，選擇了一個人回家。路上看見了香桃和史小胖在一起買霜淇淋吃，途經公車站，想起了曾經和葉晨一起在這裡等過公交。葉晨，他在大學裡最近過得怎麼樣呢？

星潼打開手機，給葉晨發了一條短信。

星潼：「你最近好嗎？大學生活怎麼樣？一切都順利嗎？」

過了很久，葉晨回了消息來。

葉晨：「挺順利的。」

星潼：「大學生活有什麼不一樣的嗎？」

葉晨：「就是很自由，可以選擇自己喜歡的專業和科目進修。」

星潼：「哦哦，好羨慕呀。我最近發生了一些事情，好煩惱。」

葉晨：「怎麼了？」

星潼：「韓梅戀愛了，媽媽回來了，自己將來還有可能要出國。我不知道該怎麼辦。」

過了很久，星潼看葉晨沒有發訊息回來了。

想想他可能是在忙他的大學生活吧，就沒有去打擾他。

回到家後，星潼又繼續複習，一直忙忙碌碌到晚上十點，趴在桌子上昏昏入睡。

朦朧中，星潼睜眼醒來，看了一下手機，你有一份未讀的短信。

葉晨：「昨天有事，和朋友一起出去了。」

星潼不知道要怎麼回復，也不知道要聊些什麼好。所以就沒有回應。

班級裡的模擬考試成績出來了，星潼考得不是很好，可能考不上自己理想的大學。自己平時那麼努力，可能都是竹籃打水一場空。如果考不上這個理想的大學，以後進入社會找好的工作，可能會更困難。

星潼忍不住打了電話給葉晨。電話裡頭的聲音有些陌生，一時之間星潼有些緊張和錯愕。

葉晨：「喂，怎麼了，爲什麼又不說話了？」

星潼平息了自己的情緒，流著淚逞強地說：「沒什麼，只是心情不好。」

葉晨想要安慰星潼，卻也不知道要說些什麼好。

兩個人在電話裡面很沉默。

很快，媽媽進來叫星潼出去吃飯了。星潼趕緊掛斷了這通電話。

飯桌上，一家人有說有笑。星潼的媽媽對出國移民充滿了嚮往，又一次提到了這個事情。比如在國內工作環境複雜，競爭力大啊。國外相對來說自由一點兒。外婆外公希望星潼出人頭地，自力更生。星潼看著這一桌滿滿的菜，突然覺得學習壓力很大。爲什麼沒有一個人關心自己最近開心不開心，遇見什麼煩惱了。星潼開始想妙妙，想妙妙在自己的懷裡，牠可以令自己想哭就哭，想笑就笑的做自己。

一頓飯下來，回到房間，拿出好幾張試卷，聽著莫文蔚的〈忽然之間〉，一直寫作業到晚上十點。然後安安靜靜地躺在床上，看向天花板，身邊是窗外的蟬叫聲，特別地安靜。電話突然響了，是葉晨的聲音。

葉晨：「你還好嗎？」

星潼：「嗯，我沒事了。妙妙怎麼樣？」

葉晨：「牠還不錯，每天都挺乖的。」

星潼：「哦。你今天沒有出去玩？」

葉晨：「沒有，在學習。」

星潼：「學什麼？」

葉晨：「電腦，以後想做一些網頁設計或者程式設計。」

星潼：「那挺好的啊，這份工作應該很高薪。」

葉晨：「也不完全是因爲薪資高，只是自己有興趣。」

星潼：「我有點兒想爲過去的事情和你道歉，當時因爲想要維持好女生團體之間的關係所以冷落了你。」

葉晨：「沒關係的，我能夠理解。」

星潼：「對不起，其實我在關係裡面一直都很難去信任一個人，很難去交心。但是一旦交心了，我又會很投入我的感情。」

葉晨：「我知道。」

星潼：「你會一直陪伴我嗎？像過去在學校裡一樣。」

葉晨：「當然會。」

星潼的眼淚一瞬間落了下來，這種思念是發自內心的，也是情深意切，綿綿長長的。星潼多麼懷念和葉晨一起上下學，一起照顧妙妙，一起討論同一道數學題的日子呀，再也沒有一個人像葉晨一樣那麼瞭解星潼，給予星潼情感上的安慰和支持了。不管星潼多麼傷心難過，葉晨都會出現在星潼的身邊，傾聽星潼的委屈。也不管星潼當下是多麼任性冷落葉晨，事後，只要星潼和葉晨道歉，葉晨都能夠不計較。星潼對於葉晨的這份包容深受感動。

見面

高考那天，媽媽給星潼放了兩塊三明治，叮囑她路上餓了或者考試休息時間可以吃。外婆外公也說希望星潼好好考，考完試以後全家一家人去吃火鍋。跟星潼同一個考場的還有香桃和史小胖。

香桃：「史小胖，你承諾過我要和我一起上同一個大學的，你不能失信於我啊！」

史小胖：「當然的啊，肯定沒有問題的。這一年我把兩年的高中都補上了，肯定沒有問題的。」

香桃：「眞的嗎？」

史小胖：「當然，你就相信我吧。就算上不了同一個大學，我們也會在同一個城市的。」

說完，史小胖給香桃遞了一杯奶茶，讓她放心：「趕緊進去考試吧。別想動想西了。」然後自己拿出數學課本，又緊張擔心地背了背公式。看到星潼走過來了，就和星潼打了一聲招呼。

星潼：「怎麼樣？考試有信心嗎？」

小胖：「應該沒什麼問題，就是這兩個公式背的還不熟。」

星潼突然有點兒想笑，史小胖這個人很少認眞嚴肅過。

星潼：「這兩個公式沒什麼難的，你是不是有些緊張呀？」

小胖有些心虛地笑了笑：「嗯，可能是有些緊張吧，主要是香桃，她比我還緊張，天天問我，我都被問煩了。」

星潼：「你平時有複習嗎？上課董老師講的那些個重要知識點你都有背下來嗎？」

史小胖：「對呀，我都有啊。」

星潼：「那你別看了，現在看也都來不及。馬上就要開始第一門的考試了，趕緊進去吧。」

香桃：「死小胖，你要是考不上的話，就分手吧。」

小胖趕緊哄香桃：「眞的沒有問題，你要相信我。」

香桃：「相信你個大頭鬼，你跟我說沒有問題，爲什麼考一門看一門。考不上就說考不上，考得上就是考得上。我最討厭別人騙我了。」

小胖：「哎呀，我這個不是溫故而知新，可以爲師矣嗎？多看一下多背一下可以滾瓜爛熟，瞭若指掌，考試絕對不會出問題。」

香桃：「你不要和我解釋那麼多，直接看最後成績好了。」

小胖：「好好好，你說什麼都行。」

兩門學科考完以後，星潼和韓梅一起去附近的餐館吃飯。現在的韓梅去理髮店續了長髮，畫著精緻的妝容，特別有女人味兒。

星潼：「你覺得你考得怎麼樣？」

韓梅：「不怎麼好，你呢？」

星潼：「還行吧，很難說，不是很有把握。」

韓梅：「如果考不上，你打算怎麼辦？」

星潼：「出國留學，你呢？」

韓梅：「復讀重考吧。出國留學，你家裡條件應該不錯吧，想好去哪個國家留學嗎？」

星潼：「沒有想好，看高考成績再說吧。」

韓梅：「真羨慕你啊，還有一條後路。」

星潼：「你和井田怎麼樣了？」

韓梅突然有些傷感：「我們分手了。」

星潼：「爲什麼啊？」

韓梅：「他說不愛我，可是和他交往的時候，我投注了我所有的精力和時間去經營這段感情，根本就沒有心思好好學習。我有點兒後悔。我還借錢給他，他都沒有還給我。」

星潼：「其實我和葉晨還有聯繫，也在交往著。」

韓梅：「挺好的。」

星潼：「你覺得你考得怎麼樣啊？能夠考上嗎？」

韓梅：「一點兒把握都沒有，我英語還有物理選擇題全部都靠猜的，歷史和政治也都沒有背。所以我可以百分百確定我要重讀高考復讀班了。」

星潼：「好了啦，你也別太難受了。」

韓梅：「我眞的很恨他，當時說喜歡我，覺得我很成熟。然後和我交往的時候又向我借錢，後來又發現他劈腿。到現在他說根本還不了我錢，那是我打工三個月的工資。」

星潼：「想想好的一面，這份戀情讓你變漂亮了，不是每一個人都會有那麼刻骨銘心的戀情和回憶了，你就當這是一次經歷，我知道這很讓你覺得難過，可是現在的你更成熟了，也更有女人味兒了。」

韓梅：「是的，經歷過這一次，我想我再也不會那麼深刻地去愛一個人，因爲我害怕受傷。」

星潼：「好了啦，別去多想了，待會兒吃完，還有最後三門呢，加油衝刺吧！」

高考結束後，星潼開始看新番動漫還有網遊。韓梅給星潼發短信說自己肯定考砸了，最近這段時間要去外面找找高考復讀班。

星潼打開網路，看見新之城的新番動漫《你的名字》，講述了少年少女互換身體，在各自的人生中度過一段時間；少年跨越時空，跨越時間，爲了拯救死於隕石墜落的少女……這種浪漫與堪稱完美的畫面相結合，給觀眾們帶來了一個無比美麗的愛情故事。新海誠的電影還展示了青春期眞實的尷尬和窘迫，當三葉變爲瀧時，發現自己使用女性的「我」的稱呼時朋友表現出的驚訝等，這笑料顯得十分可愛，當然這樣的情景也在其他電視劇中出現過。然而這部電影關於的跨性別議題，是新海誠的獨特之處，因爲他們有著奇特的處境和陌生的渴望。他們互相留下筆記，甚至爭吵。當然，一旦事情來到了這個階段，就知道愛會綻放。

星潼被這麼浪漫的劇情打動了，高考後的兩週，星潼上網查了分數線，發現自己被 M 縣最好的大學錄取了。她激動地把這個消息跟媽媽、外婆還有外公分享。晚飯一起去吃了 M 縣最大最貴的火鍋城，外婆還有外公包了一個大大的紅包給星潼。外公又買了啤酒，說要爲星潼慶祝。很快，熱情騰騰的火鍋被端到了桌上，妹妹開始牙牙學語地說了一句：「姐姐，我愛你。」

星潼的心裡特別喜悅和開心，同樣地，也想要第一時間和葉晨一起分享這份喜悅。趁著媽媽照顧妹妹，外婆外公在那邊夾菜的時候，星潼說要去一下洗手間。

星潼來到火鍋城店外面，一個安靜的夜晚，少女滿懷期待地撥通了手機上的那一串數字，那個熟悉地令自己怦然心動地聲音出現在自己的耳邊。

星潼：「葉晨，我高考分數出來了，我考上了 M 縣最好的大學了。」

電話那頭的聲音沒有那麼開心，反而有些孤單和滄桑。

葉晨：「恭喜你。」

葉晨淡淡地說。

星潼：「葉晨，你怎麼了？這陣子好久都沒有聯繫了，你是不是遇見什麼事情了？」

葉晨：「沒有，只是有些疲憊。」

星瀅：「我們可以見面嗎？我們可以見一次嗎？」

電話那頭的聲音有些沉默，過了一會兒。

葉晨：「嗯，好啊。你來 W 市嗎？」

星瀅：「嗯，反正高考結束了，我也放暑假了。你什麼時候有空呢？」

葉晨：「下週可以。」

星瀅：「嗯，好啊。下週我就去買火車票。」

葉晨：「你一個人來可以嗎？」

星瀅：「沒關係的，別擔心我。等我買好了火車票再和你說哦。」

星瀅掛斷了電話，看向夜空，無數的星星，和遠方思念的人，這感覺就好像做了一個美麗的夢，夢裡的泡泡令人窒息，卻又期待著它會實現一般。

盛夏的果實

星潼知道去見葉晨的事情不能夠和任何人說，媽媽是絕對不會同意的。星潼只能試著說服韓梅，她電話給韓梅，說有個事情想要她幫忙。星潼把想去見葉晨的事情如實地和韓梅說了，韓梅有些爲難，勸星潼別去。星潼問韓梅能不能別因爲受井田的影響而去攔阻自己見葉晨，自己只是希望找一個朋友能夠幫自己，而在學校裡，和自己最最親密的閨蜜就只有韓梅了，自己不會因爲想要和葉晨見面這個決定感到後悔的，韓梅最後答應了。

星潼和家人說自己想去韓梅家短住幾天，可能會去M縣郊外的古鎮上遊玩。於是，星潼的媽媽給了星潼足夠的零花錢，方便和韓梅一起吃吃喝喝。星潼在網上訂了去往W市的火車票。

第二天，星潼準備好行李，坐上了火車。星潼還是和以前一樣，選擇了靠窗的位置，火車一路行駛，穿過了山川溪流，名鎮古蹟，各種風景。和葉晨發了一條短信，說自己正在火車上了，可能下午 2 點多才能到。葉晨回復了一條好的，知道了。

星潼閉上眼睛，想要睡一會兒。少女長長的睫毛還有白皙的臉蛋，粉嫩的櫻桃小嘴還有過腰的長髮讓人看了忍不住親上一口。風輕輕吹過她的側臉，捲起了她的秀髮，纏亂的髮絲劃過她的臉頰、香肩，還有手臂。少女熟然不知，已進入夢境，宛如畫中的美人兒。

過了幾個小時，少女微微睜開眼睛，火車上的喇叭播報了下一站的重要通知：「乘客們，請注意。火車即將抵達 W 市。」星潼看著窗戶外面的風景，已經是一棟棟聳立的高樓大廈了，還有繁華的商業街。很快，火車進入了 W 市的火車站，停了下來。星潼拿上了自己的行李，準備檢票出去。

一切檢票檢查行李的手續順利通過後，星潼在大門口尋找著葉晨的身影。終於看見了葉晨，他穿著藏青色休閒外套，還有棒球帽，卡其色休閒西褲還有白色休閒板鞋。葉晨看了看手裡的手錶，看到星潼走過來了以後，打了聲招呼，然後親切地幫星潼拿了行李。

一路上，葉晨都很開心，有些活潑得像個大男孩，他熱情地問星潼累不累呀？一路上有沒有什麼不舒服呀，然後問她想去 W 市哪裡玩？星潼有些靦腆地笑了笑，說不知道。葉晨說因為自己所在的男生宿舍都是男生，不方便星潼住。所以找了一家旅舍，現在帶星潼去放行李。星潼說好的。

葉晨：「打算來這裡玩幾天呀？」

星潼：「三天吧，多了家裡人會懷疑我的。」

星潼笑得很燦爛，她笑起來的樣子就像是向日葵一樣，明媚閃耀。

葉晨：「你沒有和家人說呀？」

星潼：「沒有，說了他們肯定不會讓我來見你的。」

葉晨：「那你怎麼過來的呀？」

星潼：「撒了謊。」

星潼吐了吐舌頭，葉晨溫柔地捏了捏星潼的鼻子。

葉晨：「下次不允許了。不要再做令家人擔心的行爲了。」

星潼點了點頭，葉晨牽起星潼的手，兩個人一起搭了公交，正要去往旅社。

公車站旁邊正好有賣炸雞塊的，葉晨特地給星潼買了一份炸雞塊，想著星潼會喜歡吃。

路上，葉晨在聽莫文蔚的〈盛夏的果實〉，星潼好奇葉晨耳機裡放著什麼音樂。

葉晨把一隻耳機給了星潼，耳機裡面幾句：「

也許放棄　才能靠近你，不再見你，你才會把我記起，

時間累積，這盛夏的果實，回憶裡寂寞的香氣。

別用沉默，再去掩飾甚麼，當結果是那麼赤裸裸。

以爲你會說甚麼，才會離開我，

你只是轉過頭，不看我。」

星潼問葉晨：「你怎麼會喜歡這首歌？」

葉晨：「就是覺得好聽吧。」

星潼：「可是歌詞好傷感呀。爲什麼在感情的世界裡兩個人要選擇放棄，又爲什麼說要沉默和轉過頭不看對方

呢？」

葉晨：「可能彼此之間有過往和祕密吧，不想攤開在陽光底下說吧。」

星潼：「那爲什麼要這麼糾結呢？喜歡就在一起呀，不合適就分開唄。」

葉晨：「不是每一個人都有勇氣把愛說出口的。也有一部分的人選擇把愛放在心裡。」

葉晨帶星潼來到一家旅社，玫瑰旅館，距離葉晨的大學很近，又是這條街上最便宜的旅館了。

玫瑰旅館

葉晨：「還有空房間嗎？今天入住。」

櫃檯小姐：「還有最後一間，兩個床位的，要不要？」

葉晨看向星潼，用眼神尋求她的意見。

星潼：「大概多少錢呀？」

櫃檯小姐：「住幾個晚上呀？」

星潼：「兩個晚上。」

櫃檯小姐：「100。」

星潼：「是獨立的一個房間，兩個床位的嗎？裡面包含衛浴和廚房的，對嗎？」

櫃檯小姐：「嗯，是的，都包括。」

星潼：「好的，那就今天晚上入住吧，可以嗎？」

櫃檯小姐：「請兩位把證件給我一下，我登記一下就可以入住了。」

星潼和葉晨把身分證給了櫃檯小姐，櫃檯小姐登記完後，給了兩把鑰匙。

葉晨用門卡打開了房間門，雖然旅館房間有些老舊了，但是裡面的設施還有傢俱都是整整齊齊的。星潼也四處檢查了一下，白色的床單和被套都是一絲不苟地乾淨與整潔。走廊近門處左側是衛浴間、浴缸、浴簾、淋浴設施，還有額外送的浴帽和沐浴液、洗浴液。右側有一個小型的電冰箱，裡面放了一些飲料，櫃子裡面有泡麵，床的前面是電視機，算是一個標準配備間。

葉晨從背包裡拿出電腦，說學校裡還有作業要寫。他關心地問星潼肚子餓不餓，現在已經接近晚上了，可以訂一些外賣。星潼說好啊，自己做了一個上午的火車，現在就想洗個澡，好好休息一下。

星潼：「你訂外賣了嗎，外賣什麼時候到呀？」

葉晨假裝鎮定地說：「嗯，嗯，已經訂了。應該很快就會送過來的吧。」

星潼在行李箱裡找到了吹風機，然後回到了浴室。

門口已經傳出了敲門聲，葉晨打開門，是快遞小哥拿了兩袋外賣。葉晨付完錢，把外賣放在了桌上。

星潼吹完頭髮後，葉晨：「外賣拿到了，想看什麼電視嗎？陪你一起看。」

星潼：「嗯嗯，我最近想看一部新的動漫《想哭的我戴上了貓的面具》。」

葉晨：「好啊。」

這部動漫講述的是女主角和男主角是同班同學，女主角暗戀男主角，可她不知道要如何和男主角交流，如何跟男主角成爲好朋友，互相交換心聲。相反，男主角有些討厭女主角衝動幼稚的行爲和性格。一次女主角經過了一個魔法小店，一個老爺爺介紹說，如果購買了貓面具就可以有機會變成貓咪。女主角心想變成貓咪就有機會接近男主角，於是買下了面具。變成貓咪的她獲得了男主角的青睞，男主角把自己的心事和煩惱都傾訴給了變成貓咪的她，還經常抱著她睡覺。女主角因爲變成貓咪的這個身分獲得了男主角的喜歡，有逃離了原生家庭的不開心和束縛，想要永久地變成貓咪。她和魔法店的老爺爺做交易，說要永遠變成貓咪，這樣就可以一直留在心愛的男主身邊了。然而當男主發現了女主的笨和事實眞相後，他勇往直前地想要去拯救女主，同時也發現自己早就愛上在班級裡的她，而不是變成貓咪的她。

星潼看著看著就落淚了，葉晨關懷地給星潼遞上餐巾紙。

葉晨：「怎麼了？幹嘛哭得那麼傷心呀？」

星潼靠在葉晨的肩膀上：「爲什麼男主總是後知後覺呀？」

葉晨：「不這樣，怎麼賺取你們的眼淚呀？」

星潼：「如果我變成貓咪，你會認出我嗎？」

葉晨：「那我就只好再找個女朋友，天天讓變成貓的你看著吃醋嫉妒啦。」

葉晨有些壞壞地說，星潼撅起嘴巴，打了葉晨一拳。

星潼：「討厭啦你。」

星潼用筷子撿起一個番茄炒蛋放進嘴巴，給了葉晨一個甜甜的微笑。

葉晨看著這麼可愛的星潼，用手摸了摸她的頭髮。

星潼忽閃著漂亮的眼睛，性感的紅唇，還有看向自己情意綿綿的眼神，真的很想讓自己衝動地吻上去，可是內心有些彷徨。

兩個人一起看完了《想哭的我戴上了貓的面具》，星潼說自己有些累了，想先去睡覺。

葉晨貼心地給星潼泡了一杯熱水，讓她先喝完熱水，再上床休息。

星潼躺進了軟綿綿的被子裡，關掉了桌面上的檯燈。慢慢地，星潼的眼皮也沉了，睡意正濃，安安靜靜地睡著了。

過了幾個小時，葉晨看著床上正熟睡的人兒，星潼的被子快要掉在地板上了。葉晨怕星潼晚上睡覺著涼。於是，幫星潼把被子撿起來又重新蓋在星潼的身上，看著眼前這個熟睡的少女，就想油畫裡走出來的美人兒，葉晨忍不住撫摸了星潼的頭髮還有臉，星潼長長的睫毛微微動了動。她安靜地躺在床上，白皙的皮膚，黑色如墨般的長髮，還有粉紅的嘴唇。

葉晨的手指不由自主地撫摸起星潼柔軟的嘴唇，星潼睡覺翻了個身，葉晨趕緊收回了自己的手，想要回到自己的床上睡覺。

葉晨從包裡拿了一包煙出來，用手機放了一首莫文蔚的〈陰天〉。掏出口袋裡的打火機，把煙點著。

「陰天，在不開燈的房間，當所有思緒都一點點兒沉澱。

愛情究竟是精神鴉片，還是世紀末的無聊消遣

香煙，氤成一灘光圈，和他的照片就擺在手邊

傻傻兩個人，笑得多甜。」

一根煙兒的時間，星潼突然醒了，睜開眼睛，發現葉晨坐在離自己不遠的床那邊，表情有些冷酷，不像平日裡那個溫柔的葉晨。葉晨正緊緊地盯著自己看，還有一股煙味兒。

星潼：「怎麼了，怎麼還不睡覺呀？」

葉晨：「嗯，有些睡不著，怎麼突然醒了？」

星潼：「想上洗手間。」

星潼爬下床，浴室的燈亮了，過一會兒聽到馬桶沖刷的聲音還有洗手臺的聲音。

星潼揉了揉自己蓬鬆的頭髮，一副還沒有睡醒的樣子，半眯著眼睛，又從浴室走了回來。

正打算爬回床上繼續睡時，突然一隻強而有力的手把自己緊緊地抱住。

葉晨緊緊地抱住懷裡的星潼，帶著一些沉重的呼吸還有身上散發的煙草味兒。

星潼有些驚慌失措，還沒有來得及反應過來，一個霸道而又濃郁的吻撬開了她的唇齒。

葉晨抬起星潼的下巴，摟住她的腰。舌頭填滿了星潼的口腔，星潼從一開始的不知所措到後來雙手摟住葉晨的脖子，回應著這個濃郁又熱烈的吻。

離別

一夜纏綿後，兩人睡到下午兩點才起床。葉晨寵溺地問星潼今天想去哪裡玩嗎？星潼半眯著眼，有些迷迷糊糊地說：「不想去哪裡玩，就想呆在房間裡休息，陪你說說話看看電視。」

走到浴室，正準備換衣服呢，葉晨從後面緊緊地抱住她，葉晨：「要不，我帶你去吃東西吧？」

星潼：「好呀！」

葉晨帶星潼去了 W 市裡的一家日式清酒屋。

服務員拿上功能表給星潼還有葉晨，葉晨問星潼想吃些什麼呢？

星潼看著功能表上的壽司捲、生魚片，還有日式拉麵。於是，點了一份生魚片，還有豚骨拉麵。

葉晨點了一份豬骨拉麵，還有一瓶白鶴清酒。

星潼好奇地問什麼是白鶴清酒，日本清酒有哪些種類呀？

葉晨：「清酒著名的有白鶴、大關、月桂冠、松竹梅、日本盛、十四代、菊姬、菊正宗、朝香等等。」

葉晨：「白鶴比較適合女孩子和剛開始接觸清酒的人

喝。口感沒有那麼辛辣，米香味濃郁。」

星潼：「那麼月桂冠還有松竹梅、菊姬呢？」

葉晨：「月桂冠是日本前三大清酒品牌，有著精緻優雅的果香，口感柔滑，後味純淨，綿長。松竹梅適合請朋友一起喝，此酒採用菊花酵母，酒味醇厚香濃，伴隨淡淡的米香和木香，是一款微酸帶甜的氣泡酒，比較少年輕人喜歡。菊姬的酒液呈金黃色，口感比較奔放濃郁些，相較於前面兩款酒來說。」

星潼：「爲什麼你會知道那麼多呀？」

葉晨：「平時和好朋友經常來這家店裡吃飯喝酒聚會，接觸多了，自然知道一些這方面的知識。」

星潼：「那麼 W 市還有什麼地方好玩的？」

葉晨：「K 歌城、酒吧、夜市、洗浴中心、商場、商業街，基本上也就這樣吧。」

星潼：「你去過酒吧了嗎？」

葉晨：「嗯，去過。」

星潼有些不大開心地說：「你是不是去那裡找女孩了？」

葉晨：「沒有，沒有啊，就是和朋友一起去的。」

葉晨有些尷尬地笑了笑。

星潼：「那你和朋友去酒吧做什麼？」

葉晨：「就是聊聊天，喝一些雞尾酒，放鬆放鬆。聽聽音樂這樣子。」

星潼：「雞尾酒是什麼樣子的？」

葉晨：「雞尾酒是一種混合飲品，一般是由兩種或兩種以上的酒或飲料、果汁、汽水混合而成。像是以朗姆酒、金酒、龍舌蘭、伏特加、威士卡、白蘭地等烈酒或葡萄酒作爲基酒，然後再配以果汁、咖啡、糖、奶精這些輔助材料。」

星潼有些生氣地質疑問葉晨：「你是不是經常去酒吧玩啊？不然你怎麼會知道那麼多？」

葉晨：「不是啊，這些知識點去一次接觸了就會啦，平時也可以上網手機流覽啊。而且不是你問我的嗎？我就如實回答了呀。」

星潼依舊有些生氣和懷疑的說：「我不相信。」

服務員把熱氣騰騰地豬骨拉麵還有豚骨拉麵端上了桌。星潼低下頭吃了一口豚骨拉麵，抿了一口葉晨點的白鶴。只想著趕緊把麵吃完，回旅館，不想再理葉晨了。兩個人彼此沉默著，各自吃各自的麵。吃完後，葉晨付了錢結了賬。星潼收拾好自己的包包，依舊不想理葉晨，心想反正自己明天一大早就要回去了。

回到旅館後，葉晨緊緊地抱住星潼，星潼奮力拍打著葉晨的肩膀。

星潼：「放開我，放開我，你聽到了沒有？」

葉晨：「你相信我，好不好。我只喜歡過你一個人。」

星潼：「不要，我不相信。我沒有喜歡過你。」

星潼把臉撇去一邊，有些賭氣地說。

葉晨又試圖吻她，星潼不願意。葉晨霸道地把星潼的臉轉向自己，用舌頭撬開星潼的貝齒，星潼緊閉著雙眼，濃密的睫毛一根根分明地在臉頰下顯得十分動人，臉頰潮紅。

葉晨：「你愛我嗎？」

星瞳：「愛，可是⋯⋯」

葉晨將星瞳懷抱在自己的懷裡，撫摸著她的秀髮，將她放在床上，身體的接觸熱烈如詩一般漫延開來，他曖昧地將手指穿梭進她的秀髮裡，伴隨著比較沉重的呼吸聲。

葉晨：「寶貝，等我畢業了，有工作了就娶你，好嗎？」

星潼：「好啊。」

葉晨：「我們會擁有我們自己的孩子，我保證會對你負責任的。」

星潼：「嗯嗯，好。」

星瞳只是乖巧地點點頭，十分相信葉晨所說的話。

葉晨：「相信我，我會給你美好的未來，你要有耐心等待我。」

星潼：「好啊，我相信你。」

葉晨：「晚安。」

星潼：「晚安。」

葉晨將星瞳緊緊地貼近自己的胸口，相擁入睡。

第二天，星潼已經收拾好行李，退掉房間。葉晨送星潼去火車站。兩人在火車站旁的米線店吃了一些。葉晨給星潼點了一份炸豬排米線，然後自己選了一份四川米線。

走之前，葉晨給星潼買了一條手鍊，掛在她的右手腕，說如果想他了可以看著這條手鍊。星潼有些甜蜜地笑著。

葉晨：「再過一個月，我們學校會有假期。我到時去看你，怎麼樣？」

星潼：「好啊。」

星潼一直看著葉晨吃米線，眼裡心裡都滿是喜歡和愛慕之情，自己都忘記了要動筷子。葉晨抬起頭，看著星潼失神地看著自己，就問：「米線都涼了，怎麼不吃呢？」

星潼：「嗯嗯。」

雖然兩人彼此沒有說些什麼，可是心裡卻裝著彼此，滿懷愛意。在星潼的心裡，她期待著和葉晨的再一次見面，葉晨看著面前的這個傻姑娘，等自己畢業了經濟穩定點兒，就會給她想要的一切。

吃完米線後，葉晨送星潼到火車站等候區。葉晨說你等在這裡，我去那邊買些橘子，不要走開。星潼點點頭，葉晨買好橘子後，火車還有五分鐘就要開了。

葉晨：「買了一些橘子，你在火車上可以吃。」

星潼：「嗯嗯。」有些開心地笑了。

葉晨：「還有一個月，學校放假了就去看你，知道嗎？等我。」

星潼：「好，我會等你的。」

葉晨抱了抱星潼：「一路保重。回到家後就給我發消息。」

星潼乖乖地點點頭，火車還有兩分鐘要開了，星潼拿上行李走上火車。選擇了一個靠窗的位置坐下，和葉晨揮了揮手。

葉晨看著自己心愛的女孩走上火車的背影，內心特別地疼痛和不捨。火車已經緩緩行駛，慢慢地和自己揮手的星潼也已經離開了自己的視線中。一個人孤零零地回到學校宿舍中。

不信任

回到家後，外婆外公還有媽媽、妹妹正在吃飯。外公還是給自己盛了一大碗白米飯。

媽媽關切地問：「星潼，你去韓梅家手機充電器忘記拿啊？害我給你打電話，手機一直關機。」

星潼：「嗯，可能記性不大好，忘記拿了吧。」

媽媽：「還好我打電話給韓梅，人家說你都平安，又是晚上了，你睡著了。」

星潼：「媽，你不要擔心了，我就是去她家三天，手機沒電了。」

媽媽：「韓梅這個孩子，媽媽見過幾次。人還可以，我還算放心。」

星潼從行李箱裡拿出了在W市買的米糕，說是在古鎮上買的。

一家人吃吃喝喝，看看電視，妹妹拿了一塊星潼帶回來的米糕，放在嘴裡，說了一聲眞好吃。星潼隨便和家人寒暄了幾句，低下頭吧唧著飯。心裡卻藏著心事，不想被家人發現。快速地吃完飯後，星潼回到房間。

打開電腦，搜尋了一首〈飄洋過海來看你〉，躺在自己軟軟的床上。

優美動聽的旋律，委婉訴說著自己的傷痛和心事。

「爲你　我用了半年的積蓄
漂洋過海的來看你
爲了這次相聚
我連見面時的呼吸都曾反復練習
言語從來沒能
將我的情意表達千萬分之一
爲了這個遺憾
我在夜裡想了又想不肯睡去
記憶它總是慢慢的累積
在我心中無法抹去
爲了你的承諾
我在最絕望的時候都忍著不哭泣
陌生的城市啊
熟悉的角落裡
也曾彼此安慰
也曾相擁歎息
不管將要面對什麼樣的結局
在漫天風沙裡」

腦海裡回憶起和葉晨在 W 市裡所發生的一幕幕，一股思念的情緒湧上心頭。但隨即又想到韓梅的經歷，父母的教導。自己內心好糾結也好矛盾呀，不知道要不要去相信葉晨，不知道要不要去全心投注和經驗一段感情。慢慢地，眼皮也沉了，星潼不知不覺地睡著了。

夢裡面，星潼夢見了葉晨正和另外一個女孩肩並肩地在公園裡散步，兩個人有說有笑，還手牽著手。葉晨就像沒有看見星潼似的，從星潼身邊走過。星潼想要叫住葉晨，無奈自己的聲音喊不出話語，只能看著葉晨牽著另一個女孩的手與自己擦肩而過。

星潼猛地被這個夢驚醒，時鐘剛剛好落在早上 7 點。星潼用手掐了掐自己的臉，這不是眞的，這不是眞的。額頭上已經冒出了一絲絲的冷汗，內心裡有一種患得患失的感受。星潼翻開手機，一條簡訊也沒有。葉晨難道不擔心我有沒有回到家？他怎麼一條簡訊也不給我發，不來關心關心我呢？還是他在等我主動回電話去找他呢？星潼開始胡思亂想，越想越心煩。明明是思念，明明喜歡應該帶點兒甜的，爲什麼越想越苦澀？

好幾天了，星潼都在等葉晨的電話和簡訊，可是什麼都沒有。星潼呆呆地望向窗外，媽媽叫星潼去洗衣服，把自己的房間好好收拾收拾。星潼也是心不在焉地做，又害怕被家人看出自己敏感的心事，只能僞裝出一副什麼事情都沒有發生的樣子，因爲過分思念的感情，眼淚不自覺地在眼眶中打轉，卻不想讓它落下來。好不容易把房間收拾完了，自己的衣服也洗完了。媽媽又叫星潼陪妹妹玩一會兒，星潼只能先答應下來。

妹妹歡快地跑到星潼面前，要星潼陪她玩娃娃家的遊戲。妹妹拿出 3 個娃娃，2 個公主，1 個王子，還有一個怪獸。妹妹要求星潼扮演其中一個公主，然後自己扮演其餘的角色。妹妹說有兩個公主喜歡上了一個王子，王子只喜歡星潼手上的公主。有一天，怪獸把星潼手上的公主擄去了，王子找不到自己心愛的公主了，再也見不到面了，所以只能和另一個公主結婚了。多年之後，那個被怪獸擄去的公主出現在王子面前，王子也已經變成了國王了。國王想要迎娶當年自己心愛的公主，卻被所有人以及身邊的皇后反對。所有人都說這名公主是不吉祥的，不潔的，邪惡又蠱惑人心的女巫化身。他們把星潼手上的公主綁在絞刑臺上，準備處死。國王內心十分捨不得公主，但又抵不過所有人的輿論。正要處刑之時，怪獸出現帶走了漂亮的公主。國王只能眼睜睜地又一次看見怪獸帶走了自己曾經心愛的姑娘，卻無能爲力，落下了眼淚。

星潼聽著聽著，也傷感地抽泣著，眼角多了晶瑩剔透的淚滴。

妹妹：「姐姐，你怎麼了？爲什麼你從古鎮回來後就怪怪的呢？」

星潼抹去眼淚，逞強地說了一句：「沒什麼，只是你說的這個故事挺感人的，是你自己編出來的嗎？」

妹妹：「當然啦，姐姐你是不是覺得我想像力豐富呀？」

星潼：「嗯嗯，你眞的好棒啊。」

星潼難掩自己心頭的酸楚，她謊稱自己身體不舒服，現在想一個人回房靜一靜，媽媽和妹妹也沒有多管多問什麼。媽媽給星潼泡了一杯蜂蜜柚子水，讓星潼趕緊好好休息。躺在床上的星潼輾轉反側，怎麼睡也睡不著。

打開手機，又是一條簡訊也沒有。星潼想起葉晨告訴過自己所在的大學，於是搜索到葉晨所在的校園網流覽了一下。點擊校園網的相冊，果然看到了葉晨的照片，還有葉晨和校友的照片，等等，這個女生是誰？這個女生長得和星潼有幾分相似，但是沒有星潼那麼有氣質。爲什麼有那麼多張葉晨和這個女生的合照都在校園網上，葉晨從來沒有和自己提起過，雖然沒有任何的牽手和擁抱，可是照片裡的兩個人笑得那麼燦爛。

星潼的心裡怪怪地，眼前一黑，腦袋都是嗡嗡的。自己看著葉晨的手機號碼，想要忘記，想要刪除。可是這串數字，已經被自己背下來了，即使刪除無數次，她還是能夠記得這串熟悉的電話號碼。該怎麼辦？這麼多天了，是不是應該打個電話給葉晨，問問他的狀況怎麼樣。不要吧，爲什麼自己要打給他？他就是一個負心漢，他是欺騙自己的，他肯定在學校裡有女朋友了又不肯告訴自己。好痛，心裡好掙扎又好痛。根本無法自拔，深深地愛上了他。明明心在滴血卻還是不想放手。

最後，星潼還是鼓起勇氣給葉晨發了一條短信：「你在幹什麼？方不方便通電話？」

葉晨回了一條，正在吃飯，晚點兒給你回電話。

外婆叫星潼吃晚飯了，晚飯後，星潼很快地回到了自己的房間，依舊癡癡地在等葉晨的電話。

晚上十點的時候，電話響起了，星潼趕緊去接。

葉晨：「喂。」

星潼：「喂，你現在在做什麼呢？」

葉晨：「在學生宿舍裡和同學聊天呢。」

星潼：「哦，你有沒有想我？」

葉晨：「有啊，當然有想啊。」

星潼：「可是都好幾天了，爲什麼你都不主動來找我呢？」

葉晨：「親愛的，我在上課。就算下課了，還要完成學校的作業，每一天都特別地忙。」

星潼開始委屈地想要掉眼淚，聲音有些顫抖，帶著哭腔：「你是不是騙我的？」

葉晨：「怎麼了？」

星潼：「我去看你學校的校園網了，那個和你合照的女孩是誰？」

葉晨：「哪個女孩？我不知道你說的是誰？你是不是想

太多了呀？」

星潼：「你現在打開電腦，去你學校的校園網，然後點擊相冊。」

葉晨：「星潼，你能不能別這樣？特別的無理取鬧，根本就不是那個我認識的那個你。」

星潼：「可是你不應該和我解釋清楚那個女生是誰，和你什麼關係，叫什麼名字嗎？」

葉晨：「好好好，我點擊相冊進去看總可以了吧。」

過了一會兒，星潼有些著急地問葉晨：「怎麼樣？你去看了嗎？她是誰？」

葉晨：「她就是一個我在班級裡認識的女同學，我們幾個一起出去玩過，還有和其他同學一起的。根本就不是你想的那種關係，我還是比較喜歡朋友狀態下的你，比較令我覺得放鬆。」

星潼：「我們分手吧，我不想要繼續這段關係了。我覺得不健康，很負面。我一點兒也不覺得開心。我覺得每次和你交往和你在一起，我都在失去自我。」

葉晨：「為什麼你不夠相信我呢？為什麼你不願意花時間等待我呢？難道這就是你對我的愛嗎？」

星潼直接就把電話掛了。

留學

媽媽來到星潼的房間裡，詢問她爲什麼從韓梅家回來以後就一直怪怪的。

星潼：「媽媽，我想去日本留學。」

媽媽：「你不是都考上大學了嗎？爲什麼還要去什麼日本呀？」

星潼：「我覺得這次考上挺意外的，反正我想出去走走，闖蕩闖蕩，獨立自主一點兒，換一種生活。」

星潼想起葉晨曾分享給自己的價值觀，明明一開始不是很認同他，但是隨著交往以後，自己潛移默化地感受到自己想要變成他。

星潼：「或者我想自學日語，然後考一下日語的入學考試，你覺得怎麼呀？」

媽媽：「那還是去找個日語補習班，正兒八經地學吧，這樣學出來才算有水準。」

媽媽：「我不明白你都考上了，爲什麼不去讀？你這樣浪費多可惜？」

星潼：「媽媽，我都這麼大了，想去哪個學校讀書，可不可以給我一點兒自主權？」

星潼：「我就是想要自己的人生自己決定著，不想要一成不變。」

媽媽：「好吧，反正我也是管不動你，不想管你了。」

星潼：「隨便吧，我最近心情不是很好，請你不要打擾我。」

媽媽：「怎麼了？爲什麼心情不好，跟韓梅吵架了？」

星潼：「嗯，對。反正我不想一直說話就對了。」

媽媽：「好吧，你也別太情緒化了，朋友多交點兒，有誤會就要解釋開來，好好溝通。」

星潼：「好啦，媽媽。你快去陪妹妹吧，我想一個人在房間裡。」

媽媽：「好的好的，我有空幫你去看看日語進修班。」

媽媽給星潼找了一個家附近的日語進修班，學習日語的初期，星潼一開始接觸了區分平假名還有片假名，以及五十音的背誦。雖然背誦記憶這些東西，有些枯燥乏味，但也讓星潼從之前的煩惱和鬱悶的情節中擺脫出來，不用天天去想葉晨在幹什麼了。果然太在意一個人，太把一個人放在心上眞的很令自己痛苦，解決不了任何問題，還是讓自己忙一點兒，過得充實些，內心也容易感受到平靜。

星潼花了一週的時間把這些基礎徹徹底底地搞懂了。之後就是拼讀單詞。日語老師在課上反復強調單詞記憶講究拆散和聯合，「拆散」是指背單詞的時候要知道單詞中每個漢字的讀音，開始有些困難，但很快就會對漢字的讀音熟悉了，背別的單詞就輕鬆了。「聯合」是指背單詞的時候不能孤立，比如背「山」的時候，就要瞭解「登山」、「富士山」、「泰山」等詞語的說法，輻射記憶，可以迅速增加詞彙量，同時也避免了說話時只說單詞連不成句的尷尬。

星潼在課上認眞做著筆記，課下又反復默寫背誦。在這種堅持不懈地重複練習下，日語的單詞量得到了飛速地提升。

星潼把自己和葉晨的故事分享到了自己的博客上，有很多熱心的網友來安慰星潼，這也讓星潼的內心得以安慰。

R星球

這幾週，因爲上班要加班的原因，所以導致睡眠沒有規律，葉晨已經熬出了濃重的黑眼圈。有時候開會，總是走神，容易聽著聽著就想要睡覺。剛好下週三還要和客戶簽約，可是現在自己的精神狀態實在是太差了，自己的失眠問題又是長期的，看著家裡的安眠藥也快要沒有了，醫生也曾警告過自己一直依靠安眠藥去治療睡眠根本不能解決問題，還是要靠內在的自我調節，釋放壓力。自從開了公司，不光是心理負擔和精神壓力特別大以外，家裡面，因爲離異的關係，孩子被判給了太太。這幾個月以來，太太一直索要巨額的生活費，還要每次通話和自己大吵一架，令自己根本無心睡眠。偶然間，又想起那本前幾個月買的小說《夜晚的星空》，還是老樣子，給自己泡了杯熱牛奶，然後躺在床上。於是翻開來讀了後面的內容，覺得這個劇情越來越有些意思。這本小說的後面內容已經從第三人稱變成了第一人稱了，這樣看著好像還挺變化多端的。

傲嬌

地球

我是周星潼，距離日語考試還有兩週的時間，因爲太久沒有見韓梅了，所以我跟韓梅約了週三見面。剛好，我也想瞭解一下韓梅的近況。週三下課後，我給韓梅發消息，問她去了高考復讀班一切都順利嗎？

韓梅回復：「還行吧，雖然把之前落下的都補上有些吃力。可是如果不去做，不去嘗試的話，可能就得馬上出去打工了。」

我：「是哦，其實我最近也在日語進修班學日語，可能之後會考慮去日本留學吧。」

韓梅：「是嗎？挺不錯的呀。其實我也特別想出國留學，據說日本的食物特別好吃，而且日本男生都特別的帥哎。」

我：「我去日本又不是去談戀愛的，我和葉晨分手了。」

韓梅：「分手了？爲什麼分手呀？」

我：「沒什麼，他說想和我回歸朋友關係，重新考慮我們之間的未來。」

韓梅：「別去想那麼多了，好好地通過這次日語考試。」

我：「嗯嗯，謝謝你，韓梅。」

韓梅點了一杯啤酒，幾個涼菜，還有一斤小龍蝦。

韓梅關心地詢問我：「你都準備好了嗎？準備好了去日本留學了？」

我：「嗯，培訓班已經幫我聯繫上了古城學校了。」

韓梅：「那恭喜你哈！」

韓梅敬了我一杯，我拿起杯子和韓梅一起碰杯。

我：「你呢？最近怎麼樣呢？」

韓梅：「就老樣子唄。反正就是準備高考，每天複習，挺無聊的。」

我：「加油，總有這個過程的。熬過去，一切都會好起來的。」

我給韓梅夾了一隻小龍蝦，然後我們兩個人開始大吃特吃起來。

韓梅舉起杯子，很有義氣地說：「哈哈哈，去他媽的高考，等我過了這關後，我就去做微整形，把自己弄得漂漂亮亮的，好好地去大學再談個男朋友。哈哈哈。為我之後衝刺大學的未來乾杯，也為你去日本留學的事情乾杯。」

我：「乾杯！」

我也豪爽地乾了這杯，韓梅又點了幾十根燒烤串還有兩罐啤酒。

韓梅：「那你和葉晨還打算再聯繫嗎？」

我：「我不知道，但我喜歡對方來找我。可能是我個性比較矜持和內斂，所以我希望別人主動。」

韓梅：「你還喜歡著他？」

我：「嗯。」

韓梅：「那去和他講清楚啊，說你願意給和他的關係一個機會呀，彼此互相等待和悔改。他來找你的時候你又不想搭理人家。我不知道你是怎麼想的，為什麼要那麼奇怪？」

我：「不，我就喜歡他直接主動地來找我，即使他主動了，我也會拒絕。但是我還是想要看見他再多主動幾次。」

韓梅：「為什麼？」

我：「因為我覺得這樣的愛有誠意並且堅定吧。」

韓梅：「你眞的很奇怪，你對他有感覺。但是你又希望他達成你內心中理想的戀愛模式，然後你又不想告訴對方你眞實的感受，讓對方知道他究竟做得好，哪裡做得不好，就想讓他一直去猜。」

我：「是的。」

韓梅：「為什麼？」

我：「可能就是希望有個人出現，衝破一切挑戰和阻礙跟我在一起，很堅定地給我肩膀吧。我才會覺得那是命中註定，是老天爺安排那個人與我相遇的。因爲只有老天爺知道我心裡的情感需求模式，然後那個人出現，即使我不表達出來。我給他挫折或者我們共同面臨困難，他都不想放棄我，他都會主動來找我。」

韓梅：「好吧。」

韓梅：「那如果眞的有這麼一個人出現，可是你對他毫無感覺怎麼辦？」

我：「那也不行。」

韓梅：「我只能說你眞的是太活在自己理想的世界裡了。」

我：「我可能沒有什麼安全感，在婚姻中又渴望浪漫與忠貞。」

韓梅：「等你結婚了叫我一聲，我倒想看看你會找一個什麼樣的對象。」

我：「好的，會的。」

我們兩個人一起吃吃喝喝聊天到十點才回家，我知道這次去日本留學，要再見到韓梅不是想見就能見到了。韓梅勾搭著我的肩膀，拿著那罐喝剩下的啤酒，一飲而盡。

Brownie 和 Zain

在去日本之前，我把自己留到了腰這裡的長髮剪到了肩膀這裡，爲了擺脫那個不開心的過去，理髮師又推薦我去剪一款流行的韓式空氣瀏海。反正我之前從來都不喜歡留瀏海的，就試了一下，發現效果還挺漂亮的。

走之前，外婆給我行李箱裡塞滿了生活用品以及家鄉特產。外婆淚眼婆娑地拉著我的手，有些依依不捨地告別：「去到那裡要保護好自己，想家了記得常常打電話回來，知道麼？」

我乖乖地點了點頭，媽媽和外婆把我送到了機場，我看著她們從自己的身邊慢慢走遠，雖然有很多的捨不得，但是夢想是自己選擇的，就應該努力堅持下去。

這是我第一次坐飛機，看著窗外的白雲一朵朵從自己的眼前溜走。自己已經開始憧憬去了古城大學會有發生些什麼呢？乘務空姐走近我，詢問想吃日式料理還是中式料理？我選擇了日式料理，打開盒飯蓋，裡面有精緻的壽司、炸蝦捲，還有炸豬排。拿筷子夾起一塊，咬下去，眞的好好吃哦，外脆裡酥的。

腦袋裡已經開始幻想著去了日本有什麼好玩的，好吃的？古城大學的傳媒專業課會不會很難呀？飛機上有動畫片，我就隨便看了兩支，直到眼皮沉沉地閉上。夢裡夢見自己光著腳走在森林裡，穿過那片樹林看見一個光怪陸離的街道，一群穿著日式 cosplay 的少男少女有說有笑，旁邊是各種日式小賣部、雜貨鋪。我走著走著不小心撞到了一個男人，男人戴著銀色面具，全身散發著一種神祕的氣息。我不小心撞到了他的懷中，感覺到了自己的心臟正在小鹿亂跳。我抬頭看向面具男的時候，面具男已經從我身邊擦肩而過。

然後就醒了，我揉了揉眼睛，剛剛好機組乘務員的聲音傳了進來，還有十分鐘飛機準備降落。美女空姐端來早餐，時間剛剛好早上八點。我望著外面的世界，已經離地面越來越近了。飛機降落後，我拿上自己的行李，看了一下留學仲介發過來的接機手續。好像是有一個叫 Brownie 的司機會來接機哎。

於是，我出了機場門，四處張望了一下，看見一個穿著黑色外套留著一頭微捲長髮的日本帥哥拿著牌子，上面正寫著自己的英文名 Alice。我湊上去揮了揮手。

「Hello，我是 Alice。」

在來日本之前，我給自己取了一個英文名叫 Alice。

捲髮男摘下墨鏡，看了我一眼，說道：「哦，是你呀？」

我：「你會講中文？」

捲髮男：「嗯，我是中日混血兒。」

我：「我還以爲你是日本人呢，我的日語不是很好，剛剛還在想要不要用日語和你交流呢。你叫什麼名字呀？」

捲髮男：「Brownie。」

我：「哦哦，那個，按照手機上的資訊，你會帶我去學生宿舍先放行李，然後去哪裡呀？」

Brownie：「等一會兒，還有一個男生叫 Zain，接完你們一起去放行李。」

我：「哦哦，好吧。」

一個穿著白色休閒裝，戴著帽子的男生出來了。他自稱自己叫 Zain。Zain 有些靦腆地衝我和 Brownie 笑了笑，打了個招呼。

Brownie 接過 Zain 和我手上的行李，找了一輛行李托運車。

我們三個人一起走到停車場，Brownie 掏出口袋裡的車鑰匙對著前面的白色麵包車按了一下，嫻熟地把行李放進後備廂。

Zain 坐在前座，我坐在後座。Brownie 把車窗搖開，放了一首有些另類金屬風格的音樂。

Zain：「這是 Dead by April 的 *Calling* 嗎？」

Brownie：「對。」

Zain：「哈哈哈，我也喜歡這個樂隊，但是很可惜的是主唱 Jimmie Strimmel 因個人問題離開樂隊了，但是整體來說，這個樂隊的表演風格確實滿另類和狂野的。你平常玩遊戲嗎？」

Brownie：「玩啊！」

Zain：「都玩什麼遊戲？」

Brownie：「Call of duty。」

Zain：「我沒玩過這款遊戲，平常都玩浴火鳳凰這款遊戲。」

我：「我也是哎，改天我們一起玩一局吧。」

Brownie：「Call of duty 比這個好玩多了，射擊類的遊戲，比起角色扮演來說難玩很多，又是第一視角，要眞會打，會上癮的。你們要是敢玩，可以挑戰一下，絕對夠刺激。又是最近幾年最流行的射擊類遊戲。」

Zain：「好的呀，反正我也聽過這款遊戲，最近滿流行的。有空我們殺一局唄。」

Brownie：「好的，隨時奉陪。」

Zain：「這邊當地人很早就學開車了嗎？」

Brownie：「對呀，你要是想學聯繫我，我介紹你幾節駕駛課，都是免費的。」

Zain：「好的呀，我讓我爸媽給我打錢買輛車開開。日本的櫻花還有溫泉都特別美，美女也特別多。等學會開車了，就去泡妹子，哈哈。大哥，你應該有女朋友了吧？」

Brownie：「還沒有，想在大學的時候談一個。」

Zain：「跟我想的一樣，待會兒我們放完行李，一起去喝酒吃燒烤唄。順便也帶我們看看日本最繁華的街道在哪裡。」

Brownie：「OK。」

我：「聽說大阪的溫泉特別有名，我還沒有去玩過哎。Brownie，你知道日本的溫泉有哪裡不錯的嗎？」

Brownie：「有天然溫泉、湯樂，還有露天溫泉。看你喜歡哪一種？」

我：「那我們哪一天去泡溫泉唄！」

Zain：「大阪的 hep five 摩天輪，挑哪個雙休日去玩一次唄。」

我：「先去泡溫泉。」

Zain：「摩天輪吧，溫泉離我們住的地點不近，先去近的，再去遠的。」

我眞無奈，每次我提個什麼想法和意見，zain 總喜歡和我作對。他簡直幼稚死了，算了，作爲一個比他大三歲的姐姐，還是讓讓他吧，反正他提的摩天輪我也是滿想玩玩看的。

我：「好吧，摩天輪。什麼時候去？」

Brownie：「過幾天帶你去吧，這幾天開學，估計也會很忙。」

我：「好吧。」

到了學生宿舍以後，Brownie 把我的行李帶上了我自己的房間。這個房間是完全獨立的，有陽臺、衛浴、廚房，還有單獨的臥室。他和我打了一個招呼，就離開了。

我坐在書桌的椅子上，從背包裡找到了我的日記本，寫下了一段新的文字：「我很開心擁有自己獨立的空間，往後的歲月中，在日本的生活還有工作，我都想要自己去做決定。成爲一個新的自己，更加獨立堅強才行！」

過了十分鐘後，Brownie 敲了敲門，提醒我：「這裡的房租是週付的，你應該過來之前就知道的。還有這裡是包水電網費用的，剛剛接機是要收費的。」

我：「收費的？不是免費的嗎？」

Brownie：「不是，我以爲留學仲介有告訴過你。」

我越來越搞不清楚狀況了：「沒有啊，留學仲介沒有告訴我這些。」

Brownie：「剛剛接機是我其中的一份工作，所以是要收費的。」

我：「哦哦好吧。多少錢？」

Brownie：「1000 日圓。」

我從我錢包裡翻出來 1000 日圓給了他，他遞給了我一張名片，上面寫著：Brownie，司機，導遊，日語翻譯。然後跟我說如果有需要的話可以聯繫他。我禮貌地回應了一句好的。臨走前，Brownie 細心地提醒我待會兒去步行街記得要去買一張當地的手機卡，這樣子在日本如果迷路了還可以聯絡到朋友，也可以打他的電話。我說好。

我簡單地收拾了一下行李，就下樓了。我從行李箱裡挑了一件針織衫，搭配一條花色的短裙，目前是中長髮，齊瀏海。

Zain 看見我，很陽光地打了個招呼，說要請我們待會兒去市區喝杯咖啡。

我在想他怎麼突然那麼好心啊？他說要請我喝咖啡那就請唄，嘿嘿。

我：「好啊，正好我想去市區買一些化妝品。」

Brownie 很紳士地替我打開車門，他黑色微捲的長髮，斜瀏海有些半遮到左眼，讓人覺得很有神祕感。在大陸，男生很少留長髮。他讓我覺得有些特別。所以就忍不住多盯了他看了兩眼。

Zain：「日本市區是不是有紅燈區？」

Brownie：「有啊。」

Zain：「要不待會兒我們去轉轉？我還沒有來過呢。」

Brownie：「不要吧，我很少去那裡。應該要多照顧一下 Alice 的感受。」

我：「Zain，你這個人真的很煩哎，讓 Brownie 待會兒把你從車裡丟出去。」

我飛了一記怨恨的眼神給 Zain。

Zain：「Brownie，待會兒開車我們路過紅燈區，把這個丫頭賣掉吧。」

我：「你敢賣我，活膩了，是吧。老娘不發飆，當我是吃素的嗎？」

我揮了揮手中的拳頭，一副敢欺負我試試看就死定了的樣子。

Zain：「剛剛是開玩笑的，你別當眞了！」

Brownie 打趣道：「來來來，我們把 zain 賣了，日本還有男公關的。」

我：「哈哈哈，就他那個樣子也當不了男公關，去餐館當洗碗工還要從零開始做起呢。」

Zain 做了一個捂臉的表情。

Zain：「Alice，咖啡我不請了，你那杯你自己付錢吧。」

我：「Zain，你就是一個小氣鬼，斤斤計較。」

我在想 Brownie 一定很無語吧，我和 Zain 只要一聊天，就會吵來吵去的。

Brownie 把車開到了市區，找到一個車位停了下來。

Zain 說要去抽根煙，我看到一家賣衣服的櫥櫃裡擺放著一件黑色復古，有點兒偏黑暗系的哥特式風格裙子。想買又猶豫了一下，來一趟日本留學也不容易。媽媽還有家人給的生活費雖然豐厚，可是也不能這樣亂花錢呀。

Brownie 停完車後，就看見我在那裡發呆，問我：「怎麼了，喜歡這件衣服嗎？」

我：「沒有，我就是看看，感覺不是我的風格，會不會穿上去有些奇怪呀？」

Brownie：「不會啊，我覺得挺適合你的。」

我：「眞的嗎？我覺得這件衣服有些貴哎，還是算了吧。」

Brownie：「我看這身衣服挺適合你的，喜歡就拿下吧，我可以買給你啊。」

我笑了下：「謝謝你，我想我錢應該夠，可以自己買。」

Brownie：「那我們進去看看吧，正好我也想買幾件衣服。」

我：「嗯嗯，好的。」

走進商店，我跟銷售員解釋了半天我想要這件衣服的 s 號，可能是日語不夠精練的原因，總是解釋不通。Brownie 用日語幫我翻譯了一下，銷售員很快就幫我找到了這條裙子的 s 號，我覺得日本人挺注重禮貌的，所以我說了一些敬語以後，就趕緊拿去試衣間換了。

走出來以後，我照了一下鏡子中的自己，以前我一直穿那種淑女裝，給人一種溫柔和陽光的感覺，很少去嘗試這種黑暗系的復古風，就小心地問了一下 Brownie 的意見。

我：「Brownie，你覺得這件裙子適合我嗎？」

Brownie 觀察了一下，然後他發現了收銀臺那裡有一條黑色的項鍊，他走過去，把它摘了下來遞給我：「你穿這個很特別，如果配上這條項鍊的話，可能更加適合你吧。」

我笑了笑：「好的，我再進去試試。」

等我再次出來的時候，發現 Brownie 人已經不見了。看著鏡子裡的自己，我越來越愛自己新的風格了，至少這條裙子，跟我以往的不同，我想買下來，作爲我來日本的一種紀念和重生。等我走去櫃檯準備付錢的時候，銷售員姐姐解釋說 Brownie 已經替我付過錢了，我有些小意外。但是還是很感謝他有爲我做這些。

我：「Brownie，我現在把錢還給你吧，我有些不好意思哎。」

Brownie：「不用，待會兒吃飯你請就行了，如果覺得不好意思的話。」

我：「嗯嗯，好的好的，但還是要謝謝你。」

Zain 看見 Brownie 和我從裡面出來：「待會兒去哪裡吃？你兩眞的是慢死了！」

我：「Zain，你不是說要請我們喝咖啡的嗎？」

Zain 看見我買了這身裙子，就調戲了我一下：「小妞，穿那麼風騷幹嘛？是要去接客嗎？」

我：「滾！」

我趕緊踢了 Zain 一腳，Zain 反應超快地，一下子就躲開了，他眞的是有夠氣人的，超賤的。

Zain：「Alice，你要小心走光啊！」

我：「你有病吧。」我沒好氣地說。

Zain：「穿得像日本紅燈區接客的媽媽桑。」

我：「Zain，你別給我躲，你再說一遍！」

Zain：「我說你穿得像紅燈區的媽媽桑。」

我：「Zain，你有本事不要給我閃躲。」

Zain 一看見我就逃，他說得那麼大聲，整條街的人都可以聽見他是怎麼侮辱我的，我非要千刀萬剮這個傢伙，我得想個法子整治一下他，讓他以後對我尊重點兒。我跑過去追 Zain 有了一段距離，看他逃得很快，便趕緊調轉反向回來找 Brownie。

我拉著 Brownie 直接走，看 Zain 怎麼辦。

我：「Brownie，不要搭理 Zain 了，讓他在這裡迷路吧。」

Brownie 跟我一起走到了這條街的後街，我現在可以想像 Zain 找不到我和 Brownie 那種又氣又惱的表情。Brownie 提醒我，Zain 和我一樣還沒有買日本的電話卡，這樣把他扔在前面那條街，有點兒過分了。我想想也是哦，於是，帶著 Brownie 又回去找 Zain。

Zain：「你們兩個丟下我，就這樣走了。是不是有些太過分了？」

我：「嘿嘿，我忘記了你還沒有買日本的電話卡，我是眞的忘記這個事情了。」

Zain：「你現在才記起來？」

Zain 有些生氣了，自顧自地往前走。

我：「你不吃晚飯了嗎？你不是剛剛說要吃燒烤的嗎？」

Zain：「不吃了，沒心情。你們兩個去吃吧。」

我趕緊跑過去找他：「對不起啦，你別那麼容易生氣行不行？」

Zain 不想理我，走到前面的一家咖啡館進去。出來的時候買了三杯咖啡，一杯給了我，一杯給了 Brownie。

Brownie：「你們晚上想吃什麼，你們決定吧。」

Zain：「日式拉麵館。」

我：「不要，我想吃茶餐廳。」

Zain：「來日本吃中國菜，你還不如不要出來吃呢。」

我：「要你管啊，我就想去吃港式茶餐廳。」

Zain：「Brownie 你想吃什麼呀？」

Brownie：「先吃日式拉麵館，要不改天去吃茶餐廳吧。」

我：「好吧。」

去到日式拉麵館，Brownie 推薦了豚骨拉麵、醬油拉麵、還有味噌拉麵等等……我和 Brownie 選擇了豚骨拉麵，Zain 選擇了醬油拉麵。據說這家日式拉麵館是這條市區街道上比較有名的一家，排隊也排了很久了。

拉麵師傅把熱氣騰騰的拉麵放在 Brownie 和 Zain 的面前。

很有禮貌地問候了一句：「どうぞ。」

Brownie：「ありがとう。」

Zain 拿起筷子，嘗了一口。雖然有些燙舌，但是這口感，鮮美至極。

Zain 這個傢伙不顧形象地狼吞虎嚥地吃了起來。

拉麵師傅把豚骨拉麵遞給了我，我先小心翼翼地挑起一口麵條，直接順入口中。

我：「太棒了，美味呀。以前就喜歡看日本動漫裡的《食戟之靈》，動畫裡的美食今天就嘗到了鮮。」我超興奮的。

Zain 飄來一個嫌棄的眼神：「你能不能別吃個拉麵，像鄉下人一樣從來沒有吃過的樣子？」

我：「你才是呢，吃麵狼吞虎嚥的，可噁心了。」

我吐了吐舌頭，扮了個鬼臉。

Brownie：「好了啦，你們兩個人就不要一直一直吵架了。」

Zain：「走，我們吃完去網吧。正好我也想玩一下你推薦的那款 Call of duty。」

Brownie：「Alice，要不先送你回去呀？我們兩個人估計要玩到很晚呢。」

我：「我想待會兒去市區轉轉，一個人熟悉熟悉周圍的環境。順便買一下化妝品。等我買好化妝品了以後再來找你送我回去。」

Brownie：「那我帶你們兩個去買一張手機卡，到時候你想回去了可以聯繫我們。」

Zain：「走走走，你不說我都快要忘記買當地的手機卡了，今天被這歐巴桑整死了。」

Zain 這個人就是故意那麼針對我，我眞的是……算了，看在他比我小三歲的分上，我忍了。

Brownie：「那麼我們待會兒吃完麵，就去買手機卡吧。」

Brownie 和 Zain 把麵吃完後，我把賬給結了，Zain 看見我去付錢，說要幫我付。

我：「算了，因爲 Brownie 出錢幫我買了這條裙子，你也給我們兩個人買了咖啡，而且剛剛沒有考慮到你沒有電話卡，就把你拋下了，這頓飯還是我請吧。下次你再請我嘍。」

我很快地就跑過去把單子結掉了，不想再欠什麼人情了。

我們三個吃完麵後，Brownie 帶 Zain 和我去了一家便利店。

Brownie 直接來到櫃檯，對著便利店主人說：「テレホンカードを 1 枚買います。（買電話卡）」

便利店的主人是一個中年男子，詢問了是想買哪一款通訊公司的電話卡。

Brownie：「Docomo，兩張 Docomo。」

店家從抽屜裡翻出來兩張電話卡，Brownie 不由分說地幫我換好手機卡，又給了我他的電話號碼，說如果想要回去的話直接電話給他就好了。Zain 也跟我互換了手機號碼。

Zain：「Alice，提醒你一下哦，我們待會兒可能會玩到很晚哦，如果你想回去的話就早點兒說。明天就開學了，怕影響你休息了。」

我：「嗯嗯，知道了。」

Brownie 和 Zain 兩個人進了附近的網吧，我一個人在街上獨自轉了轉，看到了前面有一個大的商場，我走了進去，準備想買一些化妝品。

走到化妝品櫃，我用日語表達如果購買化妝品，是否可以先試妝？

美女櫃姐表示沒有問題，然後詢問我想要什麼風格的定妝，我說想要變得冷豔一點兒的。

櫃姐打開抽屜，拿出了幾款冷色調的眼影，還有眼線筆、假睫毛、粉底液、暗紅色的口紅。

美女姐姐用粉底液給我打了個底，然後再用眼線筆勾勒出嫵媚的眼線，又給我抹上暗紅色的口紅，我看著鏡子中的自己，美麗又冷豔，完完全全變了一個人。我很滿意現在這個形象，搭配上這件裙子，有點兒像動漫裡的黑暗蘿莉。

美女姐姐又教了我一些簡單地化妝技巧，最後我都買了下來，她給我打了個 8 折。

我打開手機，給 Brownie 打了個電話：「你還在網吧嗎？我現在好了。能不能送我回去呀？」

Brownie：「你在哪裡呀？」

我：「我在網吧旁邊的百貨公司，你進來就可以看到我了。」

天空開始飄起了小雨，我看見一個身影，是 Brownie，他穿著米色的大衣。髮絲上還帶著雨滴。

Brownie 看見我的樣子，也是突然一怔。

Brownie：「你化妝了？」

我：「嗯，對呀。你覺得這樣搭配好看嗎？」

Brownie：「挺好看的，很適合你的。」

Brownie：「我沒有帶雨傘，車停的有點兒距離，你在這裡等我一下，我把車停過來。」

我：「嗯，好啊。」

Brownie 匆匆跑進雨裡，過了一會兒，他開著那輛白色的 toyoto 停在了門口的停車位上。

我抬頭看見 Brownie 的時候，他把自己的外套脫下，很紳士地給了我，讓我披著進車門裡。

空氣裡流淌著曖昧的氣氛，Brownie 還是選擇了他最喜歡的 Dead by April 的歌曲。在車裡的我們彼此之間都沒有說話。Brownie 通過前方鏡觀察我，我托著下巴正在發呆，不得不說，他放的這首歌讓我想起了葉晨。可能我還是無法忘懷過去所發生的種種，有一種受傷的心情。

車停下的時候，音樂還沒有停。

我：「到了嗎？」

Brownie 把音樂關掉，突然回頭，用很堅定並且深情的語氣問我：「做我女朋友，好不好？」

我：「哈？你怎麼了？爲什麼對我說這樣的玩笑？」

Brownie：「我沒有玩笑，我喜歡上你了。做我女朋友吧！」

我：「你讓我考慮一下吧。我現在不知道要怎麼回答你。」

Brownie：「好，明天給我答案吧。」

我：「明天不行，我需要長時間去觀察。」

Brownie：「那麼後天吧。」

我：「後天也不行。」

Brownie：「那麼什麼時候可以呀？」

我：「不知道，你讓我冷靜一下吧。」

我迅速地打開車門，把外套還給 Brownie，然後回到房間，關上房門。

很明顯地聽到自己的心臟脈搏在狂跳著，閉上眼睛，回想著剛剛的那一幕。不知道自己究竟有沒有喜歡上他，不確定所以給不了一個準確地答案。如果他只是當下的荷爾蒙在起作用，不是眞心的該怎麼辦？要如何去試探考驗他是否是眞心的呢？先拒絕他，看看他會怎麼做？如果他還是一如往常地對我好，我就相信那是眞愛吧。

他總是幫我

我躺在軟綿綿的床上，翻開即將要學習的多媒體教科書。完完全全地看不懂，這些都是什麼？第一節課教美化圖片，摳圖軟體。還有一大堆的練習作業需要在電腦上完成。雖然之前在高中也是學美術的，可是作爲美術特長生，對電腦上的實際操作完全沒有概念。

我看著這堆密密麻麻的天書，眼皮都開始打架了。算了，睡吧。反正明天醒來又是新的一天，多去煩惱也沒有用。說不定時間一長，不會也會了。

陽光透過窗戶洋洋灑灑地落在我的頭髮上，我還蒙著被子睡覺，全然不知幾點了。鬧鐘又突然響了起來，糟糕，8:30 了。我還沒有吃早飯。9 點就要開始上課了。今天開學第一天不能夠遲到啊。我在冰箱裡看了看，哦，什麼都沒有。這怎麼辦？昨天住進來的第一天，都沒有檢查冰箱裡有些什麼。好巧不巧地是門鈴剛剛響起，我打開門，看見 Brownie 拿了兩盒壽司在外面。

我：「早啊！」

Brownie：「猜到你早上肚子會餓，冰箱裡沒有食物吧。」

我略微顯得有些尷尬：「呵呵，是呀。忘記買吃的了。」

Brownie：「沒事，今天放學後我們一起去日本超市買吧。」

我：「嗯，好啊。那個，今天第一天上課，我還是搞不大清楚教室在哪裡哎。」

Brownie：「你讓我看看你手機上的資訊表。」

我把仲介發過來的資訊表給 Brownie 看了一下，然後他告訴我，他和我選修的是同一個專業，又是同一個教室的。我心裡覺得好有緣分啊，難不成這都是老天爺的安排。

走進新的教室後，發現 Zain 不在這裡，還好 Zain 不在這裡，他眞的很黏 Brownie，只要 Zain 在，他就會一直和 Brownie 聊天，他們兩個人就會忽視我的各種存在。我不喜歡這種被忽視的感覺，好像他們兩個人聊的話題我都很難插上。這裡除了 Brownie 他是中日混血兒以外，其他的都是日本友人。我第一節課就聽得迷迷糊糊的，因爲日本老師上課講了很多專業術語，我一碰到日式專業術語單詞，就覺得很煩躁，總是走神，沒有信心往下聽。

第一天的放學後，Zain 很早就在校門口等我和 Brownie 了。

Brownie：「待會兒我們去當地的超市買些食物吧，那個學生公寓裡面的冰箱是不儲存食物的。」

Zain：「買菜幹嘛？我一個大男人的平常也不做飯。」

我：「我也是啊，出國第一天。之前都疏忽了，沒有怎麼學做飯。」

Brownie：「在日本如果天天出去吃這樣消費的話，會很貴的。在房間裡備一點兒食物的話，晚上肚子餓了還可以吃。我可以教你們做飯。」

Zain：「好哎，大哥。以後我就專門來你房間蹭飯嘍……」

我：「我也是，我也要。順便學一兩道日式料理。」

Brownie：「可以啊，日式料理要做精細的話還是要多下功夫的，中式的和日式的我都會做。前面有一個超市，我們先進去買點兒東西吧。」

我：「嗯嗯，好哎。」

日本超市裡

Brownie 推薦了一些麵包、罐頭食品、水果、牛奶。他說對於那些不會做飯的留學生來說，天天出去吃或者叫外賣實在是太浪費錢了，如果能夠存下來買買自己喜歡的唱片或者是電子用品還值得一些，浪費在吃上面，沒有那個必要。麵包的話做早飯可是首選，反正公寓裡有烤麵包機，烤兩片麵包應該是再簡單不過的事情，買一些罐頭食品，是因爲儲存的時間比較長，不容易壞。價格又很便宜，罐頭食品有煙熏三文魚、檸檬三文魚、沙拉土豆、醬油雞絲等等……塗抹在麵包上，比起單吃麵包口感好多了。另外，對於我和 Zain 來說，買一些日本泡麵備在房間裡可能會比較方便。肚子餓想吃的時候。不用費心去做食物。熱水一開，就可以吃了。

Zain：「老哥，你比我媽想的都還周到啊。」

Zain 有的時候看上去像個長不大的小孩子，畢竟他和我們相差三歲，這次過來也是學習語言的。Brownie 平時也挺照顧他的。

Brownie：「我跟你說這些，是想讓你自己學著做。」

Brownie 帶我們去了水果區域，我和 Zain 一起買了一些蘋果、橘子，還有葡萄。Brownie 推薦了一款叫 blue 的牌子牛奶，他說這款牛奶的純度比較高，喝起來更原味，貼近大自然一點兒。我拿起這款牛奶看了一眼兒，不就是一盒普通的牛奶嗎？眞有那麼神奇嗎？

我：「看上去很普通啊！」

Brownie：「好不好喝，試過才知道。」

好吧，既然他這麼說，我就買一瓶回去試試看。Brownie 又挑選了一些土豆、胡蘿蔔、咖哩醬、冷凍的豬排。他說明天要給我和 Zain 做日式豬排咖哩飯。

之後他又買了一些紫菜，還有壽司捲。他表示有的時候嫌每頓做飯太過麻煩，所以喜歡提前做好大量壽司。這樣想吃的時候，就可以直接放便當盒裡。另外選一個好的便當盒也挺重要的，有些便當盒隔層多，可以多放一些其他的小菜。又起到保溫作用。

回到學生公寓後，Brownie 親自下廚，Zain 在旁邊當助理。Brownie 把土豆、胡蘿蔔都各自切成方塊大小，他嫺熟地從鍋底起油。然後把土豆和胡蘿蔔全部倒進鍋裡翻炒。香味開始漫延飄逸開來，從袋子裡拿出剛買的日本咖哩醬，全部擠進鍋裡。又取一碗水，使咖哩醬稀釋。蓋上鍋蓋，燜至半個小時。

然後他拿起砧板上的刀，從冰箱裡拿出新鮮冷凍著的三文魚，嫺熟的一刀刀切成魚片。Zain 已經開始叫肚子餓了，其實我也是，哈哈。不得不誇 Brownie 做起飯來眞的還是很專業的。他跟我們分享說曾經在茶餐廳打過工，那個時候他在做服務生，有時進廚房拿菜的時候，主廚會讓他幫忙切些東西，他就順便偷偷觀察，學習怎麼調配醬料還有炒菜。

Zain：「大哥，你做那麼多工作幹嘛？」

Brownie：「賺錢呀，家裡條件不好。」

Zain：「不會吧，這個大學的學費還是挺貴的。能夠在這個大學上學的學生基本上條件不會差到哪裡去的。」

Brownie：「呵呵，這個大學的學費我是借學貸的，還有一部分是我自己打工存的。」

我：「你父母不管你嗎？」

Brownie：「沒有怎麼管過我。」

我：「我也是，爸媽在我很小的時候就分開了，可是我爸爸媽媽還是管我的。至少基本生活還有上學讀書留學的費用，父母都是管我幫助我的。」

Brownie 沒有說話，他快速地把生魚片包進紫菜裡，一盤壽司就這樣做好了。

我和 Zain 夾了一塊嘗了一下，眞的很日式風格。

Brownie 從鍋裡面把那一鍋的日式咖哩盛出來裝進碗裡面，配了一些白米飯。

我和 Zain 兩個人看見美食就毫無抵抗力。Zain 和 Brownie 連吃了兩碗。

晚飯結束後，就我一個人在那裡想今天的作業該怎麼完成，老師講了哪些知識點，因爲自己不是百分百理解透徹，日式專業術語很容易讓腦海中的知識和資訊點就此模糊了。再加上班級裡都是日本友人，所以我就問 Brownie。

我：「Brownie，今天老師布置的作業怎麼做啊？我看課業本不是很理解哎。」

Brownie：「藝術這種東西跟數學是不一樣的，沒有一個標準答案，更加沒有一個解題思路。把你心中所想所構思的靈感畫在電腦裡就好了，老師講來講去其實也就是教一些如何用電腦作圖工具畫出靈感來，靈感來了，作業就解決了。沒有什麼困難的，你把日語學紮實，聽得懂老師說些什麼就好了，電腦作圖工具的操作老師一般都會在課堂上用大螢幕講解的，今天老師布置的作業也就是在用作圖工具設計海報。」

我：「可是我不大會用這種作圖工具哎。」

Brownie：「你先上網去下載一些人物的素材，就是你喜歡的電影或者動漫明星。」

我：「好。」

我按照 Brownie 的指示做了，然後他跟我講了一下怎麼用電腦繪畫軟體，之後他說每一個人的作品風格都不會是一樣的，希望我自己去尋找靈感。

我：「你作業完成了嗎？」

Brownie：「還沒有開始做，現在想放鬆一下。不著急，慢慢來。」

Zain 拉著 Brownie 兩個人開始玩撲克牌，我寫完作業後，眼皮也開始犯睏，就跟他們兩個人打了聲招呼，準備回房間睡覺了。

我回到房間，打開手機，發現韓梅給我發了好多消息。

韓梅：「星潼，你之前在博客上面發表的日誌天池學校裡的全校師生都知道了，包括我們已經畢業了的高三 A 班。你是不是想存心報復葉晨什麼？這下你滿意了吧？史小胖還主動聯繫葉晨，把人家罵了一頓。」

韓梅：「聽說人家葉晨得了抑鬱症，我沒有想到你平日裡挺溫柔友善的一個人，報復心還那麼重。你是不是存心想害死他啊？」

我真的很難受，我只是想隨便寫點兒東西，抒發一下自己的心情。我沒有想到事情會那麼嚴重，而且這個博客上面我根本沒有添加過任何班級內的同學，到底這件事情是怎麼發酵的呀？我胸口一悶，趕緊想聯繫韓梅，解釋清楚，看看事情還有沒有餘地去挽回什麼，結果發現韓梅已經把我拉黑了。我此時此刻眞的很難受，失去了最好的姐妹還有曾經喜歡過的人。我知道就算我現在和葉晨聯繫並且道歉，他也不會原諒我了，像他那麼心高氣傲的人，我怕我眞的害慘了他，內心中有著深深地愧疚與自責無法舒展。一整個晚上思來想去沒有睡好，還好自己已經不在那個班級了，如果眞的在那個班級，要怎麼面對同學還有葉晨呀？

又是一個快要遲到的早上，急急匆匆趕到教室，午休的時候，我去咖啡廳買了一杯熱巧克力還有甜甜圈，獨自坐在圖書館的角落裡準備吃。旁邊還圍繞著我們同一個班上的很多日本同學。因爲韓梅主動把我拉黑後，我整個人的心情都是不好的。

大學和高中的課不一樣很多，老師的講課方式都比較隨性一點兒，這就好像老師在課堂上講，不會去監管和照顧到每一個學生的理解能力，我把我昨天熬夜做的作業交了上去，所以等我收到老師給我昨天作業的評價是 B，我覺得這很不公平，想問老師爲什麼給我的等級是 B，如果有兩次 B 的話，這一門功課就掛了，而且要花錢重新學習。

下課的時候，我拿著我的評價單去詢問我的專業課老師，我的日語也不是很標準，只能拉上 Brownie 陪我一起問。

我：「你好，山本教授，我不明白爲什麼我這次的作品評價會那麼低，你能夠給我一些指導和建議嗎？」

山本教授：「我覺得這份海報給我的感覺無法顯明地突出它的主題思想和個人色彩。」

我：「那我應該要如何修改才比較好呢？」

山本教授：「我無法給你一個明確的答案，不過我想瞭解一下你希望這份海報表達一個什麼的內容或者是中心思想呢？」

我：「就是想通過這份海報表達兩個人相愛，無法在一起。」

山本教授：「那你這邊就不應該選擇用暖色調，讓人覺得好像這是一件開心的事情。至少在我看來，它不足以凸顯主題，還是色彩沒有運用好。」

我：「好吧，多謝山本教授。」

山本教授：「沒有關係，多上網去看看相關的色彩知識以及電影內容，再去找找靈感。」

我：「謝謝你，山本教授。」

山本教授走後，Brownie 看到我的評價單，我拉著他過來看我昨天做的作品，他沒心沒肺地笑了起來。

我：「幹嘛啦？你在笑什麼？」

Brownie：「好醜啊！」

我用我的拳頭揍了他一下。

我：「不准嘲笑我，不然讓我看看你的。」

他打開電腦，給我看了一張《星際大戰》的海報。

我：「這是你昨天做的？我明明看見你昨天在玩啊？你究竟花了多少時間做完的？」

Brownie：「一個小時吧。」

我：「Genius！」

這張星際畫報，可以用完美無缺來形容了，色彩鮮豔，比例協調。而且給人一種仰望星空的感覺，又把戰爭在星空中描繪得淋漓盡致，我好膜拜他啊，此時此刻。

我：「我把我的作品跟你對調好了，以後你都幫我寫作業好了。好不？」

我開始在他面前撒嬌。

Brownie：「不行，自己做！」

我：「不要嘛，要不以後我做完作品，你都幫我看一下好嗎？指導我一下，好嗎？」

Brownie：「不要！」

我開始拉著他的衣袖，裝可憐：「我一個外國人來日本，父母花了好多錢出國的，如果這樣畢不了業回家，那實在是太丟人了！」

Brownie 繼續不理我，我開始裝小孩子。

我：「求求你了，指導指導我也行啊！」

Brownie：「指導是要收費的哦！」

我：「多少錢？」

Brownie：「一次指導 500 日圓，應該已經很便宜了吧。」

我：「好的好的。」

Brownie：「不想交學費的話，做我女朋友就不用給了。」

我臉有點兒紅，他盯著我的臉看了看，Brownie：「沒有想好就算了，等你想好了再來找我把！」

午休時間，Brownie 戴著墨鏡來到我旁邊，Zain 給我遞了一杯可樂，問我喝不喝？我說好啊。接過可樂的時候順手一滑，可樂掉在了地上。我趕緊撿起來，順勢打開。結果我傻逼了，可樂濺了我全身，衣服上頭髮上。我整個人呆滯了，周圍的日本友人聽到動靜，一堆的目光匯過來。我蜷縮在椅子上，好尷尬。假裝鎮定，還從包包裡拿出餐巾紙擦。可能因為昨天晚上我沒有睡好，今天一整天都很倒楣。精神也不大好，所以反應顯得特別地慢。

Brownie：「你是不是白癡呀？還不趕緊去房間換衣服。用餐巾紙擦要擦到什麼時候呀。」

我：「嗯，那個……」

Brownie：「快點兒去吧，我幫你善後。」

我回到房間，脫下被可樂汽水濺濕的衣服，換了一身乾淨的長袖和牛仔褲。我有些感激 Brownie 為我這麼做，至少在這麼多異樣的目光投過來的時候，Brownie 挺身而出，總是特別溫暖地照顧我的情緒和形象。

放學後，Brownie 說要回家一趟。

Zain：「要不我們一起去吧，我不想跟那個白癡女一起吃晚飯。」

Brownie：「今天不行，我想單獨一個人走。」

我：「爲什麼呀？」

Brownie：「沒什麼，我很快就回來。學校附近也有吃的。你們可以附近轉轉。」

Brownie 走後，就我和 Zain 兩個人去了旁邊的一家 pizza 店，隨便買了一些 pizza 就回公寓了。回到房間後的 Zain 和我吃著 pizza，Zain 和 Brownie 一樣喜歡重金屬的音樂，他開始肆無忌憚地用著 Brownie 的喇叭放著音樂。

Zain：「嗨，Alice，別忘記給 Brownie 留兩塊 pizza，知道沒？」

我：「哦哦，知道了。」

Zain 又很細心地從桌上拿了兩張餐巾紙給我，他就是一個直男，刀子嘴豆腐心。

我：「Zain，你爲什麼打算出來留學呀？」

Zain：「在國內成績不好，家裡人希望我出國留學回來後不要一事無成。你也是嗎？」

我：「不完全是，但也是希望出國留學以後，爲自己的求職路加分。」

Zain：「你打算找什麼樣的工作？」

我：「在廣告公司做剪輯師吧，你呢？」

Zain：「金融分析師，剪輯師的薪資根本就不高，還不如在國內讀讀就算了，幹嘛非要出來呀？」

我：「不想在國內待著，就是不想。」

Zain：「爲什麼呀？」

我：「想出國歷練一下自己啊，獨立堅強點兒，總是依賴父母的會長不大的。」

Zain：「哈哈，我也是這樣想的，說眞的，在日本留學完以後我還想去其他國家看看呢！」

我：「你想去哪裡呀？」

Zain：「歐洲。反正不想那麼快找工作呢。」

我：「那你家庭條件應該很棒吧。」

Zain：「嗯，對呀。」

Zain 從冰箱裡倒了一杯果汁給我。

我：「你想去歐洲幹嘛呀？」

Zain：「邊打工邊玩啊，還可以泡妞。」

我：「哈哈，我現在有些睏了呢。」

Zain：「很晚了，去睡覺吧。Brownie 不知道什麼時候回來呢。」

我：「好吧，你也是。早點兒休息吧。」

我覺得 Zain 這個男孩子很可愛啊，但是對待他我是又氣又愛的那種，因爲他有的時候就是喜歡故意招惹我，說一些欠扁的話，可是他體貼細心的時候還是很棒的。

我回到我的房間，洗了個澡，換了一件吊帶連衣裙出來，準備睡覺的。可是感覺房間裡面有股怪味道，睡不著。

才發現忘記扔垃圾了，難怪有那麼多小飛蟲在這邊飛來飛去的。打開門的那一刻，看見了 Brownie，我看見他的時候，他也看著我。

我只穿了一件睡衣，而且還是有些透明的連衣裙，我看見他看著我的眼神火辣辣的，我下意識地反應過來，用手遮住我的胸部，害怕地退了幾步，他卻一步一步地故意逼近我。我被他壁咚了，我們之間的距離現在是10釐米左右。他的五官十分精緻，英氣的劍眉，月牙眼，眼尾上挑，英挺的鼻子，還有薄薄的嘴唇，十分好看，很像中日混血兒。不得不說，這是我遇見他的第二次心跳加快。

我：「幹嘛？」我有些沒好氣地說

Brownie：「沒什麼，你是在勾引我嗎？」

我：「滾，離我遠一點兒。」

我匆忙地把垃圾袋放下，剛想逃離這種曖昧的氛圍，但是不小心踩到了他的腳，頭髮還甩了他一臉。他有些疼痛的大叫了一聲。

Brownie：「哦，你不喜歡我，也不用這樣對待我吧？很痛哎。」

我轉過頭看見他，他的右臉頰被我的頭髮甩紅了，而且我還踩到了他的腳。我真的是……

我趕緊轉過身來和他道歉：「對不起，對不起，我不是故意的。」

Brownie：「啊——啊，我就沒有想對你怎麼樣啊，你幹嘛要這樣對我？」

我：「對不起，對不起。我眞的不是故意的，要不你來我房間吧，我給你點兒冰水。」

Brownie：「不用了，一點兒小傷。我還是回我自己房間吧，你早些休息吧。」

我有些尷尬，把門關了以後，心跳還在持續得加快，臉也有些發燙，躺在床上，自己也覺得怪怪的，我該不會和韓梅一樣犯花癡了吧？不行不行，冷靜點兒。

早上醒來看見 Brownie 還是跟平常一樣。

我跟他打了個招呼，他也回應了我。Zain 提議今天週末一起去大阪的海洋館玩。Brownie 和我都同意了。

我回房間收拾打扮了一下自己，準備出發的那一刻，看見 Brownie 正在和誰打電話。

Brownie：「他今天沒有人帶嗎？」

Brownie：「好吧，我馬上過去接他。」

Brownie 掛掉電話後，看了我和 Zain 一眼，說他待會兒要去接他弟弟。

水族館

我：「你什麼時候冒出來一個弟弟？」

Brownie：「是我媽媽的孩子，我媽媽和另一個男人的孩子。」

我：「那麼今天去不成海洋館了？」

Brownie：「去的成，帶他一起去。我們現在出發一起去接他。」

Zain：「好啊，我是沒有問題。」

我：「我也沒有什麼問題。」

Brownie 開車帶我和 Zain 去了他的家，話說他的家真的很小，通道窄的都進不去，還是租的房子。Brownie 睡單人間，他的爸爸在餐館工作，衛浴和廚房還是和其他鄰居公用的。

我：「你弟弟呢？」

有個小小的身軀從那間單人房裡走出來，他看見了我們，有些靦腆害羞地縮在 Brownie 身後。

我彎下身子，和他打了個招呼：「小朋友，你好可愛呀，你叫什麼名字呀？」

小朋友：「姐姐，你好。我叫近藤安。」

我：「近藤安這個名字好可愛呀。」

我摸了摸小朋友的臉蛋，他忽閃著大眼睛，一副楚楚可憐的樣子。

我：「小朋友，你今年幾歲呀？」

近藤安：「我今天六歲了，快要上小學了。」

我：「好棒棒啊，你喜歡上學嗎？」

近藤安：「喜歡啊。我喜歡跟小朋友一起玩。」

近藤安：「我們待會兒是去海洋館嗎？」

我：「對的呀。」

Brownie：「近藤安，快點去收拾你的書包，不然就不要去什麼海洋館了。」

近藤安看見 Brownie 說話，只能乖乖地跑去收拾他的小書包，收拾完書包以後又跑到我面前。

近藤安：「姐姐，待會兒去海洋館，你能夠給我買玩具嗎？」

Brownie：「安安，不可以哦。姐姐沒有錢哦，你家裡玩具已經很多了。」

近藤安一臉委屈，眼睛裡面明顯有淚花閃出。他委屈的模樣著實讓人心疼。

我：「沒有關係哦，姐姐待會兒去海洋館給你買哦。」

Zain：「我也會給你買哦。」

Brownie：「不用了啦，安安見到生人都會討要禮物。」

我：「買就買唄，Brownie 你爲什麼要那麼計較呢？」

近藤安：「謝謝姐姐和哥哥。」近藤安笑起來的時候，嘴角邊有一個酒窩，特別地陽光和燦爛。」

Brownie 駕車去往海洋館的路上，安安特別親昵地靠在我身上，要我給他講《海底總動員》的故事。

我抱著他，給他講了兩篇《海底總動員》的故事，然後他就對我撒嬌啦，眞的是超萌的。

近藤安：「姐姐，待會兒去海洋館能不能給我買個霜淇淋？」

Brownie：「安安，你不可以吃這些，待會兒吃了肚子會不舒服的。」

近藤安一看到 Brownie 說話，就把頭貼在我懷裡，然後有些悶悶不樂的樣子。

我：「沒事，到時候看見有好吃的，你和姐姐說，姐姐會給你買的。」

Brownie：「那到時候吃了肚子不舒服了，別來找我哦。已經提醒過你了。」

近藤安親了我左邊的臉頰：「我最喜歡姐姐了，姐姐人美心也美。」

他又快樂的像個小精靈一般，去到海洋館以後，他一直拉著我的手，我們隔著玻璃，看見水母、企鵝、海獺，還有海豚表演。

近藤安：「姐姐，企鵝寶寶爲什麼喜歡住在很冷的南極呀？」

Brownie：「因爲企鵝具有較好的禦寒能力，羽毛大多也有保溫效果，能夠降低在冰冷海水中的熱量喪失速率。」

近藤安：「哥哥，我沒有問你，我在問姐姐。」

我：「嗯嗯，對呀。你看這邊的提示牌上不是有寫企鵝寶寶的羽毛比較厚，可以達到保溫的效果嗎？」

Zain 和 Brownie 在前面又聊得很歡，近藤安就像個好奇寶寶一樣，有好多問題會問我。

近藤安：「姐姐，我好喜歡海獺呀。」

我：「對呀，海獺其實很聰明的，海獺是除了靈長類動物以外的其他哺乳類動物中會使用工具的動物。」

近藤安：「那麼海獺跟猴子相比，哪一個更聰明一點兒？」

我：「各有各的長處吧，猴子的智商更接近於人類。」

近藤安：「我以前喜歡猴子，因爲我是屬猴的。可是我現在喜歡海獺。」

近藤安：「姐姐，我現在想要去上廁所。」

我：「嗯嗯好啊，我帶你去。」

我帶近藤安去廁所，然後我在門外等他。他上完廁所後，我們又一起看了海豚表演，Zain 給近藤安買了一個霜淇淋吃。近藤安一邊吃著霜淇淋一邊幸福地微笑著。

訓練師給海獅打著節奏，根據指令讓海獅拍手，海獅如果表現優異，就會被獎勵獲得魚。之後訓練師想要選擇一個幸運觀眾去臺上餵食海獅明星。我們的小近藤安舉手，然後幸運地被選上去和海獅有了近距離的親密接觸。訓練師讓近藤安模仿她做了一些動作，海獅很乖地靠近了近藤安，趴在了近藤安的腳邊。近藤安從桶裡拿出了幾條魚，然後在指令下扔給了海獅。完成了一環的餵食後，我們作爲觀眾給近藤安鼓掌，在他餵食期間，我用手機給他拍了照片，近藤安從臺上下來，神采飛揚地坐在我的旁邊。我把剛剛拍好的照片給他看，他無比興奮地抓著我的手，說想要這些照片。然後我把這些照片傳給了 Brownie，讓他有空的話就去列印出來。

從海洋館出來以後，有賣玩具的商店。我和 Zain 各買了一個玩具給近藤安。我買了企鵝寶寶，Zain 買了海獅寶寶。近藤安歡快地抱著這兩個玩具，Brownie 提出要幫近藤安保管玩具，近藤安一副不情願的樣子。

近藤安：「我不要嘛，我就是不要嘛！」

Brownie：「你現在給我，等回家了再給你，免得你待會兒吃晚飯把它們弄髒了。」

近藤安：「我不要，給你了你會搶走的。」

我：「安安，聽話。快把玩具給你哥哥，他不會搶走的，等吃完飯哥哥就還給你，好嗎？」

近藤安：「好吧。」

從水族館出來以後，我們三個人一起吃了麥當勞，因爲近藤安說想吃麥當勞。Brownie 給他點了他喜歡的芝士漢堡包。我和 Zain 兩個人啃著鱈魚堡。可以這麼說，和

Brownie、Zain 還有近藤安在一起的時光是快樂且輕鬆的，至少在日本留學的時候，我覺得很放鬆。Zain 和 Brownie 時常會講一些笑話，讓我的神經沒有那麼緊繃。

一天結束後，準備送近藤安回去，近藤安突然緊抓著我的手，不想放開。

我：「怎麼了，安安？」

近藤安：「我媽媽說明天爸爸帶我，可我不喜歡爸爸，他老是喝醉。哥哥又去上班，我喜歡跟哥哥還有姐姐在一起。」

Brownie：「近藤安，你不要太過分了，好吧？」

近藤安：「我不想要回那個小房間裡睡，哥哥你住的房間明明比我得大。這不公平！」

我：「Brownie，明天沒有人帶安安啊？」

Brownie：「對呀，因爲這個週末，我媽媽有兼職，然後明天我可能要去餐廳工作。」

我：「那你要不讓安安留在學生公寓吧，這樣我和 Zain 也能夠照顧上他。」

Zain：「對呀，我也挺喜歡安安的。」

Brownie 蹲下來，認眞嚴肅地看著安安：「那你明天待在我的公寓裡，不准胡鬧。聽到沒有？」

近藤安：「嗯嗯，好的。安安會很聽話的。」

Brownie：「謝謝你們了，明天其實我要去餐廳上一整天的班，我待會兒跟我家人說一聲。」

我：「那你去吧，我們照顧安安，也是可以的。你不用擔心。」

Brownie：「他平日裡有些挑食，可能需要你們費心了。我待會兒去買一些水果和牛奶給他。他明天的食物我會給他準備好的。」

近藤安：「不要嘛，我想要出去吃。」

Brownie：「安安，你媽媽有說過外面的食物不大健康和不衛生，怕你吃了腸胃不好。」

近藤安開始哭了：「哥哥老是欺負我，我想要什麼，你和媽媽都不讓。」

晚上的時候，近藤安吵著要和我睡，我抱著小近藤安，近藤安抱著我的小熊抱枕。小近藤安的身上散發著奶香而且他眼睛閉起來的時候，眼睫毛很長。

Brownie 敲了敲我的門，我打開門。看見他拿了一些食物給我。

Brownie：「明天安安醒過來的時候，我準備了一些麥片粥，這個是他早上喝的。然後中午的話我準備了雞肉沙拉、炒麵還有一些水果。他一般吃不多，可能這樣可以吃兩頓。」

我：「嗯嗯，你真的是很細心哎。」

Brownie：「安安，腸胃不大好，如果他身體有什麼不舒服的話，就趕緊給我打電話哦。」

我：「好的，你不用太擔心了，好好去上班吧，我和

Zain 兩個人可以照顧好安安的。」

Brownie 從口袋裡掏出來一個小熊的鑰匙圈，然後遞給我。

Brownie：「這個送給你。」

我從他手中接過這個鑰匙圈，毛茸茸的泰迪熊，款式十分精緻。

我：「哇，好可愛啊，幹嘛送我那麼可愛的小掛件？」

Brownie：「在街上走，看見它可愛就給你買了。」

我：「謝謝你哦，你真的好貼心啊！」

我把小掛件放在了我的寫字桌上，跟他道了一聲晚安，就睡覺了。

近藤安醒過來的時候，我把 Brownie 準備好的麥片粥熱了一下給他。

近藤安：「你有沒有平板電腦呀？我好無聊啊，我想要玩遊戲。」

我：「好的，我給你拿去。」

我從我的包裡翻出平板電腦，剛好，Zain 也過來敲我房門，他穿了一套休閒裝，今天的他看上去乾淨帥氣很多。他走進屋內，坐了下來。

Zain：「在玩冒險闖關馬力歐哦？要不要哥哥陪你玩一局？」

近藤安：「好呀，不過你肯定玩不過我。」

Zain：「那可不一定哦，哥哥小時候也是玩這個長大的。」

近藤安：「這款遊戲有那麼老嗎？那我不玩了。」

我在旁邊聽了笑得肚子疼：「對啊，Zain 他是老伯伯，不要叫他哥哥了。」

Zain：「近藤安，叫她老奶奶，她是這裡最老的那一位。」

近藤安看了我一眼，慢悠悠地吐出三個字：「老奶奶。」

這個小鬼，昨天還抱著我大腿各種親近討好我呢，現在改口比誰都快。

Zain：「安安，來，哥哥陪你玩這款遊戲。」

Zain 拿出手機，給近藤安秀了一款柴犬養生類的小遊戲。

近藤安把小腦袋湊過去，一隻萌萌噠小柴犬在花園裡亂蹦亂跳，Zain 隨便丟了一些甜甜圈，小柴犬就跑過去接，然後把它們全部吃掉。

近藤安：「哥哥，我要玩。」

近藤安開始對這款小柴犬遊戲感到好奇，Zain 手把手地教近藤安玩這款遊戲。

我：「安安，平時都是你媽媽帶你的嗎？」

近藤安：「嗯對。」

我：「你媽媽是日本人，還是爸爸是日本人呀？」

近藤安：「我有兩個爸爸，一個爸爸不見了，還有一個爸爸喝醉了。」

我：「所以你都是你媽媽帶大的嘍？」

近藤安：「嗯，還有哥哥嘍，還有哥哥的那個酒鬼爸爸。其實，那個喝醉了的爸爸對我也很好，只是媽媽討厭他。」

我：「爲什麼討厭他呀？」

近藤安：「因爲媽媽說他沒有用，哥哥也討厭他。可是哥哥拿他沒有辦法。」

我：「爲什麼？」

近藤安：「因爲他喝酒要花錢，可是他有的時候對我和哥哥特別好。哥哥勸過他很多次，可是他不想要聽進去。」

我：「那他現在怎麼樣了？」

近藤安：「他和哥哥在一起上班，我們週末還是會一起見面。」

我：「那你媽媽呢？」

近藤安：「媽媽工作，特別地忙。」

我：「好吧，以後想姐姐了，可以一直來找姐姐玩啊。」

我摸了摸近藤安的頭，心想近藤安這個小孩子怪可憐的，沒有想到 Brownie 那麼辛苦地賺錢打工，原來是父母無法負擔自己和弟弟的開銷。我抱了抱近藤安，有 Zain 陪著近藤安玩耍，我就在旁邊複習了一下功課。快要到晚上的時候，我把 Brownie 提前準備好的雞肉沙拉，還有炒麵給微波了一下，近藤安也都乖乖地吃完了。近藤安上床睡覺前，我又給他講了幾頁《海底總動員》的故事，他問我哥哥什麼時候回來？我說你哥哥很快就會回來的。他又問我如果他覺得寂寞孤單了，可不可以經常留在這個公寓？希望我陪著他呢！我親吻了一下他的額頭，我告訴他隨時可以，如果想我了就可以隨時來看我們。他說覺得沒有安全感，有些冷。希望我抱著他睡覺，我幫他把被子蓋好，然後抱著他小小的身軀，從他身軀中傳遞過來的暖流，令我也覺得很溫暖。

我看著他打了一個哈欠，眼睛從一開始的有神采，慢慢地黯淡了下來，又慢慢地閉上了眼。

我始終在想一個問題，我是不是喜歡上 Brownie 了？我喜歡上他的細心和責任感。至少這段時間的接觸，我覺得 Brownie 對我也是有些好感的，我很少看見男生能夠像女人一般如此在意小細節和細膩的，比如在藝術作品中，Brownie 對電腦繪畫作品的追求是精益求精的，雖然他總是帶著一些挑剔的口吻去指責我，但我還是覺得他對自己的作品以及工作是負責任的態度，包括近藤安這件事情上，讓我覺得 Brownie 很成熟。至少他給我的感覺不自私，他對我也是一種樂於付出的態度。我覺得和 Brownie 在一起的時候很快樂，至少不憂鬱。可能是因爲他一開始就告訴了我他是喜歡我的，給了我足夠的安全感，然後我在這段時間裡又沒有任何的競爭者好去煩心的。我感受到了這份愛是踏實的，值得擁有的。

大概晚上十點左右，Brownie 來找我，他看見我一個人在看書，Brownie 手上提了兩盒壽司。

Brownie：「他睡了嗎？」

我：「嗯，睡了。」

Brownie 把一盒壽司給了我：「這個給你，今天餐館新鮮的。」

我：「謝謝。」

Brownie：「我把他抱到我房間去睡了哦。」

我：「等一下。」

Brownie：「怎麼了嗎？」

我：「Brownie，我想我喜歡上你了。」

Brownie：「你是認真的嗎？」

我：「嗯，是的。」

Brownie 走到我面前給了我一個擁抱，我把頭貼在他的胸膛，可以感受到他的心跳是那麼有力，他白皙修長的手溫柔的撫摸到我的下巴，輕輕抬起，上身慢慢向我這邊傾斜而來，看著他俊美的臉緩緩而來，越來越近，我羞澀的緩緩閉上眼睛……他無限溫柔的吻住我嬌嫩的雙唇，輕輕的允吸、柔柔的啃噬，舌尖在我唇上輕舔啄吻，輾轉反側……吸取我口中所有的甜蜜，溫柔的吻住我的唇……似在親昵一件珍愛的無價之寶……

確認關係

等我醒來之後，Brownie 依舊抱著我。我感受到從他身體裡流淌著的溫暖與愛，他撩撥著我的髮絲，親昵地問了我一句：「肚子餓了沒有？」

我笑了笑，「嗯，有點兒。」

Brownie 從冰箱裡取出牛奶，放在微波爐熱了一會兒，然後遞到我的手上，又抱了抱我。

Brownie：「去洗個澡吧，待會兒我可能要請半天假，送近藤安回去。記得幫我跟山本教授說。」

我點點頭，就去了浴室。等我洗完澡出來後，近藤安已經乖乖地在吃早飯了。

我：「早啊，安安。今天要去上學了？」

近藤安：「嗯，對啊！」

我：「那你喜歡上學嗎？」

近藤安：「喜歡啊！」

我：「爲什麼喜歡上學？」

近藤安：「因爲班級裡面有很多小朋友喜歡和我玩啊！」

我摸了摸安安的頭。

Brownie：「快點兒吃，不然要遲到了！」

近藤安埋下頭乖乖地把飯吃完，臨走前，Brownie 抱了抱我，然後在近藤安的面前吻了我。

近藤安：「哥哥，你有女朋友了？」

Brownie：「嗯，以後不要叫姐姐了，要叫嫂子了。」

近藤安：：「耶，我好喜歡這個姐姐做哥哥的女朋友啊！不過，我在我的學校裡面還有三個女朋友呢，她們都很

喜歡我嘞！」

Brownie：「安安，你怎麼從來不跟我說這個事情？我要跟你媽媽好好反應反應，不好好讀書就知道戀愛哈？」

近藤安：「你跟媽媽告狀，我也告你的狀。說你和漂亮姐姐交往了。」

Brownie：「臭小子，哥哥要打你屁股了哦！」

近藤安害怕地躲到我的身後，我：「別鬧了，別打了啊，快點兒去上學吧，不然真的要遲到了。

Brownie：「嗯，等我回來，別忘記幫我請假啊，愛你！」

我：「我也愛你，快去吧！」

近藤安：「喲呦呦，少兒不宜啊，兩個成年人在秀恩愛。」

Brownie：「近藤安，快點兒去上學。免得被你老師罰站！」

上午的課我幫 Brownie 請了假，午休的時候 Zain 說和他們語言班的同學約好了要去買電子產品，所以中午的時候我在樓下買好了便當就安靜地坐在午餐室。

剛打開手機想問問 Brownie 什麼時候回來呢，就看見一款自己常用的聊天軟體上面有個陌生人加我，我挺好奇的，就點開來看了一下。

一個叫 X 先生的人想要加我爲好友，頭像是一朵灰色的玫瑰花。我隨便逛了一下他的空間，就看見了上面的幾句留言。

初聞不知曲中意，再聞已是曲中人。2013 年 6 月 7 日

她毀掉了我的青春年華，我的驕傲，我還要若無其事。2013 年 10 月 3 日

謝謝所有人的支持和理解，我很好，我想我已經原諒了。2014 年 2 月 8 日

我在想這個人究竟是誰？會不會是葉晨？如果是他，他爲什麼要加我？他不是應該恨我嗎？還是他已經釋懷了？畢竟過去的事情我確實做得太過分了，我應該跟他道歉的，我覺得我不僅應該和他道歉還應該多關心一下他，我懷著一種愧疚又想要補償他的心情重新添加了他。

我：「你好！」

對方沒有回應我，我想還是算了吧。

下午課的時候，Brownie 已經回來了。他說有一個神祕禮物要送給我，我很好奇究竟是什麼？他說放學了以後才能夠帶我去看，我說好吧。放學了以後，Brownie 帶我還有 Zain 搭地鐵。

我：「你說的禮物在哪裡？」

Brownie：「去了就知道了。」

Zain：「等一下，你們兩個人現在是在交往嗎？」

被 Zain 這個傢伙看出來了。

我：「嗯，對呀。我們兩個人在交往。」

我大方地承認了。

Zain：「從什麼時候開始的？」

Brownie：「開學第一天就開始了，是我追的她。」

Zain 一副很驚訝的表情：「好吧，看來我也要抓緊找一個會做飯的妹子了。」

Brownie：「加油！」

我和 Brownie 因爲在 Zain 面前承認了有實質性地交往，所以就毫無顧忌地在 Zain 面前秀恩愛了。

我和 Brownie 坐在一起時，我會把頭很自然而然地靠在 Brownie 的肩膀上，然後 Brownie 很關心地問我：「寶貝，你冷嗎？」

我：「嗯，有點兒冷。」

然後 Brownie 把外套脫下來披在我的肩膀上，我感覺被他溫暖著，很開心。

Zain 在後面看著我和 Brownie 秀恩愛，就一副討厭我們的表情。

Zain：「你們兩個現在是要欺負我，虐待單身狗嗎？」

我：「汪！」

Brownie：「對呀，撒一些狗糧給單身狗吃，哈哈。」

Zain：「草。」

Zain 向我和 Brownie 投來怨恨的眼神，誰叫他一個人孤單單地坐在後面呢，我和 Brownie 絲毫不避嫌地繼續秀恩愛。我喜歡 Brownie 的坦誠，他總是讓我覺得自己活得跟小公主一般，不需要在乎別人眼光，給我敢愛敢恨的權利。我也喜歡他那麼直白地去公開我和他之間的戀情，從而保護了我，我相信他是眞心喜歡我的。他讓我覺得跟他之間的交往是正面積極的。

地鐵到站後，Brownie 拉著我的手去了一個教堂，一個歐洲式建築風格的教堂。

我：「你說的禮物就在這裡嗎？」

Brownie：「對，走進去才會知道。」

Zain：「哼，又在虐單身狗了！」

我：「狗狗乖，待會兒給你買狗糧和狗鏈。」

Zain：「不用，看你們兩餵都餵飽了。」

Brownie 推開教堂的會門，有光從七彩玻璃裡折射下來，天使的歌聲從四面八方而來，在教會的中間有一個巨大的十字架，四周圍繞著穿著白衣的信徒，他們拿著白色的蠟燭，嘴裡唱著讚美詩歌。我情不自禁地走到了前排的位置坐下，牧師稱這些身穿白衣的是剛剛受洗的信徒。Brownie 拉著我的手，問我：「怎麼樣？這裡你從來沒有來過吧？」

我：「你是基督徒，你有信仰嗎？」

Brownie：「嗯，是的。」他反問我：「你相信嗎？」

我：「我不信。」

又有歌聲從臺上傳下來，一群年輕人在十字架周圍自由放聲歌唱，又有靈裡的喜樂和平安充滿著我，感動著我。Brownie 低下頭，親吻我：「沒關係，和我在一起的時候，我會把你捧在手心裡，一直愛著你，守護著你的。」我看著他，他的神情認眞又嚴肅。

Brownie：「你相信我嗎？」我的眼睛有些濕潤了，是的，我相信他，我相信他是我的天使，可以帶給我喜樂和幸福。至少和他在一起的時候，他是如此溫暖又堅定，他給我安全感又小心翼翼地保護著我。

敬拜禱告結束後，Brownie 的朋友們都紛紛跑過來問 Brownie 我是誰？Brownie 很公開坦誠地說我是他的女朋友。我感覺我心情特別地好，這種感覺就好像是被人珍惜著愛護著，被他視如珍寶一樣地對待著。Brownie 從教會的儲藏室拿出來一束百合花，他深情地走到我面前，說：「送給你。」

我笑著接受了這束百合花，Zain：「眞浪漫，你們兩個人現在眞登對。我已經在想晚上吃什麼了，要不 Brownie 你請客。」

Brownie：「好的，Alice，你想吃什麼？」

我：「麻辣小火鍋吧，嘴巴好饞。」

Brownie：「好的呀。」

求婚

從教堂出來後，我們三個去了一家開在日本的臺灣餐館，吃到晚上七點的時候回了學生公寓。Zain 說不打擾我和 Brownie 卿卿我我了，很早就回了他自己的房間。Brownie 抱了抱我，問我今天覺得開心嗎？我說很開心啊，擁有你眞的很美好。我能夠感受到他身上的百合花香味，以及此時此刻我正抱著的百合花香味是一樣的美好。和他分開後，我獨自回到了自己的房間，看見手機上有更新的留言，是來自於那個灰色玫瑰花的。

X 先生給我發了一個笑臉。

我：「你是誰？我們是否認識？」

X 先生沒有直接回應我的問題：「你好，我們剛剛認識。」

我：「你叫什麼名字啊？」

X 先生：「就叫 X 先生。」

我：「爲什麼添加我啊？」

X 先生：「看見你的照片，喜歡你，想要你。」

他給我發了一個紅唇的表情，在曖昧和挑逗我。我笑了笑，有些好奇他究竟是不是葉晨。

我：「你現在在哪裡啊？」

X 先生：「W 市。」

我覺得十之八九是他了，於是換了一個問題問。

我：「你最近還好嗎？」

X 先生：「挺好的。」

我不是很滿意這個答案，我覺得他很防備我去瞭解他什麼。既然這樣，我不如先拿出我的誠實來，讓他覺得我們之間有彼此的信任，才能夠瞭解他。

我：「我覺得你挺像一個我過去認識的人。」

X 先生：「是嗎？」

我：「很可惜我做了傷害他的事情，我不知道他最近怎麼樣，他是否能夠原諒我？我看了你空間裡面的幾個留言，讓我想到了他。」

X 先生：「究竟什麼事情？」

我：「過去的我說了很多不該說的話，然後還沒有勇氣和他道歉。」

X 先生：「其實我也有一個我曾經很喜歡的女孩，我本來想要給她所有的幸福的。但是我和她之間有誤會沒有解釋清楚，還有溝通和信任問題，導致她最後離開了我。」

我：「那你應該和她解釋清楚啊。」

X 先生：「晚了，沒有用。」

我：「爲什麼？」

X 先生：「你現在在哪裡呢？」

我：「日本。」

X 先生：「你是 W 市的人嗎？我看你空間上面這麼寫的。」

我：「對，我是。」

X 先生：「你會回來 W 市嗎？」

我：「我不確定。」

X 先生：「你有男朋友了嗎？」

我：「有了。」

之後對方就沒有再回復我什麼消息了，我覺得很奇怪。

早上上課的時候發現自己還是不大清楚老師講的內容，午休時間 Brownie 有教我一些電腦繪畫的技巧。Zain 和 Brownie 發消息說想學開車，會給 Brownie 一些教開車的費用。Brownie 和我說放學以後可能不能陪我了，我說沒有關係，我一個人也挺悠閒的。

放學後，我一個人背著書包來到咖啡廳，打算買一杯卡布奇諾回公寓吃。

在等咖啡時，我收到灰色玫瑰花的消息。

X 先生：「你最近好嗎？忙嗎？」

我：「挺好的。」

X 先生：「在日本工作了還是讀書了？」

我：「讀書。」

X 先生：「我最近有些迷茫。」

我：「爲什麼迷茫呀？」

X 先生：「快要畢業了，不知道要找什麼樣的工作。」

我：「你要相信自己，應該不大會有多大問題的。」

X 先生：「你在 W 市有什麼人脈嗎？」

我：「我爸媽在那裡工作。」

X 先生：「你會回 W 市嗎？」

我：「我最近不想回去，等想回去了再說吧。」

X 先生：「你不想念你的家人嗎？在外面那麼久了都不回家。」

我：「不怎麼想，我喜歡現在在日本的這種自由的感覺。」

X 先生：「那你畢業了以後會回來嗎？」

我：「那不確定。」

X 先生：「你可不可以對我曖昧一下？」

我有些錯愕，不知道爲什麼他會這麼說。

我：「怎麼了？心情不好嗎？」

X 先生：「沒什麼，我想念過去的那個單純的女孩了，不好意思，把你當成了她。」

我：「忘記了吧，人應該往前看，你會一帆風順的。」

X 先生：「你說得很對，謝謝你。」

我翻開手機，看見了 X 先生的空間裡更新了動態，也更換了名字，他現在叫 Mr. 葉。他把之前的空間留言都刪除了，放了一張自己的自拍照。我笑了笑，他是葉晨。但我們沒有多聊，我也沒有去發起對話問他究竟是不是葉晨。

畢業後的第二個晚上，Brownie 說想帶我去一趟教會，說有一份驚喜想給我。我很好奇地問他到底是什麼驚喜呀？他神祕的笑了笑，說去了就知道了，現在說出去就不算驚喜了。

當我一個人來到教堂的時候，很多我們一起共同認識的教友出來唱著聖歌，他們手捧著鮮花，我清楚地看見那個熟悉的背影，他緩緩轉過身，Brownie 微笑著伸出手，將一枚戒指放進我的手中，吹了一口氣。

我有些好奇地問：「這是什麼呀？」

Brownie：「打開來看看！」

我把緊握的拳頭一點點兒鬆開，看見一枚銀環色的戒指，很精緻。

Brownie：「戴上去看看吧！」

我把戒指戴進了我的無名指當中，他低下頭問我是否喜歡？我點了點頭。他將我緊緊地擁抱進他的胸口，又問我是否願意嫁給他？

Annie：「那你會答應 Brownie 的求婚嗎？」

我：「會吧，我挺喜歡擁有穩定的戀情的。」

我開心地看向 Brownie，謝謝他帶給我陽光，溫柔和幸福。和他在一起的時候，我很少負面思考過。

懷念

M 縣，星潼家

外婆和媽媽看見星潼帶了 Brownie 回來，星潼很大方地介紹說這是自己在日本的男朋友，打算結婚。

外婆：「這還是個外文名啊？叫什麼？怎麼念的？」

星潼：「Brownie。布朗尼。」

Brownie：「外婆，你叫我布朗尼就好了。」

外婆：「哦哦，好吧。外婆年紀大了，對這個英文不是很瞭解。」

外婆：「坐吧，我去準備晚飯。」

小歐看到了 Brownie，突然跑過來，有些花癡地看著 Brownie：「姐姐，你找了一個外國男朋友嗎？他好帥啊！好棒啊！」

媽媽：「星潼，你在日本讀書的時候交男朋友爲什麼不和我說呢？」

星潼：「因爲那個時候交往了以後，怕會有什麼其他狀況出現，所以想等等，看看情況再說。」

Brownie：「什麼狀況出現呀？」

星潼：「分手唄，誰知道會不會戀愛了一段時間，就分手了呢？」

Brownie：「就不會，相信我。」

媽媽：「那你們這次回來，是什麼打算呢？」

星潼：「就是畢業了，想找工作。媽媽，你之前在 W 市開的剪輯公司，Brownie 可不可以進去實習一段時間？這樣回日本還有一個工作經驗。」

媽媽：「可以啊，你們要是想去實習的話，最好儘快去 W 市實習，公司那邊我會找人帶領他的。至於結婚的事情，這樣會不會太早了？工作都還不穩定，你們還年輕，可以到處去看看，經歷經歷。」

星潼：「不會啊，我覺得早點兒結婚，感情穩定也挺好的。」

媽媽：「你們自己決定就好了，但是工作的話，我想可以幫助你們提供一個實習的機會，這樣對於你們回日本也好，留在 W 市工作也好，都會有工作經驗，可以有更多的選擇。」

Brownie：「嗯，好的，謝謝阿姨！」

星潼進去廚房幫外婆洗蔬菜，Brownie 還在和媽媽還有小歐聊天。

外婆：「星潼啊，之前你上學時帶來的那個男孩子怎麼樣了？外婆還挺喜歡那個男生的，看上去笑咪咪的。」

星潼：「他好像在 W 市找到工作了。」

外婆：「哦哦，外婆好久沒有見到他了，對他印象滿深刻的。你去日本之後，這個男生有過來找過你一次。」

星潼：「眞的嗎？我以爲以他的性格他不會再爲我主動了。」

外婆：「眞的，外婆給了他你的聯繫方式，他後面有聯繫你嗎？」

星潼：「有啊，有聯繫上，跟他之間有些誤會，後來解除了。」

外婆：「嗯，解除了就好。要是去 W 市的時候可以去看看人家。外婆覺得這個男孩看上去挺深情的。」

星潼：「有嗎？他深情嗎？之前上學的時候有很多女孩子喜歡他，我沒有那麼相信他是一個容易在感情中會穩定下來的人。」

外婆：「丫頭，有些人只是在沒有明確目標和對象之前，可能會多做一些選擇和考慮。但不代表他沒有喜歡過你。」

星潼：「外婆，他來找你的時候有和你說些什麼呢？」

外婆：「沒說什麼，只是向我打聽了一些你的近況，問你什麼時候回來。我說我也不清楚你什麼時候回來，可能畢業吧。他跟我聊了一些你們以前上學的事情，說挺想念你的。」

星潼開心地笑了笑，看不出這麼過去的事情，他都還記得。如果去 W 市就去看看他吧。

晚飯後，星潼和 Brownie 在家附近散了一會兒步。

星潼：「你打算什麼時候去 W 市實習？」

Brownie：「你覺得呢？我想要聽一下未來老婆大人的意見呀。」

星潼：「都還沒有結婚呢，你就這麼稱呼我？」

Brownie：「叫著叫著，說不定哪一天就成眞了。哈哈哈！」

星潼：「最近這三天去吧，還沒有去 W 市玩過呢，據說有很多好玩的地方。你就先陪我吃吃喝喝玩玩，然後再去實習。反正你也不急。」

Brownie：「好的呀。你不和我一起實習嗎？」

星潼：「嗯，一起唄。你打算實習完就工作嗎？」

Brownie：「看情況，看你想留在這裡還是回日本呀。還是想去其他國家，一邊旅遊一邊打工也行啊。」

星潼：「如果你之後工作了，還會經常陪我逛街、照顧我的情緒嗎？你應該不屬於那種事業心很強的男人吧？」

Brownie：「只要你開心，我願意爲了你做任何的犧牲。給你幸福的生活，配合你。」

星潼：「OK，那我們就訂最近的機票去 W 市一邊打工一邊玩。」

Brownie：「好的呀。」

W市

Brownie 今天去父母開的剪輯公司實習，星潼有些糾結要不要像 Brownie 這樣去從事自己所學的專業，可是上大學期間，自己的課業成績一直都不是很理想。加上長期做電腦繪圖，脊椎和肩膀已經很痠痛了。星潼上網看了一下其他的工作，剛好看到了一則廣告貼：急招導遊，女性，無需經驗，最低工資，包早中午餐，又能玩又能掙錢的正規工作。

星潼心想，其實做導遊也不錯，反正剛來 W 市，可以去嘗試一下。

星潼翻開自己的日記本，剛想要記錄下雇主的電話號碼。不小心翻到之前記的日記，其中一頁夾著美術課上畫葉晨的肖像畫，耳邊想起外婆說的那句話，他來找過自己。反正自己在 W 市，突然很想再見一面，不知道他過得好不好。星潼先聯繫了雇主約了週四在草席路面試。

然後又拿起自己的手機主動聯繫了葉晨。

星潼：「你還在 W 市工作嗎？」

Mr. 葉：「在啊。」

星潼：「我回來了。」

Mr. 葉：「你不是說你不打算回來的嗎？」

星潼：「我現在在 W 市，如果你有空的話，我們可以見一面嗎？」

Mr. 葉：「可以的啊，你什麼時候比較有時間？」

星潼：「週四吧，週四我可能要去一家公司面試，面試完我們在樓下的咖啡館見面吧。」

Mr. 葉：「好的啊。」

週四，咖啡館，下午三點。

星潼剛剛面試完，走到樓下的這家咖啡館，四處張望著。發了一條簡訊，你在哪裡？

Mr. 葉：「你走到最裡面，就能夠看見我了。」

星潼點了一杯熱拿鐵，走到咖啡館的最裡面。看見葉晨還是沒有多大變化，戴著金邊的眼鏡，還是跟上學的時候給自己的感覺一樣很斯文秀氣。

葉晨：「面試得怎麼樣？」

星潼：「挺順利的。」

葉晨：「什麼時候上班呀？」

星潼：「可能下週吧。」

葉晨：「恭喜啊，做什麼工作？」

星潼：「導遊。」

葉晨：「這不像是你會選的工作啊，爲什麼會選擇這份工作啊？」

星潼：「覺得坐在辦公室累，我身體不大好，喜歡跑跑動動的，也喜歡到處旅遊，吃喝玩樂，開開心心的。」

葉晨：「你變了。」

星瀅：「你有變化嗎？」

葉晨：「沒有多大變化。」

葉晨抿了一口桌上的美式咖啡。

葉晨：「這份工作月薪大概多少啊？」

星瀅：「足夠生活吧。」

葉晨：「你現在有對象了嗎？」

星瀅：「有了，準備結婚了。你呢？」

葉晨：「有女朋友了。」

星瀅：「那恭喜你呀。」

葉晨：「之前叫你回來幹嘛不回來？爲什麼現在又要突然回來啊？」

星瀅：「因爲我男友需要剪輯公司的實習工作經驗，這樣回日本就可以正式進入剪輯公司了。」

葉晨：「讓他直接在日本找，不是更加方便嗎？這樣回來又回去不是多此一舉嗎？」

星瀅：「你管得是不是有點兒多？」

葉晨：「爲什麼突然想約我見面？」

星瀅：「我好懷念我們倆在學校剛剛認識的時候，我們曾在一起討論過一道數學題，我們曾經一起放學回家，你曾告訴過我你覺得哪個女生比較漂亮，你對哪個女生有好感。我好懷念你那個時候是信任我的才會告訴我這些。我們曾經有那麼眞誠地交流過，對不起，是我那時候毫不在意，一次一次把它們搞丟了。我再也不會過分猜疑和不信任。」

葉晨：「其實我也有想起小時候那個單純的你。」

星潼從包包裡拿出那張美術課的肖像畫。

星潼：「這個送給你，就當留作紀念吧。忘掉之前所有的不快樂，永遠都記得最美好的記憶吧。」

葉晨笑了笑，把這幅畫收了起來。

R 星球

葉晨把這本《夜晚的星空》讀完了，今天剛好約了心理醫生去開新的安眠藥。來到診所後，發現之前給自己開安眠藥的王醫生不在，葉晨去到前臺那裡。

葉晨：「王醫生呢？他今天不在嗎？」

前臺：「不好意思哦，王醫生今天有點兒急事，不在診所裡。」

葉晨：「可我們是提前約好的啊。」

前臺：「那我們再為你聯繫一位新的醫生可以嗎？她是王醫生的助手。」

葉晨：「可以的，越快越好。」

葉晨回到病房等了一會兒，看見一名女子走了進來，十分熟悉。

葉晨：「你好，我們是不是在哪裡見過啊？」

女醫生：「沒有吧，初次見面。」

葉晨：「請問怎麼稱呼？」
女醫生：「周星潼。」

國家圖書館出版品預行編目資料

月光下的藍調／飛鳥海魚著. --初版.--臺中市：白象文化事業有限公司，2022.1
面； 公分
ISBN 978-626-7056-60-8（平裝）

857.7 110019449

月光下的藍調

作　　者　飛鳥海魚
校　　對　飛鳥海魚、林金郎
發 行 人　張輝潭
出版發行　白象文化事業有限公司
412台中市大里區科技路1號8樓之2（台中軟體園區）
出版專線：（04）2496-5995　傳真：（04）2496-9901
401台中市東區和平街228巷44號（經銷部）
購書專線：（04）2220-8589　傳真：（04）2220-8505
專案主編　黃麗穎
出版編印　林榮威、陳逸儒、黃麗穎、水邊、陳媁婷、李婕
設計創意　張禮南、何佳諠
經銷推廣　李莉吟、莊博亞、劉育姍、李如玉
經紀企劃　張輝潭、徐錦淳、廖書湘、黃姿虹
營運管理　林金郎、曾千熏
印　　刷　百通科技股份有限公司
初版一刷　2022 年 1 月
定　　價　350 元